포와로 수사집

포와로 수사집

2013년 10월 30일 중쇄 발행

지은이　애거서 크리스티
옮긴이　설영환
펴낸이　이경선
펴낸곳　해문출판사

등록 1978년 1월 28일 제3-82호
서울시 서초구 서초동 1328-11 도씨에빛 2차 1420호
전화 325-4721
팩스 325-4725

값 10,000원

ISBN 89-382-0117-1
ISBN 89-382-0100-7 (세트)

※잘못 만들어진 책은 구입하신 곳에서 바꾸어 드립니다.

AGATHA CHRISTIE

포와로 수사집

애거서 크리스티/설영환 옮김

해문출판사

POIROT INVESTIGATES

Copyright ⓒ 1975 Agatha Christie Ltd.

Korean translation edition is published by arrangement with
Agatha Christie Ltd., a Chorion group company.

이 책은 Agatha Christie Ltd., a Chorion group company와
적법한 계약을 통해 출간되었습니다.
저작권법에 의해 한국 내에서 보호를 받는 저작물이므로
무단 전재와 무단 복제를 금합니다.

Poirot Investigates

차 례

'서방의 별'의 모험 · 9
마스던 장원의 비극 · 42
싸구려 아파트의 모험 · 61
사냥꾼 별장의 미스터리 · 81
백만 달러 증권 도난사건 · 98
이집트 무덤의 모험 · 112
그랜드 메트로폴리턴 호텔의 보석 도난사건 · 133
납치된 수상 · 156
데이븐하임 씨의 실종 · 182
이탈리아 귀족의 모험 · 203
잃어버린 유언장 사건 · 218
베일에 싸인 여인 · 230
잃어버린 광산 · 244
초콜릿 상자 · 255
■ 작품 해설 · 275

'서방의 별'의 모험

The Adventure of 'The Western Star'

나는 포와로 방 창가에 서서 한가하게 거리를 내려다보고 있었다.
「그것 참 이상하군요.」
내가 숨을 죽이면서 갑자기 말을 내뱉었다.
「뭔데, 헤이스팅스?」
포와로가 안락의자에 몸을 푹 파묻은 채 차분하게 물었다.
「추리를 한번 해보세요, 포와로. 다음 사항들을 가지고서 말입니다! 저기 잘 차려입은 젊은 숙녀 한 분이 있어요. 최신 유행 모자를 쓰고 굉장한 털옷을 입고 있군요. 그녀는 집을 쳐다보면서 두리번거리며 천천히 걸어오고 있어요. 그런데 세 남자와 중년 여인이 순식간에 그녀를 둘러싸고 있습니다. 어떤 심부름하는 소년이 그녀를 가리키면서 그녀한테로 다가가자, 사람들이 한꺼번에 모여든 거예요. 무슨 일일까요? 저 아가씨가 부정한 짓을 저질러서 그림자처럼 뒤쫓던 탐정들이 그녀를 체포하려는 걸까요? 아니면, 저 사람들은 악당인데, 죄가 없는 희생양을 공격하려고 하는 것일까요? 위대한 탐정으로서 뭐라고 평해보세요.」
「위대한 탐정은, 여느 때와 마찬가지로 가장 간단한 방법을 택하겠네. 직접 일어나서 보는 것 말이야.」
그러더니 포와로는 창가로 와서 내 곁에 섰다. 잠시 뒤에 그는 즐거운 듯 낄낄거렸다.
「자네의 논리는 여전히 치료받을 길 없는 낭만주의적 기미를 드러내고 있군. 저 여자는 영화 배우인 메어리 마블 양이야. 그녀를 알아본 열렬한 팬들이 그녀를 뒤따르고 있는 거라고. 그리고 친애하는 헤이스팅스, 그녀는 걸어가고 있으면서도 그 사실을 아주 잘 알고 있다네!」

나는 웃었다.

「모든 게 드러났군요! 그렇지만 그것만 갖고는 뽐내지 못해요, 포와로. 당신은 그저 사람을 알아본 것에 불과하니까요.」

「진짜 그렇구먼! 그런데 자네는 영화에서 메어리 마블을 몇 번이나 봤나?」

나는 생각해 보았다.

「한 열두 번쯤.」

「나는 단 한 번이야! 그런데도 난 그녀를 알아보았어. 자네는 그러질 못했는데 말야.」

「하도 달라 보여서……..」

내가 기어들어가는 목소리로 대답했다.

「아, 맙소사! 자넨 그녀가 아일랜드 처녀처럼 카우보이 모자를 쓰거나, 맨발에 머리를 곱슬곱슬 말고서 런던 거리를 활보하길 기대했나? 자네는 언제나 본질적이지 못하군! 그 무희(舞姬) 발레리 생클레어의 경우를 기억해 보라고!」

포와로가 외쳤다.

나는 좀 머쓱해져서 어깨를 으쓱했다.

「그렇게 머쓱해할 필요 없어, 헤이스팅스. 모두가 에르퀼 포와로 같을 수야 없지! 난 그 점을 잘 아네.」

포와로가 날 진정시키며 말했다.

「당신은 내가 여태껏 알아온 사람 중에서도 가장 자아도취에 빠진 사람입니다!」

나는 재미와 분노의 갈림길에서 오락가락하며 외쳤다.

「자넨 어떨 것 같나? 독특한 사람은 자기 자신을 알아! 그리고 다른 사람들도 그렇게 생각한다네. 내가 잘못 짚지 않았다면, 심지어 메어리 마블 양도 그럴 거야.」

「뭐라고요?」

「의심할 여지가 없어. 그녀는 이리로 오고 있는 거야.」
「어떻게 그런 생각을 하게 되었죠?」
「지극히 간단해. 이 거리는 전혀 귀족 취향이 아니야, 헤이스팅스! 사교계에서 이름난 의사라든가 유명한 치과의도 없어. 더더군다나 사교계에서 명성이 자자한 여성 모자 상점도 없지! 그렇지만 사교계에서 이름난 명탐정은 있다네. 헤이스팅스, 그건 사실일세. 난 유행이 되고 있다네, 그것도 최신 유행 말일세! 어떤 사람이 다른 사람에게 이렇게 말하지. '뭐라고요? 금으로 된 필통을 잃어버리셨다고요? 그 작은 벨기에 인을 찾아가세요. 그는 놀라운 사람이에요! 모든 사람들이 다 그를 찾아가요! 빨리 가보세요!' 그러면서 사람들은 속속 나를 찾아온다네! 삼삼오오 떼를 지어서 말이야. 천하의 덜떨어진 문제들을 갖고 말일세!」

밑에서 벨 울리는 소리가 났다.
「거 봐, 내가 뭐랬어? 저건 마블 양이야.」
늘 그랬듯이 포와로가 옳았다. 잠시 뒤에 미국 여배우가 안내를 받고 들어오자, 우리는 자리에서 벌떡 일어섰다.

메어리 마블이 가장 인기 있는 여배우 중 한 사람이라는 것은 두 말할 필요가 없다. 그녀는 영화 배우인 남편 그레고리 B. 롤프와 함께 최근에 영국에 왔다. 그들은 약 1년 전에 미국에서 결혼식을 올렸는데, 이번의 방문은 그들의 첫 영국 나들이였다. 그들은 열렬한 환대를 받았다. 모든 사람들이 마블 양의 멋진 의상, 멋진 모피, 멋진 보석에 매료될 만반의 준비를 갖추고 있었다. 사람들의 관심은 특히 '서방의 별'이라는 커다란 다이아몬드에 집중되었다. 진실인지 거짓인지는 몰라도 이 이름난 보석에 관한 기사에서, 그것은 5만 파운드에 상당하는 가치가 있다고 쓰여 있었다.

포와로와 내가 곁으로 다가서며 우리의 매력적인 의뢰인과 인사를 나누려 할 즈음, 이 모든 세세한 이야기들이 내 마음 속을 훑고 지나갔다.

마블 양은 자그마하고 날씬했으며, 눈부신 금발을 가지고 있었다. 외모에서 소녀 티가 물씬 풍겼고, 어린아이같이 크고 순수한 푸른 눈을 갖고 있었다.

포와로가 그녀에게 의자를 내주자 그녀는 거리낌없이 말을 꺼냈다.

「어쩌면 저를 굉장히 우둔하다고 생각하실 것 같기도 하네요, 무슈 포와로. 그렇지만, 어젯밤 크론쇼 경이 자기 조카의 죽음에 관한 미스터리를 선생님이 얼마나 멋지게 해결해줬는지 모른다고 말씀하셨을 때, 전 바로 선생님의 도움을 받아야겠다고 느꼈어요. 그냥 어처구니없는 속임수에 불과하다고도 말할 수 있겠지만—그레고리가 그렇게 말했어요. —하지만 전 걱정이 돼서 죽을 지경이에요.」

그녀는 숨을 쉬느라 잠시 말을 끊었다. 포와로가 상대방에게 다독거리는 듯한 미소를 보냈다.

「계속 말씀하세요, 부인. 이해하시겠지만, 난 아직 무슨 얘기인지 깜깜합니다.」

「이게 그 편지들이에요.」

마블 양이 핸드백을 열더니 봉투 세 개를 꺼내어 포와로에게 건넸다. 포와로는 봉투들을 유심히 살폈다.

「싸구려 종이로군요. 이름과 주소는 정성 들여 인쇄되어 있지만요. 어디 안을 볼까요.」

그는 속에 든 것을 꺼냈다.

나는 그에게 다가가서 어깨 너머로 들여다보았다. 내용은 단 한 줄이었는데 봉투와 마찬가지로 꼼꼼히 인쇄되어 있었다. 그 내용은 다음과 같았다.

'신의 왼쪽 눈인 그 큰 다이아몬드를 떠나온 곳으로 되돌려 보내시오.'

두 번째 편지도 똑같은 말이 쓰여져 있었으나, 세 번째는 좀더 명확했다.

'당신에게 경고를 한 바 있소. 그런데도 그대로 이행하지 않더군. 이제 다이아몬드를 당신에게서 빼앗아가겠소. 보름날에 신의 왼쪽과 오른쪽 눈인 두 개의 다이아몬드가 제 위치로 돌아갈 것이오. 이 사실을 여기에 밝히는 바이오.'

「첫번째 편지를 전 하찮은 장난쯤으로 생각했어요.」
마블 양이 설명했다.
「두 번째 편지를 받았을 때는 의아하게 여겼지요. 세 번째 편지는 어제 받았는데, 그것을 읽고 나서 저는 생각했던 것보다 사태가 훨씬 심각하다는 생각이 들었어요.」
「이 편지들은 우편으로 부쳐진 것이 아니군요.」
「그래요. 직접 전달된 것이에요. 중국 남자를 시켜서요. 그 점이 저로서는 놀라웠어요.」
「왜요?」
「왜냐하면, 그것은 그레고리가 3년 전에 샌프란시스코의 중국인에게서 산 것이거든요.」
「그렇습니까? 부인, 그 다이아몬드를 부를 때 그러니까…….」
「'서방의 별'이라 해요.」
마블 양이 말끝을 받아 넘겼다.
「그레고리는 보석에 따라다니는 어떤 일화가 있다고 하더군요. 하지만 그 중국인은 그것에 대해서 전혀 일러주지 않았대요. 그레고리는 그가 죽을 듯이 부들부들 떨면서 오직 그것을 팔아치우는 데만 혈안이 된 것처럼 보였다고 말했어요. 그 사람은 제값의 10분의 1만 달라고 했대요. 그레고리는 결혼 선물로 그것을 제게 주었어요.」
포와로가 깊이 생각하며 머리를 끄덕였다.
「그 이야기는 믿을 수 없을 만큼 낭만적으로 들리는데요. 그러니

누가 알겠습니까? 부탁인데, 헤이스팅스, 작은 연감 좀 갖다 주게.」
 나는 그의 요구에 응했다.
「어디 봅시다!」
 포와로가 책장을 넘기며 말했다.
「보름이 며칠인가? 아, 오는 금요일이군. 사흘 남았어. 부인이 제 도움을 바라시니 기꺼이 도움을 드리기로 하죠. 그 낭만적인 이야기는 속임수일 수도 있어요. 아니, 그렇지 않을지도 모르죠! 그럴 때를 대비해서 다이아몬드를 오는 금요일까지 제가 보관하고 있었으면 하는데요. 그러면 우리는 만족할 만한 결과를 얻을 겁니다.」
 가벼운 먹구름이 여배우의 얼굴을 스쳐 지나가는 듯했다. 마침내 그녀가 마지못해 대답했다.
「그건 불가능할 것 같아요.」
「가지고 계시잖습니까, 예?」
 포와로는 그녀를 찬찬히 뜯어보았다.
 여자는 잠시 주저하다가 손을 겉옷의 가슴께로 밀어 넣더니 가늘고 긴 줄을 꺼냈다. 그녀는 손을 펼친 채 몸을 안으로 기울였다. 손에는 백금으로 정교하게 장식된 보석이 도도한 빛을 뿜으며 우리에게 윙크를 보내고 있었다.
 포와로는 긴 탄성을 터뜨리며 숨을 죽였다.
「멋지군요!」
 그가 중얼거렸다.
「괜찮으시겠지요, 부인?」
 그는 보석을 자기 손에 가져다가 세밀하게 관찰하고 나서 허리를 약간 굽히고 인사하더니, 그것을 그녀에게 도로 건네주었다.
「화려한 보석이로군요. 흠이 하나도 없어요. 아, 말로 다 형언할 수가 없군요! 그런데 부인은 이것을 가지고 다니시고 있군요.」
「아녜요, 아녜요. 사실은 제가 얼마나 조심을 하는데요, 무슈 포와로. 평소에 전 이것을 보석 상자에 넣어 열쇠를 채워 놓고, 외출할 때는 호텔의 안전보관소에다 맡겨 놓죠. 우리는 매그니피슨트 호텔에 머무르고 있어요. 오늘은 선생님께 보여드리려고 특별히 가지고 온 거예요.」

「그렇다면 그걸 제게 맡기시면 되겠는데요, 안 그렇습니까? 제 충고에 따르시겠지요?」

「무슈 포와로, 사실 우리는 금요일에 야들리 사냥터에 가서 야들리 경 부처와 며칠을 보내려 하고 있어요.」

그녀의 말이 내 마음속의 희미한 옛 기억을 일깨웠다. 어떤 풍문이 돌았는데…… 그게 뭐였더라? 몇 년 전에 야들리 경 부처는 미국을 방문했는데……, 아마도 그 소문은 경이 거기서 몇몇 여자들과 좀 놀아났다는 것이었던 것 같다. 그리고 더 화끈한 소문으로는……, 레이디(귀족의 부인이나 딸에게 붙이는 경칭) 야들리가 캘리포니아의 어떤 '영화 배우'와 염문을 뿌렸다는 것이었다. 그 남자는……, 그래! 그레고리 B. 롤프임이 분명해!

「비밀을 좀 털어놓아야겠군요, 무슈 포와로.」

마블 양이 계속했다.

「우리 부부는 야들리 경과 거래를 좀 하려 해요. 조상 대대로 전해 내려오는 그 장소에서 영화를 찍을 수 있는 가능성을 타진해 보려고요.」

「야들리 사냥터에서요?」

내가 흥미를 보이며 외쳤다.

「아니, 거긴 영국에서는 공개된 곳이잖습니까?」

마블 양이 머리를 끄덕였다.

「거긴 중세를 표현하기엔 더없이 좋은 장소라서요. 그렇지만 그 사람이 터무니없는 가격을 원해서 과연 그 거래가 이루어질지 아직은 미지수예요. 그레그와 저는 언제나 일을 성공리에 성사시키는 것을 좋아한답니다.」

「그렇지만—제가 아둔하다면 용서하십시오, 부인—다이아몬드를 걸

'서방의 별'의 모험

지 않고도 야들리 사냥터를 방문할 수 있다는 건 확실한 일 아닙니까?」
 마블 양은 나를 약삭빠르게 째려보았다. 그 표정은 그녀의 어린애 같던 외모와는 어울리지 않았다. 그녀는 갑자기 훨씬 나이 들어 보였다.
「전 거기에 그것을 걸고 가고 싶어요.」
「틀림없이 야들리 가(家)에는 유명한 보석이 수집되어 있을 겁니다. 그 중엔 커다란 다이아몬드도 있지요?」
 내가 끼여들며 말했다.
「그래요.」
 마블 양이 간단히 말했다.
 나는 포와로가 불어로 조그맣게 중얼거리는 소리를 들었다.
「아, 그렇게 된 거로구먼!」
 포와로는 늘 대성공으로 이끄는 예의 그 불가사의한 직감을 가지고 크게 말했다. (그는 그것에다 심리학이라는 이름을 갖다 붙였다.)
「그러시다면 부인은 의심할 바 없이 진작부터 레이디 야들리를 알고 계셨군요. 아니면 남편이 그렇던지?」
「3년 전에 레이디 야들리가 미국 서부로 왔을 때 제 남편 그레그가 그녀를 알게 되었죠.」
 마블 양이 말했다. 그녀는 잠시 머뭇거리고 나서 불쑥 덧붙였다.
「두 분 중에 혹시 '소사이어티 가십'지를 보신 분이 있으세요?」
 우리는 둘 다 유죄를 시인하며 얼굴을 붉혔다.
「제가 그것을 물은 것은, 이번 주 호에 유명한 보석에 관한 기사가 실렸는데 정말로 이상한 것이……」
 그녀는 말을 중단했다.
 나는 일어나서 방의 한쪽 끝에 놓여 있는 테이블로 가서 문제의 잡지를 손에 들고 자리로 돌아왔다. 그녀는 내게서 그것을 받아들더니 그 기사를 찾아 큰 소리로 읽어 나갔다.

「……다른 유명한 보석 중에서도 '동방의 별'이라는 것이 있는데, 이 다이아몬드는 야들리 가(家)의 소유로 되어 있다. 현 야들리 경의 조상 한 분이 중국에서 그것을 들여왔다. 그 보석에는 낭만적인 일화가 들어 있다. 이야기인즉, 그 보석은 한때 사원에 모셔진 신의 오른쪽 눈이었다고 한다. 크기와 모양이 똑같은 또 다른 다이아몬드는 왼쪽 눈에 박혀 있었는데, 그 이야기는 이 보석과도 연관이 있으며, 몇 년인가 뒤에 그것을 도난당했다고 한다. '한쪽 눈은 서양으로 가 있고, 한쪽 눈은 동양에 가 있으리라. 그런 뒤에 이윽고 승리의 북소리를 울리며 다시 신에게로 되돌아가리라.' 요즘 들어 '서방의 별', 또는 '웨스턴 스타'로 잘 알려진 보석이 '동방의 별'에 대한 묘사와 맞아떨어진다는 사실은 우연치고는 묘한 우연이다.

'서방의 별'은 유명한 여배우 메어리 마블 양의 소유로 되어 있다. 두 보석을 비교해 보면 재미있을 것이다.」

나는 벌떡 일어섰다.
「멋있구먼!」
포와로가 불어로 속삭였다.
「의심할 여지없이 최고의 다이아몬드에 깃든 로맨스로군요.」
그는 메어리 마블에게로 몸을 돌렸다.
「두려우신 건 아니죠, 부인? 미신적인 공포는 없는 거죠? 당신은 중국 남자가 나타나 그것들을 '휙!' 하고 낚아채서 중국으로 도로 가져갈까 봐 두려워서 이 두 개의 샴 쌍둥이를 내놓기 주저하시는 건 아니겠지요?」

그의 어조엔 조소의 기미가 엿보였으나, 난 그 밑바닥에는 심각함이 자리잡고 있지 않나 하고 생각했다.
「전 레이디 야들리의 다이아몬드가 제 것과 똑같다고 믿지는 않아요.」
마블 양이 말했다.

「아무튼 가서 직접 봐야겠어요.」

그 순간 문이 벌컥 열리면서 잘생긴 남자가 방으로 성큼 들어섰기 때문에 나는 포와로가 무슨 말을 더 할지 알 수 없었다. 곱슬곱슬하게 말려 올라간 검은머리에서부터 에나멜 가죽 구두 코에 이르기까지 남자는 어느 모로 보나 로맨스의 주인공이기에 손색이 없는 인물이었다.

「내가 당신을 데리러 오겠다고 말했지?」

그레고리 롤프가 말했다.

「그래서 이리로 왔어. 자, 포와로 씨가 우리의 사소한 문제를 놓고 뭐라 말씀하셨나? 턱도 없이 과장된 속임수라 그러셨나, 내가 말한 것처럼?」

포와로는 덩치 큰 이 배우를 향해 미소지었다. 두 사람은 우스꽝스러운 대조를 이루었다.

「속임수건 속임수가 아니건, 롤프 씨.」

포와로가 딱딱하게 말했다.

「난 부인께 금요일 날 야들리 사냥터에 보석을 달고 가지 말라고 말씀드렸습니다.」

「저도 동감입니다, 선생님. 저는 벌써 메어리에게 그렇게 말했어요. 그렇지만 그녀는 철저하게 여자다운 여자여서, 다른 여자가 자기보다 더 빛나는 보석을 가졌다는 것에는 견딜 수가 없는 것 같습니다.」

「그런 터무니없는 소리를……, 그레고리!」

메어리 마블이 앙칼지게 말했다. 그녀는 화가 나서 얼굴을 붉혔다.

포와로가 어깨를 으쓱했다.

「부인, 나는 충고를 드렸습니다. 더는 어떻게 할 수가 없군요. 이게 끝입니다.」

그는 문 앞에서 그들에게 꾸벅 인사를 했다.

「아이고! 저 꼬라지들 하고는.」

그가 돌아서며 말했다.

「똑똑한 남편이야, 핵심을 바로 찔렀어. 그렇기는 해도, 그는 현명하지 못해! 확실히 그렇지가 못해.」

나는 포와로에게 나의 희미한 기억을 얘기해 주었다. 그러자 포와로는 힘차게 머리를 끄덕였다.

「나도 그렇게 생각했어. 아무래도 이 일 저편에는 이상한 점이 도사리고 있어. 자네의 허락 하에, 헤이스팅스, 난 바람 좀 쐬러 나가야겠네. 부탁하겠는데, 돌아올 때까지 기다려 주게나. 오래 걸리진 않을 걸세.」

하숙집 여주인이 문을 똑똑 두드리며 머리를 들이밀었을 때 나는 반쯤 잠에 떨어져 있었다.

「또 다른 여자분께서 포와로 씨를 만나려고 하는데요, 선생님. 그 여자분한테 포와로 씨가 외출하셨다고 말했는데도, 그녀는 막무가내로 기다리겠다고 하는군요. 아마도 멀리서 오신 모양이에요.」

「오, 이리로 모시고 오시지요, 머치슨 부인. 제가 도와 드릴 만한 일이 있을지도 모르니까요.」

잠시 뒤에 그 부인이 안내를 받고 들어왔다. 그녀를 알아보자 내 심장은 쿵쾅쿵쾅 뛰었다. 야들리 가(家)의 여주인의 사진은 사교계 신문에 하도 자주 실리는 바람에 그녀를 모를 수가 없었다.

「앉으시죠, 레이디 야들리.」

내가 의자를 앞으로 밀어주며 말했다.

「제 친구 포와로는 나갔습니다만, 곧 돌아올 겁니다.」

그녀가 감사를 표하며 앉았다. 그녀는 메어리 마블 양과는 전혀 딴판이었다. 키가 크고 검은머리에 빛나는 눈동자를 갖고 있었고, 창백하면서도 자신에 차 있는 얼굴이었다. 입가의 곡선에는 뭔가 할 말이 있는 듯했다.

나는 막바로 그 사건으로 뛰어들고픈 욕망을 느꼈다. 안 될 건 뭔가? 포와로가 있으면 난 종종 쩔쩔매는 느낌이 들었다. 나는 아직 최선을 다해 보지 않았다. 나 역시 발군의 실력을 발휘하는 탐정의 감각을 지니고 있지 않은가. 나는 갑작스런 충동에 못 이겨 몸을 앞으로 숙였다.
「레이디 야들리, 전 부인이 왜 여기에 오셨는지 압니다. 다이아몬드에 관한 협박편지를 받으셨지요?」
내가 말했다.
내가 내리친 못이 정곡에 가서 박혔다는 건 의심할 여지가 없었다. 그녀는 입을 딱 벌리고서 날 빤히 쳐다보았는데, 뺨의 핏기마저 싹 가신 듯했다.
「알고 계셨어요? 어떻게?」
그녀가 숨을 헐떡였다.
나는 또 미소지었다.
「논리적인 진행상 모를 수가 없습니다. 마블 양도 협박편지를 받았지요.」
「마블 양이라고요? 그녀가 여기 왔어요?」
「방금 다녀갔습니다. 쌍둥이 다이아몬드 중 한쪽의 주인인 그녀가 일련의 수수께끼 같은 경고장을 받았는데, 나머지 한쪽의 주인이신 부인에게도 똑같은 일이 생긴 것은 당연한 일이지요. 지극히 간단하지 않습니까? 어떻습니까, 제 말이 옳지요? 부인께서도 그 이상한 메시지를 받으셨다는 것이?」
그녀는 나를 믿어야 할지 말아야 할지 고심하는 듯했다. 그녀는 잠시 주저하고 나서, 슬며시 미소를 지어 보이며 고개를 떨구었다.
「그래요.」
그녀가 인정했다.
「부인께 온 편지도 마찬가지로 직접 전달되었습니까? 중국 남자에게서?」
「아뇨, 우편으로 왔어요. 그런데…… 말씀해 주세요. 그러니까, 마블 양도 똑같은 일을 당했다는 거죠?」
나는 아침에 있었던 일에 대해 그녀에게 자세히 이야기해 주었다.

그녀는 귀를 기울이며 경청했다.

「모든 것이 들어맞는군요. 제 편지도 그녀의 것과 똑같아요. 우편으로 오긴 했지만, 그 편지엔 이상한 냄새가 스며 있었어요. 향냄새 비슷한 냄새가……. 그 때문에 즉각적으로 동양이 연상되었어요. 그게 어떤 의미일까요?」

나는 머리를 흔들었다.

「그게 바로 우리가 밝혀내야 할 문제입니다. 편지를 지니고 계시죠? 소인이 찍힌 걸 보면 뭐 좀 알아낼 만한 게 있을지도 모릅니다.」

「애석하게도 찢어 버렸어요. 이해하시리라 믿습니다만, 그 당시에 저는 그것을 하찮은 장난 정도로 여겼거든요. 중국인 악당이 그 다이아몬드를 되찾으려 한다는 게 사실일 리가 있겠어요? 도저히 믿어지지가 않아요.」

우리는 그 사실을 놓고 몇 번이나 검토했으나, 그 수수께끼는 더 이상 밝혀지지가 않았다. 마침내 레이디 야들이 일어섰다.

「굳이 포와로 씨를 기다릴 필요가 있겠느냐는 생각이 드는군요. 이 이야기를 그분께 들려 드릴 수 있으시겠죠? 대단히 감사합니다, 성함이……?」

그녀는 머뭇거리며 손을 앞으로 내밀었다.

「헤이스팅스 대위입니다.」

「오라! 내 정신 좀 봐. 캐븐디시 집안 사람들과 친구 되시죠, 아닌가요? 포와로 씨를 찾아가 보라고 제게 말한 사람이 바로 메어리 캐븐디시예요.」(<스타일즈 저택의 죽음> 참조.)

포와로가 돌아왔을 때 나는 신바람이 나서, 그가 집을 비운 동안 무슨 일이 일어났는지 시시콜콜 떠들어댔다. 우리가 나누었던 대화의 세세한 부분에 이르자 포와로는 내게 날카로운 시선을 보내며 힐문했다. 나는 그가 자리를 비운 것을 영 마땅치 않아 한다는 사실을 눈치챘다. 나는 또한 내 오랜 친구가 급기야는 나를 질투하는 게 아닌가 하는 야릇한 몽상에 빠져들었다. 그는 내 능력을 철저히 과소평가하는 듯이 꾸미며, 내게 비평을 가할 아무런 꼬투리를 찾지 못한 데 대해 원통해하는 것 같았다. 나는, 그 독특한 성깔에도 불구하고 체구가 작은 이 별난 친구에게 깊이 빠져 있었다. 그래서 그가 안달할까 봐 감정을 감추려고 애를 썼다. 하지만 속으로 은근히 기쁜 것은 나로서도 어쩔 수 없었다.

「좋아!」

그가 이상한 표정을 짓더니 말을 장황하게 늘어놓았다.

「갈수록 태산이군. 부탁인데 헤이스팅스, 저기 선반 위에 있는 귀족 명감을 좀 갖다 주게.」

그가 책장을 넘겼다.

「아! 여기 있군! '야들리…… 10대 자작, 남아프리카 전쟁에서 수훈을 세움.' 이건 별로 특기할 만한 게 못 되고…… '1907년 3월 귀족의 딸 모드 스토퍼턴, 3대 남작 코테릴의 넷째 딸……' 홈, 홈. 두 딸이 각각 1908년, 1910년에 태어났군. 클럽…… 저택…… 홈, 그래 봤자 이렇다 할 만한 정보가 없군. 하지만 내일 아침 우리는 이 영국 귀족을 보게 될 거야」

「뭐라고요?」

「그렇다니까. 내가 그에게 전보를 띄웠다네.」

「난 당신이 이 일에서 손을 떼려는 줄로 알았는데요?」

「난 마블 양이 내 제의대로 따라주기를 거절한 그 순간부터 그녀를 위해 일하는 게 아닐세. 지금 내가 하는 것은 순전히 내 만족 때문이야. 에르퀼 포와로의 만족 말일세! 단연코 나는 이 일에 개입하겠네.」

「그러니까 당신 속셈대로 하려고 쏜살같이 시내로 내달아 야들리 경에게 전보를 쳤군요. 그가 즐거워하지 않을 텐데요.」

「아무리 그래도, 내가 그를 위해 가보인 다이아몬드를 지켜 준다면 그는 나에게 백 번 감사할걸세.」

「그렇다면 당신은 진짜로 그것이 도난당할 수도 있다고 생각하는 겁니까?」
내가 진지하게 물었다.
「거의 확실해.」
포와로가 차분히 대답했다.
「어느 모로 보나 그렇다네.」
「그렇지만 어떻게?」
포와로는 나의 진지한 질문을 손을 휘저어 일축했다.
「부탁이니 지금은 그만두세. 마음을 어지럽히지 말자고. 그리고 저 귀족 명감을 좀 봐. 제자리에 갖다 꽂은 게 고작 저건가! 맨 꼭대기 선반에는 제일 큰 책들을 꽂고, 그 아래 선반에는 두 번째로 큰 책들을 꽂아. 그래, 그렇게. 그렇게 해야 내가 자네한테 늘 얘기했듯이 우리는 체계를 갖추고 제대로 원칙을 세울 수가 있는 거야, 헤이스팅스.」
「그건 그래요.」
나는 황망히 말하면서 거슬리게 꽂힌 책을 제 위치에 갖다 꽂았다.

야들리 경은 유쾌한 사람으로, 검붉은 얼굴에 목소리가 큰 스포츠 광이었다. 그는 솔직하고도 사근사근하면서 유머가 풍부한 점이 아주 매력적이었다. 그 점은 그의 지적인 결핍마저도 보충해 주고 있었다.
「이번 일은 아주 희한하군요, 포와로 씨. 뭐가 뭔지 도통 알 수가 있어야지요. 내 아내가 이상한 편지를 받은 것 같은데, 마블 양 역시 그런 것을 받았다는군요. 이게 어찌된 영문입니까?」
포와로는 그에게 소사이어티 가십 지에서 복사한 기사를 내밀었다.
「첫째로, 경, 나는 이 기사가 정말인지부터 물어 보고 싶은데요?」
야들리 경이 그것을 집어들었다. 읽어 가는 동안 그의 얼굴은 분노로 일그러졌다.
「이런 썩어빠질!」

그는 막된 소리를 내뱉었다.

「그 다이아몬드에는 어떤 낭만적인 사연도 들어 있지 않아요. 원래는 인도에서 들여온 걸로 알고 있어요. 난 이따위 중국 신(神)에 대해선 들어 보지도 못했어요.」

「그래도 그 보석은 '동방의 별'로 알려져 있는데요?」

「아니, 뭐라고요?」

격노에 차서 그가 되물었다. 포와로는 살짝 미소를 지었으나, 곧바로 대답을 하지는 않았다.

「내가 해주셨으면 하고 바라는 것은, 경, 내 보호를 받으시라는 겁니다. 스스럼없이 그렇게만 해주신다면 결정적인 파국을 막을 수 있을 겁니다.」

「그럼, 당신은 이 얼토당토않은 이야기에 실제로 뭔가가 들어 있다고 생각하시는 겁니까?」

「내가 부탁한 대로 하실 겁니까?」

「물론 그렇게 하겠습니다.」

「좋습니다! 그러면 몇 가지 질문에 대답해 주십시오. 이번 야들리 사냥터 일은 당신과 를프 씨 간에 이미 결정된 사항이지요?」

「오, 그가 그 이야기를 한 모양이군요? 아닙니다, 결정된 건 아무것도 없습니다.」

그가 머뭇거리자 벽돌 빛의 얼굴이 더욱 상기되었다.

「숨김없이 털어놓는 것이 좋겠군요. 여러 면에서 나는 나 자신을 바보로 만든 것 같습니다, 포와로 씨. 난 빚에 몰려 있습니다. 나는 그 빚을 해결하고 싶어요. 난 아이들을 좋아합니다. 그래서 그 일을 깨끗이 해결을 보고 정든 집에서 계속 살 수 있게 되었으면 합니다. 그레고리 롤프는 내게 엄청난 금액을 제시했어요. 내가 다시 재기할 수 있을 정도로 말입니다. 그렇지만 그렇게는 하고 싶지 않습니다. 이 사냥터 주위를 촬영 팀이 떠들썩하게 돌아다니는 것은 생각만 해도 싫습니다. 하지만 결국엔 그렇게 해야될 것 같습니다. 만일 그렇게 안 하면…….」
 그가 말을 갑자기 멈췄다.
 포와로는 날카로운 시선으로 그를 쳐다보았다.
「그렇다면 또 다른 복안이 마련되어 있습니까? '동방의 별'을 파실 생각입니까? 제가 이렇게 추측해도 되겠습니까?」
 야들리 경이 고개를 끄덕였다.
「바로 그겁니다. 몇 대를 물려서 가보로 전해져 내려왔지만, 꼭 강요된 건 아닙니다. 그렇긴 해도, 살 사람을 찾는다는 건 보통 힘든 일이 아니에요. 하턴가든 소유주인 호프버그가 살 사람을 찾는데 힘을 써주겠다고 했습니다만, 곧 물색해 내야지 그렇지 않으면 도로아미타불이 되고 맙니다.」
「한 가지만 더 묻겠습니다. 미안합니다만, 레이디 야들리께서는 그 중 어느 계획을 찬성하십니까?」
「오, 아내는 보석을 파는 데는 쌍심지를 켜고 반대를 하고 있어요. 여자들이 어떤지 잘 아시잖습니까.」
「잘 알겠습니다.」
 포와로가 말했다. 그는 잠시 생각에 잠겼다가 기운차게 일어섰다.
「지금 바로 야들리 사냥터로 돌아가시려고 하는 거죠? 좋습니다! 이 사건에 대해 누구에게도 한마디 말도 하지 마십시오. 아무에게도요. 이 점 명심하십시오. 우리가 오늘 오후에 그리로 갈 테니 기다리십시오. 5시 조금 지나 도착하겠습니다.」
「좋습니다. 그렇지만 나는 도무지 영문을 모르…….」
「그건 상관없습니다.」
 포와로가 불어로 친절하게 대답했다.
「그 이유는 곧 알게 될 겁니다. 난 경을 위해 그 다이아몬드를 지켜 드리려 합니다, 괜찮겠지요?」
「예, 그렇지만.」
「그러시다면 내 말대로 하십시오.」

어리둥절한 귀족은 슬픈 표정을 짓고서 방을 나갔다.

우리가 야들리 사냥터에 도착한 때는 5시 30분이었고, 위엄 있는 집사에게 안내받아 우리는 활활 타오르는 통나무가 있는 오래된 나무벽으로 장식된 응접실로 들어갔다. 우리의 시선은 보기 좋은 장면에 가서 멈추었다. 레이디 야들리는 두 아이들의 금발머리 위로 당당한 검은머리를 숙이고 있었다. 야들리 경이 그들을 바라보고 미소지으면서 그들 가까이 서 있었다.

「포와로 씨와 헤이스팅스 대위이십니다.」

집사가 알렸다.

레이디 야들리가 깜짝 놀란 모습으로 쳐다보자, 야들리 경이 포와로에게 지시를 구하는 눈길을 하고서 미적미적 앞으로 나섰다. 포와로는 이런 상황에 훌륭히 처신했다.

「모두 제 탓이니 양해해 주시기 바랍니다! 사실은 전 아직도 마블양 사건을 조사중에 있습니다. 그녀는 두 분을 금요일에 찾아오기로 하셨지요? 우선 모든 것이 안전한지부터 좀 살펴봤으면 합니다. 또한, 레이디 야들리께서 받으신 편지에 찍힌 소인이 생각나셨는지 그 여부도 묻고 싶은데요?」

레이디 야들리는 유감스러운 듯이 머리를 흔들었다.

「생각이 안 나는데요. 제가 멍청한 짓을 했군요. 아시겠지만, 저는 결코 그것을 심각하게 받아들일 생각은 꿈에도 못 해 봤어요.」

「밤에도 여기에 계실 겁니까?」

야들리 경이 물었다

「오, 야들리 경, 폐를 끼치게 될까 봐 송구스럽군요. 짐은 여관에다 놔뒀습니다.」

「좋습니다.」

야들리 경이 나섰다.

「우리가 그리로 사람을 보내지요. 전혀 폐가 되지 않습니다, 그건 내가 장담합니다.」
 포와로는 못 이기는 체 양해를 구하고 나서 레이디 야들리 옆에 앉아 아이들과 놀기 시작했다. 눈 깜짝할 새에 그들은 한데 어울려 뛰어 놀면서 나까지 어울리게끔 했다.
「부인은 참으로 좋은 어머니십니다」
 아이들이 엄격한 보모에 의하여 마지못해 자리를 물러나자 포와로가 고개를 숙이며 불어로 말했다.
 레이디 야들리는 흐트러진 머리를 쓰다듬었다.
「전 아이들이 사랑스러워 죽겠어요.」
 그녀는 목구멍에 뭔가가 걸린 듯한 소리로 말했다.
「그리고 아이들도 부인을 사랑하는군요!」
 포와로가 다시 꾸벅 인사를 했다.
 옷 갈아입는 벨이 울렸을 때 집사가 금속제 쟁반에 전보를 담아 가지고 들어와서 야들리 경에게로 건넸다. 야들리 경은 실례를 구하면서 봉투를 뜯었다. 읽는 동안 그는 눈에 띄게 표정이 굳어졌다.
 신음소리를 내며 그는 그것을 부인에게 건넸다. 그리고 나서 그는 내 친구를 바라보았다.
「잠시만요, 포와로 씨, 당신이 이 일을 알아야 한다는 느낌이 드는군요. 호프버그에게서 왔습니다. 다이아몬드를 사겠다는 사람이 나선 모양이에요. 미국 사람인데, 내일 배를 타고 본국으로 돌아간다는군요. 그들이 오늘 밤 보석감정차 사람을 보내겠답니다. 이런, 이 일이 성사된다손 쳐도……」
 그는 뒷말을 잇지 못했다.
 더욱이, 레이디 야들리는 그 일을 환영하지 않는 터였다. 그녀는 아직 손에 전보를 들고 있었다.
「당신이 그걸 안 팔았으면 해요, 조지.」
 그녀가 나지막한 목소리로 말했다.
「그토록 오랜 기간 동안 집안의 가보로 물려져 내려왔는데.」

그녀는 대답을 기다렸으나 아무런 응답이 없자 표정이 굳어 버렸다. 그녀는 어깨를 으쓱했다.

「가서 옷이나 갈아입어야겠어요. '상품'을 제가 직접 보여 드리는 편이 더 나을 것 같다는 생각이 드는군요.」

그녀는 우거지상을 하고 포와로를 향해 몸을 돌렸다.

「세상에서 가장 큰 목걸이 중 하나예요! 조지는 그 보석을 제게 남겨 주겠다고 늘 얘기해 왔는데, 다 틀려 버렸군요.」

그녀가 방을 나갔다.

30분 뒤에 우리 세 사람은 여주인을 기다리면서 커다란 응접실에 둘러앉았다. 이미 저녁 시간이 몇 분 지난 뒤였다.

갑자기 바스락거리는 소리가 조그맣게 들리면서 레이디 야들리가 격식대로 차려입고 문가에 나타났다. 하늘하늘하는 흰 드레스를 길게 늘어뜨려 입은 모습이 보기에도 눈부셨다. 목 둘레를 빙 돌아가면서 번쩍번쩍 빛났다. 그녀는 한 손으로 목걸이를 만지작거리며 저만치에 서 있었다.

「이 희생물을 한번 보세요.」

그녀가 밝은 목소리로 말했다. 그녀의 어설픈 유머는 효과를 내지 못하고 사그라졌다.

「제가 큰 등을 켜고 들어올 테니, 영국에서 가장 기막힌 목걸이를 보시면서 두 눈을 즐기시기 바랍니다.」

스위치는 문 바깥쪽에 있었다. 그녀가 스위치로 손을 뻗자마자 믿을 수 없는 일이 일어났다. 갑자기 아무런 경고도 없이 모든 불이 나가면서 문에서 '쾅' 하는 소리가 나더니, 그 반대편에서 찢어지는 듯한 여자의 비명 소리가 길게 여운을 남겼다.

「세상에 이럴 수가!」

야들리 경이 외쳤다.

「저건 모드의 목소리인데! 무슨 일이 일어난 거지?」

우리는 어둠 속에서 서로 좌충우돌하면서 더듬거리며 문으로 달려갔다. 몇 분 안 돼서 상황이 눈에 들어왔다. 레이디 야들리는 의식을 잃고서 대리석 마룻바닥에 누워 있었는데, 목걸이가 걸려 있던 목엔 억지로 비틀어 떼어낸 자국이 선홍색으로 남아 있었다.

그녀가 죽었는지 살았는지 알아보려고 우리가 그녀의 몸 위로 허리를 굽히자 그녀가 천천히 눈을 떴다.

「중국 남자가.」

그녀가 고통스럽게 속삭였다.

「중국 남자가…… 옆문에.」

야들리 경이 씩씩거리며 용수철처럼 벌떡 일어났다. 그를 따라나서는 내 가슴은 정신없이 방망이질 쳤다. 또다시 중국인이라니! 문제의 옆문은 벽의 한쪽 코너에 나 있었는데, 그 난장판이 벌어진 장소로부터 12야드(약 11m)도 채 되지 않은 곳에 있었다. 그리로 가서 나는 외마디 비명을 질렀다. 바로 문지방 가까이에 목걸이가 빛을 발하며 떨어져 있었다. 도둑이 서두르다 흥분한 나머지 떨어뜨린 게 틀림없었다. 나는 기쁜 마음으로 그 위로 손을 뻗쳤다. 그때 야들리 경이 비명을 내질렀다. 목걸이는 한가운데가 뻥 뚫려 있었다. '동방의 별'이 사라진 것이다!

「그 말대로군.」

나는 한숨을 내쉬었다.

「이 놈들은 예사 도둑이 아니야. 그들이 노린 건 오로지 이 보석 하나였어.」

「그런데 그 녀석이 어떻게 들어왔을까?」

「문을 통해서죠.」

「그래도 늘 닫혀 있는데.」

나는 머리를 저었다.

「지금은 닫혀 있지 않아요, 보세요.」

나는 말하면서 문을 당겨서 열었다.

그렇게 하다 보니 바닥에 뭔가가 펄럭이며 떨어졌다. 나는 그것을 집어들었다. 자수가 꼼꼼히 놓여 있는 비단 조각이었다. 중국 남자의 옷에서 찢겨져 나온 것이다.

「너무 서둘다가 옷자락이 문에 끼었군요.」

내가 설명했다.

「가봅시다, 빨리. 그 녀석은 아직 멀리 가지 못했을 겁니다.」

우리는 눈에 불을 켜고 찾아보았으나 허사였다. 칠흑 같은 밤이라 도둑은 쉽사리 도망쳤을 것이다. 우리는 쓸쓸하게 돌아왔고, 야들리 경은 하인을 시켜 급히 경찰을 부르러 보냈다.

이 일에서 사실상의 여주인공인 레이디 야들리는 포와로의 노련한 간호를 받고서 자초지종을 들려줄 수 있을 만큼 충분히 회복되었다.

「나머지 불을 켜려던 참이었어요.」

그녀가 말했다.

「그런데 뒤에서 어떤 남자가 저를 덮치는 거였어요. 그가 제 목에서 목걸이를 우악스럽게 잡아채는 바람에 저는 바닥에 뒤로 넘어지고 말았죠. 그러면서 저는 그가 옆문으로 사라지는 것을 보았어요. 그때 뒤로 늘어뜨린 편발과 수놓인 옷을 보고 전 그가 중국 남자라는 걸 알았죠.」

그녀는 부들부들 떨면서 말을 멈췄다.

집사가 다시 나타났다. 그는 나지막한 목소리로 야들리 경에게 말했다.

「호프버그 씨가 사람을 보내셨습니다, 주인님. 주인님이 만나 보려 하실 거라고 하더군요.」

「빌어먹을!」

마음이 산란해진 야들리 경이 외쳤다.

「일단은 만나 봐야겠군. 아니, 여기서 말고. 물링스, 서재에서 만나겠네.」

나는 포와로를 한옆으로 끌어냈다.

「날 좀 보시지요, 포와로. 우리는 이만 런던으로 돌아가는 게 낫지 않을까요?」
「자넨 그렇게 생각하나, 헤이스팅스? 왜?」
「그러니까…….」
내가 예민하게 헛기침을 했다.
「일이 순조롭게 돌아가고 있질 않잖아요? 내 말은, 당신이 야들리 경에게 모든 걸 맡기만 주면 알아서 잘 처리해 주겠노라고 말했는데……, 그런데도 다이아몬드가 당신 코앞에서 사라졌지 않습니까!」
「사실일세.」
포와로가 의기소침해져서 말했다.
「평소의 내 화려한 전적과는 상반되지.」
사건을 이런 식으로 포와로가 묘사하니 나는 거의 웃음이 나올 뻔했으나 억지로 참았다.
「그러니까―이런 식으로 얘기해서 미안하지만―일을 뒤죽박죽 꼬이게 하느니, 지금 당장 떠나는 게 더 우아하다는 생각이 들어요. 그렇지 않습니까?」
「아니, 저녁은 틀림없이 진수성찬일 텐데, 야들리 경의 요리사가 준비해 놓은 그 저녁은 어떻게 하고?」
「아니, 이 마당에 저녁이 다 뭡니까!」
나는 참지 못하고 벌컥 역정을 냈다.
포와로가 반감을 나타내며 손을 쳐들었다.
「저런! 자넨 여기까지 와서 미식(美食)과 관계된 일을 대수롭지 않은 범죄와 결부시키는군 그래.」
「우리가 왜 가급적 빨리 런던으로 돌아가야 하는지, 또 다른 이유가 있다니까요.」
내가 계속했다.
「그게 뭔데, 헤이스팅스?」
「나머지 다이아몬드요.」
내가 목소리를 죽이며 말했다.

「마블 양의 것 말입니다.」
「그래, 그게 뭔데?」
「모르겠어요?」
그답지 않게 둔감한 것이 나를 놀라게 했다. 평소의 그 날카로운 기지는 다 어디로 갔단 말인가?
「그들이 한 개를 손에 넣었으니, 이젠 남은 걸 노리려 할 게 아닙니까?」
「저런!」
포와로가 한 발자국 뒤로 물러서면서 존경 어린 눈초리로 나를 쳐다보며 불어로 외쳤다.
「두뇌 회전이 경탄할 만하군 그래! 자네가 생각해낸 그것을 난 미처 생각도 못 하고 있었다니! 그렇지만 시간은 아직 많네. 보름달 때니까 아직 금요일이 안 됐잖아.」
나는 미덥지 않아서 고개를 살래살래 흔들었다. 달이 차야 한다는 얘기는 나를 완전히 맥빠지게 했다. 그렇더라도 나는 포와로와 보조를 맞추기로 했다. 우리는 야들리 경에게 변명의 사연을 쓴 쪽지를 남기고 서둘러 자리를 떴다.
내 생각은 지금 즉시 '매그니피슨트' 호텔로 가서 마블 양에게 일어날 일을 미연에 방지하자는 것이었으나, 포와로는 그 계획을 묵살하고서 내일 아침에 가자고 하며 그때까지는 시간이 충분히 있다고 우겼다. 나는 심히 유감을 품으면서 포와로의 의견에 굴복했다.
다음 날 아침에도 포와로는 활발히 움직일 생각이 없는 듯했다. 나는 그가 초장부터 실수를 저지른 나머지 그 일을 진척시키기가 꺼림칙해서 저러는 게 아닌가 하는 의심이 들기 시작했다. 내 설득에 마지못해 응하는 투로 포와로는, 아침 신문에 야들리 사냥터 사건이 상세히 실려 있어서 롤프 부부도 우리가 얘기해 줄 수 있는 만큼 이미 잘 알고 있을 것이라고 말했다.
사태를 보니 내 육감은 제대로 맞아 떨어졌다. 2시경에 전화벨이 울렸다. 포와로가 받았다. 그는 잠시 듣고 있더니 불어로 짤막하게, 「좋아요, 내가 그리로 가죠.」 하며 전화를 끊은 다음, 내 쪽으로 몸을 돌렸다.

「어떻게 생각하나, 친구?」

그는 반은 부끄러워하고 반은 흥분한 듯이 보였다.

「마블 양의 다이아몬드도 도둑 맞았다네.」

「뭐라고요?」

나는 벌떡 일어서서 외쳤다.

「그렇다면 '보름달'은 어찌 된 거죠?」

포와로가 고개를 숙였다.

「그 일이 언제 일어났는데요?」

「오늘 아침이라고 들었네.」

나는 우울하게 머리를 흔들었다.

「당신이 내 말을 듣기만 했어도 되었잖아요. 내가 옳았다는 것을 알겠죠?」

「그럴 듯이 보이네, 헤이스팅스.」

포와로가 조심스럽게 말했다.

「겉모양만 가지고는 판단을 그르치기 십상이라고 말들 하네만, 이 일은 확실히 그렇게 보이는 군.」

우리가 택시를 잡아타고 서둘러 매그니피슨트 호텔로 가는 동안, 나는 그 계획의 참뜻을 파악해냈다.

「그 '보름달' 생각은 간교했어요. 전체적인 의도는 우리로 하여금 금요일에만 급급하도록 하는 것이었고, 그 와중에 미리 선수쳐서 우리의 방어망을 벗어난 겁니다. 당신이 그 점을 깨닫지 못했다니 애석하군요.」

「바로 그래!」

포와로가 불어로 유쾌하게 말했는데, 그 같은 실추 뒤에도 그의 태연함은 여전했다.

'서방의 별'의 모험　33

「모든 걸 일일이 생각할 수는 없는 노릇이야!」

나는 그가 불쌍하게 여겨졌다. 그는 어떠한 실패를 막론하고, 실패라면 치를 떨었는데 말이다.

「기운을 내세요.」

내가 위로하며 말했다.

「다음 번엔 운이 따라줄 겁니다.」

매그니피슨트 호텔에 도착하자 우리는 즉시 지배인의 방으로 안내되었다. 그레고리 롤프가 런던 경시청에서 온 두 사람과 함께 거기와 있었다.

우리가 들어서자 롤프가 꾸벅 인사를 했다.

「우리는 사건의 진상을 규명하고 있는 중입니다.」

그가 말했다.

「그런데 도무지 믿어지지가 않아요. 그놈이 어떻게 그렇게 뻔뻔스러울 수 있는지 도저히 이해가 안 갑니다.」

우리는 곧 그 이유를 알게 되었다. 롤프 씨는 11시 15분에 호텔을 나왔다. 11시 30분에 외모가 그와 거의 비슷한 어떤 신사가 호텔에 들어와서 안전보관소에 맡겨진 보석 상자를 달라고 요청했다. 그는 정식으로 접수증에 사인을 하면서 아무렇지도 않게 말했다.

「사인이 평소와 조금 다르게 보이지요? 택시를 내리다가 손을 다쳤거든요.」

접수 담당 직원은 그저 웃으면서 약간 달라 보인다고 말했다고 한다. 남자가 껄껄 웃으면서 말했다.

「그나저나 이번에는 나를 사기꾼으로 몰지 마시오. 난 중국 남자로부터 협박편지를 받았는데, 무엇보다도 기분 나쁜 건 내가 중국 놈처럼 보인다는 사실이야. 눈이 좀 그런가 봐.」

「전 그를 쳐다봤어요.」

우리에게 이야기를 들려주던 접수 담당 직원이 말했다.

「저는 즉시 그 말이 뭘 뜻하는지 알았죠. 즉, 두 눈이 동양 사람들처럼 눈꼬리가 위로 살짝 치켜 올라갔더군요. 전에는 보지 못했었죠.」
「빌어먹을, 이봐.」
그레고리 롤프가 앞으로 몸을 수그리며 으르렁거렸다.
「내 눈꼬리가 치켜 올라갔는지 똑똑히 보라고!」
접수 담당 직원이 그를 쳐다보더니 말했다.
「아뇨, 선생님.」
그가 말했다.
「그렇다고 말할 수는 없겠는데요.」
그런데 동양인의 눈과 서양인의 갈색 눈과는 사실 크게 차이나는 점은 없다.
런던 경시청 사람들이 투덜거렸다.
「대단한 놈이에요. 눈을 눈치챌까 봐 그 의심을 누그러뜨리려고 과감히 행동한 겁니다. 그는 당신이 호텔에서 나오는 것을 틀림없이 지켜봤을 겁니다. 그런 뒤 당신이 떠난 게 확실해진 다음에 슬쩍 들어온 거죠.」
「보석함은 어떻게 됐습니까?」
내가 물었다.
「호텔 복도에서 발견되었어요. 딱 한 가지만 없어졌더군요. '서방의 별'이오.」
우리는 서로를 쳐다보았다. 모든 것이 너무나도 혼란스러웠고 좀처럼 현실 같지 않았다.
포와로는 기운차게 자리를 박차고 일어섰다.
「난 별로 도움이 못 된 것 같군요.」
그가 면목 없다는 듯이 말했다.
「부인을 뵐 수 있을까요?」
「쇼크 상태에 빠져 있을 겁니다.」
롤프가 설명했다.

'서방의 별'의 모험 35

「그렇다면 당신과 단둘이서 몇 마디만 나눌 수 있을까요, 무슈?」
「그러시죠.」
한 5분쯤 지나서 포와로가 다시 나타났다.
「자, 친구.」
그가 명랑하게 말했다.
「우체국으로 가세나. 전보를 쳐야 하니까.」
「누구한테요?」
「야들리 경한테.」
그는 내게 붙잡힌 팔을 빼내며 더 있을 질문을 일축했다.
「이리 와, 이리 오라고, 헤이스팅스. 이 불운한 일을 당해 자네 기분이 어떤지는 잘 알고 있네. 난 조금도 예리하지 못했어! 자네가 내 입장에 있었다면 예리하게 해냈을 걸세! 좋아! 모든 걸 시인하네. 잊어버리고 점심이나 들자고.」

우리가 포와로의 방으로 갔을 때는 4시경이었다. 창가에 있는 의자에서 한 형체가 일어났다. 야들리 경이었다. 그는 초췌했으며 몹시 동요하고 있는 듯이 보였다.

「전부를 받고서 즉시 이리로 왔습니다. 아, 글쎄, 호프버그에게 알아봤습니다만, 그들은 간밤에 자기네가 보낸 남자에 대해서 전혀 모르고 있고, 전보 건도 마찬가지더군요. 당신은 그 점을 어떻게 생각하십니까?」

포와로가 손을 쳐들었다.

「내 잘못입니다! 내가 전보를 보냈고, 내가 문제의 그 남자를 고용했거든요.」

「아니, 당신이? 하지만 왜요? 무슨 일로?」

야들리 경은 혼란에 빠져서 앞뒤 없이 마구 떠들어댔다.

「조그만 아이디어가 머릿속에 떠올랐죠.」

포와로가 담담하게 설명했다.

「머릿속에 떠올랐다니! 아이고, 하나님!」

야들리 경이 외쳤다.
「그런데 그 계획이 먹혀 들어간 거죠.」
포와로가 신이 나서 말했다.
「그러니, 야들리 경, 나는 당신에게 돌려 드리게 되어서 무척 기쁩니다. 보시죠!」
포와로는 극적인 몸동작으로 번쩍번쩍 빛나는 물건을 내놓았다. 그것은 커다란 다이아몬드였다.
「'동방의 별'이잖아!」
야들리 경이 숨을 헐떡였다.
「그렇지만 이해를 못 하겠는데……」
「못 하겠다고요?」
포와로가 말했다.
「아무것도 아닙니다. 믿어 주시지요. 다이아몬드는 꼭 잃어버릴 필요가 있었습니다. 모두 경을 위해서 그런 것임을 보증합니다. 그리고 또 나는 약속을 지켰습니다. 부디 나의 사소한 비밀은 그냥 지켜 주시기 바랍니다. 아울러, 부탁입니다만, 존경하는 레이디 야들리께 제가 보석을 그대로 돌려보내 드릴 수 있게 되어 무한히 기뻐한다는 말을 전해 주십시오. 날씨가 좋습니다, 그렇지 않습니까? 좋은 날입니다, 경.」
포와로는 웃음을 띠고 얘기하면서 어리둥절해하는 야들리 경을 문으로 안내했다. 그는 손을 비비며 경쾌하게 제자리로 돌아왔다.
「포와로.」
내가 말했다.
「내가 확실히 정신이 돈 거지요?」
「아니, 친구, 단지 자넨 언제나처럼 정신이 혼미한 안개 속에 갇혀 있다네.」
「어떻게 그 다이아몬드를 입수했나요?」
「롤프한테서.」

「롤프라고요?」

「그렇다니까! 경고장이니, 중국 남자니, 소사이어티 가십 지의 기사니 하는 것은 모두 롤프의 교묘한 머리에서 나온 발상이야! 그 두 다이아몬드는 신기하리만큼 똑같다고 여겨졌어. 흥! 그런 것들은 존재하지도 않았는데 말이야. 다이아몬드는 오로지 하나뿐이었어, 이 친구야! 원래는 야들리 집안의 수집품인데, 3년 동안 롤프가 소유해 왔어. 그는 오늘 오전에 양쪽 눈꼬리에 색칠을 하여 그림자를 만들어 가지고서 그것을 훔친 거야! 아, 영화로 그를 봐야 하는 건데, 그는 정말 예술가야, 예술 그 자체라고!」

「그런데 그가 왜 자기 다이아몬드를 훔쳤을까요?」

내가 어리둥절해하며 물었다.

「그럴 이유야 많지. 우선 레이디 야들리를 다루기가 힘들었어.」

「레이디 야들리라고요?」

「자넨 그녀가 캘리포니아에 혼자 남겨졌던 걸 잘 알지? 그녀는 외도를 한 거야. 롤프는 핸섬해서 그 용모에 연정을 품게 하는 데가 있잖나. 그렇지만 근본을 파헤쳐 보면 그는 굉장히 냉정하고 사무적인 사람이야. 하여간 알아줘야 할 남자라니까! 그는 레이디 야들리를 육체로 정복한 다음 그녀를 협박했지. 내가 어젯밤에 그 부인을 문책하니까, 그녀가 그걸 인정하더군. 그녀는 딱 한 번 분별을 잃었노라고 맹세했고, 난 그녀를 믿었네. 하지만 롤프는 그녀의 편지를 갖고 있었다네. 그 편지로 그는 레이디 야들리에게 이혼하라는 협박을 했어. 레이디 야들리는 자식들과 떨어지지 않으려고 그가 원하는 걸 다 들어준 거야. 그녀는 따로 모아둔 돈도 없고 해서, 진짜 보석과 똑같은 인조 보석을 그가 바꿔치기하는 걸 내버려둘 수밖에 없었어. '서방의 별'이 나타난 날짜의 우연성이 즉시 내 머리를 치고 지나가더군. 모든 것이 착착 돌아갔지. 레이디 야들리는 마음을 단단히 먹었어. 그냥 눌러 살기로 말이야. 그런데 다이아몬드를 팔 일이 생기고 만 거야. 하지만 다이아몬드를 팔게 되면 바꿔치기한 것이 발각되지 않겠

나. 그래서 그녀는 얼마 전에 영국에 도착한 그레고리 롤프에게 기를 쓰고 편지를 띄웠던 것일세.
 그는 모든 걸 알아서 하겠다고 약속하면서 그녀를 달랬겠지. 그러면서 이중 도둑질을 시도한 거야. 이와 같이 해서 그는, 자기 남편에게 달갑지 않은 연애사건의 모든 전말을 털어놓을 우려가 있는 레이디 야들리를 진정시켰지. 그리고 자기에게 5만 파운드가 완전히 굴러 들어오게 만든 거야. (아하, 자넨 그 사실을 잊었군!) 그는 여전히 그 다이아몬드를 지닐 수 있게 되는 거지! 이 점에 착안해서 나는 일에 손을 댔네. 다이아몬드 전문가의 도착이 알려졌지. 나는 레이디 야들리가 그 즉시 도둑질당할 만반의 준비를 갖췄으리라고 느꼈네. 그리고 예상대로 그 일은 멋지게 벌어졌어!
 하지만 에르퀼 포와로는 사실 이외에는 안 보는 사람이야. 실제로는 무슨 일이 일어난 건지 짐작이 되나? 부인은 불을 끄고 문을 쾅 닫으며 복도에 목걸이를 패대기치면서 비명을 질렀어. 그녀는 2층에서 이미 렌치로 다이아몬드를 빼냈지.」
 「아니, 우린 그녀의 목에 둘러진 목걸이를 봤잖아요!」
 내가 반대 의견을 내놓았다.
 「미안하게 됐네, 친구. 그녀는 손으로 그 공백 부분을 가리고 있었어. 그리고 비단 조각을 미리 떨어뜨려 놓은 건 유치한 애들 장난이라고! 물론 롤프는 그 도둑질에 대한 소식을 듣자마자 직접 유치한 코미디를 준비했지. 그리고 멋들어지게 연출해낸 거야!」
 「그에게 뭐라 말했죠?」
 나는 호기심을 주체할 수가 없어서 물어 보았다.
 「나는 그에게 레이디 야들리가 자기 남편에게 모든 걸 다 털어놨다고 말했네. 그리고 나는 보석을 되찾는 권한을 부여받았는데, 지금 즉시 건네 받지 못한다 하더라도 되찾는 과정에서 시간이 좀 걸릴 뿐이라고 말했지. 그리고 그가 무서워서 벌벌 떨도록 좀 공갈을 쳤다네. 그는 완전히 내 손아귀에서 놀아났지!」

나는 그 문제를 곰곰이 생각해 보았다.
「메어리 마블에겐 좀 부당한 것 같은데요. 그녀는 아무 잘못도 없이 자기 다이아몬드만 날렸잖아요.」
「훙!」
포와로가 퉁명스럽게 코방귀를 뀌었다.
「덕분에 그녀는 대대적으로 널리 선전이 되었잖나. 그녀가 노린 건 오로지 그뿐이었어! 하지만 또 다른 여자, 그녀는 달라. 그녀는 좋은 어머니야. 그리고 아주 여성답지!」
「그렇겠군요.」
나는 여성에 대한 포와로의 견해에 대해서는 완전히 동조하지 않았으므로 모호하게 말했다.
「그녀에게 똑같은 편지를 보낸 사람은 롤프였나 보군요?」
「천만에.」
포와로가 불어로 당당하게 말했다.
「그녀는 메어리 캐븐디시의 조언을 받고서 날 찾아와 자기의 고민을 해결해 보려고 했어. 그런데 그녀는 자기의 연적이 되는 메어리 마블이 여기에 왔다 갔다는 소리를 듣고서 마음을 확 바꾸었다네. 자네가 들려준 얘기로 각본을 꾸미기로 말야. 나는 자네가 그녀에게 마블 양의 편지 얘기를 들려줬다는 말을 듣고 짐작했다네! 그녀는 자네 얘기를 듣고 마음을 바꾼 거야.」
「믿어지지가 않아요.」
내가 한 대 얻어맞은 듯이 멍하니 외쳤다.
「그래, 그래, 친구. 자네가 심리학을 공부하지 않은 것이 심히 유감스럽네. 그녀가 자네한테 편지를 찢어 버렸다고 말했다지? 하, 참! 여자들이란 편지를 받지 않았다면 모를까, 절대로 찢는 법이 없어! 그렇게 하는 것이 훨씬 신중하리라는 것을 뻔히 알면서도 말이야!」
「아무튼 좋습니다.」
내가 화를 내며 말했다.

「그래도 당신은 날 완전히 바보 취급했어요! 처음부터 끝까지 말입니다! 아니, 마지막에 가서 모든 걸 설명하려는 건 좋아요. 아무리 그래도, 한계가 있는 법이라고요!」

「그래도 자넨 제법 즐겼잖나, 이 친구야. 나는 친구의 허황된 환상을 깨뜨릴 만큼 강심장이 못 돼.」

「그건 좋지 않죠. 그래도 이번엔 너무했다고요.」

「이런! 별것 아닌 일에 이렇게까지 화를 낼 것까지는 없잖아, 헤이스팅스!」

「질렸어요!」

나는 문을 쾅 닫고 나갔다. 포와로는 날 완전히 졸로 보았다. 나는 그에게 따끔한 맛을 보여 줘야겠다고 결심했다. 그를 용서하려면 시간이 좀 지나야 한다. 격려한답시고 오히려 나를 완전히 바보 취급하다니!

마스던 장원의 비극

The Tragedy at Marsdon Manor

누가 불러서 며칠 동안 도시를 떠나 있다가 돌아와 보니 포와로는 조그만 여행 가방을 꾸리고 있었다.

「잘 됐군, 헤이스팅스. 난 자네가 제때 돌아오지 못해서 함께 동행하지 못할까 봐 걱정했지.」

「사건이 생겨서 가봐야 되나 보죠?」

「그래, 난 이 일을 해결해야만 하는데, 겉으로 봐서는 일이 잘 풀릴 것 같지 않아. 노던 유니언 보험회사가 얼마 전에 5만 파운드라는 어마어마한 액수로 생명보험을 든 맬트레이버스 씨의 죽음을 나에게 조사해 달라고 요청했거든.」

「그래요?」

나는 몹시 흥미가 당겨서 말했다.

「보험 증서에는 일반적인 자살 조항이 물론 들어 있었어. 그가 1년 내로 자살할 경우 보험료는 몰수되고 말아. 맬트레이버스 씨는 그 회사 전용 의사에게 정식 검진을 받았는데, 인생의 전성기는 좀 지났다 해도 건강상태는 아주 양호했다는군. 지난 수요일—그저께—맬트레이버스 씨의 시체가 에섹스 군 마스던 장원(莊園)에 있는 그의 자택 정원에서 발견되었지. 사인(死因)은 일종의 내출혈로 밝혀졌어. 그 자체만 따져 보면 별것 아니지만, 최근 맬트레이버스 씨의 경제 상태에 관한 안 좋은 소문이 퍼졌는데, 노던 유니언 사는 철저히 조사한 끝에 고인(故人)이 아슬아슬한 파산 직전의 단계에 놓여 있었다고 결론을 내렸다네. 그렇게 해서 그 일은 양상이 상당히 바뀌었지. 맬트레이버스에겐 젊고 아름다운 부인이 있었는데, 그는 가진 현금을 있는 대로 긁어모아 생명보험에 들고는 아내에게 유리하게 해놓고서 죽어 버린 거야. 그런 일은 혼치 않지.

노던 유니언 사의 의사인 내 친구 앨프리드 라이트가 내게 진상을 규명해 달라고 의뢰해 왔네. 내가 그에게 얘기했듯이 썩 낙관적이지가 않아.

만일 사인이 심장마비였다면 난 훨씬 낙관할 수가 있네. 심장마비는 그 동네 의사의 무능력으로 말미암아 자기 환자가 실제로는 뭘로 죽었든지 간에 그렇게 진단이 내려지기 일쑤지만, 내출혈이라면 꽤 명료하게 보이거든. 그래도 우린 몇 가지 필요한 정보를 입수할 수 있을 거야. 5분 동안에 짐을 챙기게, 헤이스팅스, 그리고는 택시를 잡아타고 리버풀 가(街)로 가자고.」

(리버풀 가에는 킹스 크로스 역이 있다.)

약 한 시간 뒤에 우리는 '마스던 라이'라는 조그만 역에 당도하여 그레이트 이스턴 열차에서 내렸다. 역원에게 우리는 마스던 장원이 약 1마일 떨어진 곳에 있다는 얘기를 들었다. 포와로가 걷자고 해서 우리는 주도로를 따라 발걸음을 내디뎠다.

「자, 우리의 계획은 어떤 겁니까?」

내가 물었다.

「우선 의사부터 만나 봐야겠어. 마스던 라이에는 의사라곤 오로지 한 사람, 닥터 랠프 버나드밖에 없다는 걸 확인했지. 아, 그의 집이 보이는군.」

문제의 집은 잘 지은 소주택으로, 도로에서 약간 뒤로 물러나 있었다. 문의 청동제 푯말에 의사의 이름이 새겨져 있었다. 우리는 집으로 향해 나 있는 작은 길을 따라 걸어가 벨을 눌렀다.

우리는 운이 좋았다. 진료 시간이었는데도 마침 기다리는 환자가 없었던 것이다. 버나드 의사는 연로한 분으로, 위로 솟은 어깨가 구부정했으며, 어딘지 편안한 데가 있는 사람이었다.

포와로는 자기 소개를 하고서 우리의 방문 목적을 밝히고는, 덧붙여 보험회사에서는 이번 일을 철저히 조사하려 한다는 것을 강조했다.

「물론이죠, 물론이다마다요.」

버나드 의사가 어정쩡하게 말했다.

「그가 이름난 부자라서 엄청난 액수의 생명보험에 들었나 보지요?」

「선생님은 그가 부자라고 생각하십니까?」

의사는 놀란 듯이 보였다.

「아니던가요? 그는 차도 두 대나 있었잖아요. 또 마스던 장원은, 유지하기엔 너무 넓은 곳이죠. 비록 그가 아주 싸게 그 집을 구입했다고 하더라도 말입니다.」

「그가 최근에 큰 재산을 잃은 걸로 저는 들었습니다만.」

포와로는 의사를 면밀히 주시하며 말했다.

의사는 그저 슬픈 듯 고개를 저었다.

「그래요? 저런. 그래도 생명보험에라도 들었으니 부인에게는 다행이겠군요. 아주 아름답고 매력적인 젊은 여성분인데, 이토록 슬픈 일을 당했으니 기력이 몹시 쇠진했을 겁니다. 가엾게도 온통 신경이 곤두섰겠죠. 그녀를 최대한 보살피려 애썼습니다만, 그래도 충격이 컸던 건 말로 표현할 수도 없죠.」

「선생님은 최근에 맬트레이버스 씨를 돌봐 드렸습니까?」

「나는 그를 치료한 적이 없습니다.」

「뭐라고요?」

「나는 맬트레이버스 씨가 크리스천 사이언스 파(派) (믿음으로 병을 치유할 수 있다고 믿는 기독교의 일파로, 1866년 미국에서 발생했음) 신도인 걸로 알고 있습니다.」

「그렇지만 선생님은 검진을 하시지 않았습니까?」

「그랬죠. 보조 정원사가 나를 부르러 와서 갔어요.」

「그럼, 사인(死因)은 명백했습니까?」

"틀림없었어요. 입술에 피가 묻어 있었습니다만, 출혈은 대부분 신체 내부에서 일어났어요."

"그는 그때까지도 발견된 곳에 그대로 누워 있었습니까?"

"예, 시체는 건드리지 않았더군요. 그는 조그만 숲 가장자리에 누워 있었지요. 그의 옆에 조그만 띠까마귀 사냥총이 놓여 있었던 것으로 보아 그는 띠까마귀를 잡으러 밖으로 나갔던 게 확실합니다. 위궤양이 틀림없습니다."

"총에 맞은 듯하지는 않았습니까?"

"무슨 말씀을!"

"그렇다면 죄송합니다."

포와로가 겸손하게 말했다.

"하지만 제 기억이 잘못되지 않았다면 최근에 일어난 살인사건에서는 처음엔 의사가 심장마비라고 판정을 내렸다가 관할 경관이 머리에 총알이 관통했다고 지적했을 때에야 비로소 그 사실을 변경시켰죠!"

"맬트레이버스 씨 시체에서는 어떠한 총상도 찾아내지 못할 게요."

버나드 의사가 딱딱하게 말했다.

"자, 신사분들, 묻고 싶은 게 더 없으시다면……."

우리는 눈치를 챘다.

"안녕히 계십시오. 우리의 질문에 친절히 답변해 주셔서 정말 감사합니다. 그런데 혹시 검시를 할 필요성은 못 느끼셨습니까?"

"전혀요."

의사는 열을 올리기 시작했다.

"사인(死因)도 명백했거니와, 내 직업상 나는 죽은 환자의 가족들을 이유 없이 괴롭힐 필요성은 전혀 못 느꼈소!"

의사는 몸을 돌리더니 우리 눈앞에서 문을 '쾅' 하고 닫았다.

"버나드 의사를 어떻게 생각하나, 헤이스팅스?"

장원으로 발걸음을 옮기며 포와로가 물었다.
「늙다리 당나귀지 뭡니까.」
「바로 맞았어. 성격에 대한 자네의 판단은 언제나 심오하지, 친구.」
나는 내심 불안하여 그를 흘끗 쳐다보았으나, 그는 아주 진지해 보였다. 한 술 더 떠 두 눈을 빛내면서 그가 음흉스럽게 덧붙였다.
「한마디로, 아름다운 여자가 끼었다 하면 애긴 끝난 거야!」
나는 그를 차갑게 쳐다보았다.
우리가 장원의 저택에 도착하자 중년의 가정부가 문을 열어 주었다. 포와로가 그녀에게 명함과 보험회사에서 맬트레이버스 부인에게 보내는 편지를 함께 건넸다. 그녀는 우리를 조그만 응접실로 안내하더니 여주인에게 알리러 물러갔다. 약 10분쯤 지나자 문이 열리더니, 미망인 복장을 한 날씬한 여자가 문지방을 딛고 선 것이 보였다.
「무슈 포와로?」
그녀가 말을 더듬었다.
「부인!」
포와로가 벌떡 일어서며 서둘러 그녀 앞으로 나아갔다.
「이런 식으로 부인께 심려를 끼쳐 드리게 되어서 실로 유감스럽습니다. 그렇지만 사업에 있어서 그들은 자비를 모릅니다. 부인께서 이 점 이해해 주시길 바랍니다.」
맬트레이버스 부인은 그가 이끄는 대로 의자에 가서 앉았다. 그녀는 울어서 눈두덩이가 불그레했으나, 일시적으로 추한 눈매를 보였다 해서 그녀의 빼어난 미모를 감출 수는 없었다. 그녀는 대략 스물 일고여덟 정도 되어 보였고, 눈부신 금발에 커다란 푸른 눈과 봉긋이 솟아오른 앙증맞은 입술을 갖고 있었다.
「제 남편이 든 보험에 관한 것인가 본데요, 그렇죠? 하지만 제가 이 시점에서 꼭 관여해야만 되나요. 그렇게나 빨리?」
「용기를 내세요, 부인. 용기를 내십시오! 아시겠지만, 돌아가신 남편께서는 엄청난 액수로 생명보험에 가입하셨는데, 그러한 경우 회사 측에서는 반드시 몇 가지 세부사항을 알아야 할 필요가 있습니다. 그들은 그 일을 조사하는데 제게 전권을 위임했죠. 부인께서는 제가 그 일을 처리함에 있어서 가급적이면 최선을 다하여 부인을 덜 불쾌하게 하고자 한다는 점만큼은 믿어주시기 바랍니다. 수요일에 일어났던 그 비극적인 사건에 대해서 제게 간단하게나마 다시 말씀해 주시겠습니까?」

「하녀가 올라왔을 때 저는 차(茶)를 갈고 있었어요. 그때 정원사 한 사람이 집으로 뛰어 들어오더군요. 그가 본 거예요.」

그녀가 말꼬리를 늘였다. 포와로가 동정심을 보이며 그녀의 손을 꼭 움켜쥐었다.

「됐습니다. 그만하면 충분합니다! 오후에는 남편을 보셨나요?」

「점심식사 이후에는 못 봤어요. 저는 우표 몇 장을 사러 걸어서 동네로 갔는데, 남편이 퍼트(골프에서 공을 홀에 집어넣기 위해 공을 부드럽게 치는 것) 연습하러 밖에 나간 줄로만 알았어요.」

「그런데 띠까마귀 사냥에 나간 거군요?」

「예. 그이는 평상시에 조그만 띠까마귀 사냥총을 갖고 다녔는데, 멀리서 한두 방 쏘는 소리가 들렸죠.」

「그 띠까마귀 사냥총은 지금 어디 있습니까?」

「현관에 있는 것 같은데요.」

그녀는 방을 나가더니 총을 찾아내어 그 조그만 무기를 포와로에게 건넸다. 포와로는 그것을 대충 훑어보았다.

「두 발이 발사되었군요.」

그가 총을 도로 건네주면서 말했다.

「그러면 부인, 남편의 시체를 볼 수 있을는지요?」

그가 조심스럽게 말을 끊었다.

「하녀가 그리로 모실 거예요.」

그녀가 머리를 돌리며 작은 소리로 말했다.

하녀가 오더니 포와로를 위층으로 안내했다. 나는 사랑스럽고도 불행한 여인과 단둘이 남아 있었다. 무슨 말이라도 해야 할지, 아니면 그냥 잠자코 있어야 하는 건지 난감했다. 내가 한두 마디 일반적인 느낌을 전하자 그녀는 멍하니 응답했다. 얼마 안 있어 포와로가 돌아왔다.

「보여 주신 호의에 감사드립니다, 부인. 부인은 이 일로 더 이상 곤혹을 치르실 필요가 없을 거라고 생각합니다. 그런데 남편의 경제 상태에 관해 뭐 아시는 거라도 있습니까?」

그녀는 머리를 저었다.

「아무것도 몰라요. 전 사업 일엔 너무 아둔해서요.」

「그렇군요. 그러시다면 왜 남편께서 갑자기 생명보험에 들 마음이 생겼는지에 관해 아무런 실마리도 제공해 주지 못하겠군요? 이전에는 그러지 않았던 걸로 알고 있습니다만.」

「저, 우리는 결혼한 지 겨우 1년 남짓 되었어요. 그이가 왜 생명보험에 들었는지에 관해서 굳이 말하자면, 그이는 자기가 오래 살지 못하리라고 굳게 믿은 것 같아요. 그이는 자신의 죽음에 대해서 남다른 예감을 갖고 있었죠. 저는 그이가 이미 과거에 출혈을 경험한 적이 한 번 있었다는 걸로 아는데, 그이는 또다시 그렇게 되면 위험하다는 것을 알고 있었어요. 저는 그이의 암울한 두려움을 없애려고 무던히 애를 썼지만 아무 소용이 없었어요. 어쩌면 그이가 한 말이 그리도 꼭 맞을 수 있을까요!」

두 눈에 눈물을 글썽이며 그녀는 우리에게 품위 있게 작별 인사를 했다. 함께 집 도로를 걸어 내려오면서 포와로는 특유의 제스처를 썼다.

「그래, 그게 그렇다니까! 런던으로 돌아가자고, 헤이스팅스. 이 쥐구멍에는 쥐가 안 사나 봐. 그런데 아직…….」

「아직 뭡니까?」

「좀 모순점이 있긴 해. 그게 다야! 그런 걸 느꼈나? 아니야? 삶은 여전히 모순으로 가득 차 있지. 그 남자는 자살한 것 같지도 않아. 그렇다고 그의 입에 피를 물게 할 독도 없었고. 아니지, 아니야. 이곳 일은 모든 게 명백하고 분명하니 내 소임을 그만둬야 할 것 같아. 그런데 저 사람은 누구지?」

키가 큰 젊은이가 우리와 마주치면서 집 도로를 성큼성큼 걸어 올라왔다. 그는 무심코 우리를 스쳐 지나갔다. 병색(病色) 없는 청동색으로 탄 여윈 얼굴에서 나는 그가 열대 지방에서 살다 왔음을 읽어 냈다. 낙엽을 쓸던 정원사가 잠시 일손을 멈춘 틈을 타서 포와로는 재빨리 뛰어 그에게 다가갔다.

「꼭 알고 싶은 게 있는데, 저 신사분은 누굽니까? 그를 알고 있습니까?」

「이름은 기억이 나지 않지만 확실히 저분을 본 적은 있습니다, 선생님. 저분은 지난주에 하룻밤을 여기서 묵고 갔지요. 화요일이었어요.」

「빨리, 헤이스팅스, 저 사람을 따라가 보자고.」

우리는 시야에서 멀어져 가는 그의 모습을 뒤쫓아 서둘러 집 도로를 걸어 올라갔다. 집 곁에 있는 테라스에 상복을 입은 사람의 모습이 눈에 띄었다. 갑자기 시야에서 사라졌던 우리의 추적물은 그녀를 만나고 있었다.

맬트레이버스 부인은 서 있던 곳에서 쓰러질 듯이 휘청거리더니, 얼굴이 눈에 띄게 창백해졌다.

「당신!」

그녀가 숨을 삼켰다.

「전 당신이 바다로 나간 줄로만 알았어요. 동부 아프리카로 가지 않았나요?」

「제 변호사한테서 어떤 소식을 전해 들었는데, 그 바람에 지체되었습니다.」

젊은 남자가 설명했다.

「뜻밖에 스코틀랜드에 계시는 늙은 숙부께서 돌아가셨는데, 제게 돈이 좀 상속됐다는군요. 상황이 그러하니 제 생각에는 일정을 취소하는 게 좋겠다 싶었죠. 그러던 차에 신문에서 이번의 참혹한 소식을 접하고서, 제가 뭐라도 도와 드릴 일이 있을지 살펴보러 이리로 온 겁니다. 아마도 적으나마 도와줄 일손이 필요하실 겁니다.」

그 순간 그들은 우리의 출현을 알아차렸다. 포와로가 앞으로 나서더니 사과하면서 현관에 지팡이를 두고 왔노라고 말했다. 내가 보기에 선뜻 내켜 하지 않으면서도 맬트레이버스 부인은 젊은 남자를 우리에게 소개했다.

「무슈 포와로, 블랙 대위세요.」

몇 분간 말이 오가다가 포와로는 블랙 대위가 앵커 여인숙에 투숙하고 있다는 사실을 알아냈다. 잃어버린 지팡이는 찾지 못했다.—놀랄 일이 아니다.—우리는 계속 사과의 말을 하고서 물러났다.

걸음을 최대로 빨리 하여 동네로 돌아오자, 포와로는 막바로 앵커 여인숙으로 직행했다.

「그 대위가 돌아올 때까지 우린 여기서 재정비하자고.」

그가 설명했다.

「자넨 내가 첫 기차로 우리가 런던에 돌아가야 한다고 말한 사실을 기억하지? 내가 그런 뜻으로 말했다고 생각했을 거야. 하지만 아니야. 맬트레이버스 부인이 젊은 블랙 대위를 보는 얼굴이 어떠했는지 봤지? 그녀는 굉장히 당황해하는 게 역력했지. 반면에, 그는 아주 진지했어. 자넨 그렇게 생각지 않나? 그리고 그는 지난 화요일 밤에 여기 왔었네. 맬트레이버스 씨가 죽기 바로 전날 말이야. 우리는 블랙 대위의 행동을 조사해야 돼.」

약 30분 뒤에 우리의 추적물이 여인숙으로 다가오는 것을 우리는 멀찍이서 발견했다. 포와로는 나가서 넉살좋게 말을 붙이더니, 그를 우리가 머무는 방으로 데리고 올라왔다.

「난 블랙 대위에게 우리가 무슨 임무를 띠고서 여기에 왔는지에 대해 말해 주려네.」

그가 설명했다.

「이해하실 수 있겠지요, 대위? 나는 사망 직전의 맬트레이버스 씨의 심리상태에 도달해 보려고 무진 애를 쓰고 있습니다만, 사실 맬트레이버스 부인에게 고통스런 질문을 함으로써 그녀에게 온당치 못한 고문을 가하고 싶진 않습니다. 자, 대위께선 사건 전날 여기 오셨으니 우리에게 가치가 있는 정보를 제공해 주실 수 있으리라 믿습니다.」

「도울 만한 일이라면 뭐든지 하겠습니다, 정말입니다.」

젊은 군인이 대답했다.

「그렇지만 유감스럽게도 별다른 점을 발견하지 못했어요. 아시는 바와 같이 맬트레이버스 씨가 제 친지와는 오랜 친구지간입니다만, 저는 그분을 잘 알지 못합니다.」

「이리로 오신 건 언제입니까?」

「화요일 오후였어요. 전 수요일 이른 아침에 시내로 나갔는데, 제가 탈 배가 12시경에 틸버리(템스 강 하구에 있는 항구)를 출항할 예정이었거든요. 하지만 어떤 소식을 듣고서 저는 계획을 변경하게 되었죠. 두 분은 아까 제가 맬트레이버스 부인에게 설명 드리는 것을 들으신 것 같은데요.」

「예, 동부 아프리카로 가시는 길이었다면서요?」

「그렇습니다. 전쟁 이후로 죽 그곳에 나가 있었죠. 아주 멋진 곳입니다.」

「화요일 밤 저녁식탁에서 무슨 대화를 나누셨나요?」

「음, 모르겠어요. 뭐, 늘상 하는 얘기죠. 맬트레이버스 씨가 제 친지들 소식을 묻고, 그 다음 우리는 독일의 재건에 필요한 일들에 대해 의견을 교환하고, 그리고는 맬트레이버스 부인이 동부 아프리카에 대해 이것저것 많은 질문을 했죠. 전 그들에게 모험담 한두 가지를 들려주었습니다. 그게 다였던 것 같습니다.」

「감사합니다.」

포와로는 잠시 입을 다물고 있다가 부드럽게 말했다.

「당신은 우리들에게 자신이 의식한 자아가 알고 있는 바를 전부 얘기해 주셨습니다. 지금부터는 당신의 잠재의식의 자아에게 묻고자 합니다.」

「심리분석, 뭐 그런 겁니까?」

블랙이 눈에 띄게 놀라면서 말했다.

「오, 아닙니다.」

포와로가 안심시키며 말했다.

「그러니까 이런 겁니다. 내가 한 단어를 말하면 다른 단어로 대답을 하고, 계속 그렇게 해나가면 됩니다. 어떤 단어든지 첫번째로 떠오른 걸 말하는 겁니다. 시작할까요?」

「좋습니다.」

블랙은 천천히 말했으나 긴장한 듯이 보였다.

「단어들을 써주게나, 헤이스팅스.」

포와로가 말했다. 그러더니 그는 주머니에서 유행에 뒤떨어진 대형 회중시계를 꺼내어 테이블 옆에다 놓았다.

「시작합시다. 낮.」

잠시 침묵이 감돌다가 이윽고 블랙이 대답했다.

「밤.」

포와로가 계속할수록 대답도 점점 빨라졌다.

「이름.」

포와로가 말했다.

「장소.」

「버나드.」

「쇼.」

「화요일.」

「저녁식사.」

「여행.」
「배.」
「나라.」
「우간다.」
「이야기.」
「사자.」
「띠까마귀 사냥총.」
「농장.」
「발사.」
「자살.」
「코끼리.」
「상아.」
「돈.」
「변호사.」
「감사합니다, 블랙 대위. 30분쯤 뒤에 내게 몇 분간만 시간을 할애해 주시겠습니까?」
「물론입니다.」
젊은 군인은 호기심에 차서 그를 쳐다보더니 일어서면서 손으로 눈썹을 문질렀다.
「그럼, 헤이스팅스.」
포와로가 씩 웃으며 말했다.
「뭔지 다 알겠지, 아닌가?」
「무슨 말인지 모르겠는데요.」
「단어 나열에서 아무것도 못 얻었나?」
나는 자세히 훑어봤지만, 머리를 흔들지 않을 수 없었다.
「내가 말해 주지. 우선, 블랙이 주어진 시간 내에 우물쭈물하지 않고 척척 대답한 것으로 미루어, 우리는 그가 숨길 만한 죄의식이 없다는 것을 짐작할 수 있겠지. ‘낮’에 ‘밤’이라든가 ‘이름’에 ‘장소’로 대

응하는 것은 정상적인 연상 작용이야. 내가 '버나드'라고 운을 뗀 것은 현지 의사와 그가 우연히 마주친 적이라도 있었나 해서 그래 본 거야. (버나드 쇼는 영국의 유명한 극작가, 비평가. 1856~1950) 명백히 그는 그런 적이 없더군. 다음에 내가 '화요일' 그랬더니 그는 '저녁식사'라 그랬고, '여행'과 '나라'에 대해선 각각 '배'와 '우간다'로 대답한 걸로 미루어, 그에게 중요한 것은 해외 여행이지 여기 온 것이 아니라는 것이 확실해졌어. '이야기'라고 말하자 그는 자신이 저녁식탁에서 한 '사자'이야기가 생각났던 거야. 내가 한 술 더 떠서 '띠까마귀 사냥총'이라 했더니 그는 전혀 얼토당토않게 '농장'이라 대답했거든, 내가 '발사'라 말했을 때 그는 즉시 '자살'이라 대답했어. 연상 작용은 명백해 보여. 자기가 아는 남자가 농장 부근에서 띠까마귀 사냥총으로 자살을 한 거야. 여기서 기억해야 할 것은, 역시 그의 마음은 아직도 저녁식탁에서 자기가 한 이야기에 가 있다는 점이고, 내 생각엔 만일 내가 블랙 대위한테 화요일 밤 저녁식탁에서 자기가 한 이야기를 또다시 들려달라고 한다 해도 그것이 사실에서 크게 빗나간 건 아닐 거야. 어떤가? 자네도 이의가 없을 테지?」

　블랙은 그 문제를 탁 털어놓았다.

「그래요, 이제 생각해 보니 확실히 그 이야기를 그들에게 했습니다. 제 친구 한 녀석이 농장 밖에서 권총 자살을 했거든요. 띠까마귀 사냥총을 입천장에 대고 쏘아 총알이 뇌에 가서 박혔죠. 의사들은 전혀 이상하게 여기질 않았어요. 입술에 비친 혈흔(血痕)을 제외하고는 아무것도 보이는 게 없었으니까요. 그렇지만 왜?」

「맬트레이버스 씨와 무슨 연관이 있느냐고요? 모르시는 모양인데, 띠까마귀 사냥총이 그의 시체 옆에 놓여 있는 채로 발견됐습니다.」

「선생님은 제 얘길 그 사람에게 적용시키려나 본데…… 오, 너무 하십니다!」

「걱정하지 마십시오. 그럴 수도 있고, 아닐 수도 있다는 거죠. 그나저나 런던으로 전화나 해야겠습니다.」

포와로는 장시간 전화로 통화하고 나서 생각에 잠긴 채로 돌아왔다. 그는 오후에 혼자 나갔다 오더니, 7시가 되자 비로소 더 이상 미룰 게 아니라 젊은 미망인에게 그 이야기를 털어놓아야겠다고 말했다. 내 동정심은 어느덧 속절없이 그녀를 향해 날아갔다. 재산은 한 푼도 없이 남겨진 데다가, 아내의 장래를 확실히 하기 위해 남편이 목숨을 끊었다는 사실은 어떤 여자라도 견디기 힘든 고통이 될 것이었다. 나는 은근한 희망을 품으면서 그 젊은 블랙이 그녀의 첫번째 슬픔이 가신 뒤에 그녀에게 큰 위안이 되어주었으면 하고 바랐다. 그는 그녀를 측은하게 여기는 게 분명했다.

부인과의 대담은 고통스러웠다. 그녀는 포와로가 제시한 사실을 강력히 거부하더니, 결국엔 납득하고서 비통한 눈물을 터뜨리고야 말았던 것이다. 검시 결과 우리의 의혹이 실제로 입증되었다. 포와로는 불쌍한 여인을 몹시 가엾게 여겼으나, 결국 보험회사에 고용된 신세이다 보니 그가 무엇을 더 어떻게 할 수 있겠는가? 떠날 채비를 차리면서 그는 맬트레이버스 부인에게 부드럽게 말했다.

「부인, 부인을 위시해서 모든 사람이 아무도 죽지는 않는다는 것을 알아야 합니다!」

「무슨…… 말씀이세요?」

그녀는 눈을 동그랗게 뜨며 말을 더듬었다.

「심령술 모임에 참석해 보신 적이 없으십니까? 부인께선 영매(靈媒)의 자질이 있으십니다.」

「사람들이 그렇게들 말하더군요. 그런데 심령학을 믿으시진 않잖아요, 그렇죠?」

「부인, 나는 좀 이상한 걸 봤습니다. 사람들이 이 집에 유령이 나온다고 말하는 것을 아십니까?」

그녀가 머리를 끄덕인 순간 거실 하녀가 저녁이 준비되었음을 알려 주었다.

「그냥 여기 계시면서 요기를 하시는 게 어때요?」

우리는 그 제의를 쾌히 승낙했는데, 나는 우리가 여기 있는 것이 그녀의 슬픔을 약간이나마 덜어 줄 수 있으리라고 느꼈다.

우리가 막 수프를 들었을 때 밖에서 비명이 들리며 그릇 깨지는 소리가 났다. 우리는 벌떡 일어났다.

하녀가 손을 가슴에 얹고 나타났다.

「어떤 남자가…… 복도에 서 있었어요.」

포와로가 뛰쳐나갔다가 곧 돌아왔다.

「없어졌나요, 선생님?」

하녀가 힘없이 말했다.

「오, 그 바람에 제가 얼마나 놀랐었는데요!」

「그런데 왜죠?」

그녀는 목소리를 떨구더니 속삭였다.

「제 생각엔…… 주인님이었어요. 주인님처럼 생겼어요.」

나는 맬트레이버스 부인이 소스라치게 놀라는 것을 보았다. 내 머릿속에는 '자살자는 고이 잠들지 못한다.'라는 옛 미신이 떠올랐다. 그녀 또한 그걸 생각한 게 틀림없었는지, 잠시 뒤에 그녀는 비명을 지르며 포와로의 팔을 붙잡았다.

「저 소리 안 들리세요? 창문을 세 번 '똑똑똑' 두드리는 소리 말예요? 저건 바로 그이가 이 집 주위를 돌아다닐 때 늘상 저렇게 두드리곤 하던 소리예요.」

「담쟁이덩굴입니다.」

내가 외쳤다.

「담쟁이덩굴이 창틀에 걸려서 그런 겁니다.」

그렇지만 일말의 공포가 우리 모두에게 엄습했다. 하녀는 안절부절 못하는 게 역력했으며, 식사가 끝나자 맬트레이버스 부인은 포와로에게 금방 떠나지 말아 달라고 간청했다. 그녀는 혼자 남겨지는 것이 두려운 듯했다. 우리는 조그만 거실에 둘러앉았다. 바람 소리가 드세어지면서 집 주위에서 누군가가 울부짖는 소리처럼 들렸다. 무척이나 음산했다. 빗장이 두 번이나 벗겨지면서 문이 천천히 열릴 때마다 그녀는 공포로 숨도 제대로 쉬지 못한 채 내게 매달렸다.

「하, 이 문 참 사람 환장하게 하는군!」

드디어 포와로가 화가 나서 외쳤다. 그는 일어나서 다시 한 번 문을 닫고서 아예 열쇠를 돌려 문을 잠가 버렸다.

「이러면 확실히 잠가지겠지!」

「그러지 마세요.」

그녀가 헐떡였다.

「지금 문이 열려 있어야…….」

그녀의 말이 떨어지기가 무섭게 놀라운 일이 일어났다. 잠긴 문이 천천히 열리는 것이었다. 내가 앉아 있는 곳에서는 복도가 보이지 않았으나, 그녀와 포와로는 복도를 마주보고 앉아 있었다. 그녀가 그에게로 몸을 돌리면서 비명을 길게 질렀다.

「그를 보셨죠? 복도에 있지요?」

그녀가 외쳤다.

포와로는 어리벙벙한 표정으로 그녀를 내려다보고 있다가 머리를 저었다.

「전 그이를 봤어요. 제 남편이에요. 선생님도 틀림없이 그이를 봤겠지요?」

「부인, 나는 아무것도 못 봤습니다. 상태가 좋지 않으신 모양입니다. 침착성을 잃으셨어요.」

「전 정신이 말짱해요, 전…… 오, 하나님!」

갑자기 아무런 경고도 없이 불빛이 흔들리면서 꺼졌다. 어둠 저편에서 '똑똑똑' 두드리는 소리가 크게 세 번 났다. 나는 맬트레이버스 부인이 흐느끼는 소리를 들을 수 있었다.

그리고 나서 나는 보았다!

2층 침실에서 봤던 시체가 희미하게 유령의 빛을 발하며 우리를 바라보고 서 있었던 것이다. 입술에서는 피를 흘리고, 오른손을 들어 우리를 가리켰다. 갑자기 밝은 불빛이 거기서 새어나오는 것처럼 보였다. 그 빛은 포와로와 나를 지나치더니 맬트레이버스 부인에게 가서 멎었다. 나는 하얗게 질린 그녀의 얼굴을 보았고, 또 다른 것도 보았다!

「저런, 포와로!」

내가 외쳤다.

「저 부인 손 좀 봐요, 오른손! 온통 피투성이야!」

그녀는 눈길을 거기에 떨어뜨리더니 털썩 바닥에 쓰러졌다.

「피!」

그녀가 분별을 잃고 소리를 질렀다.

「그래요, 피예요. 제가 그이를 죽였어요. 제가 그랬어요. 그이가 제게 보여 준 대로 저는 손가락을 방아쇠에 끼고 당겼어요. 저를 구해 주세요. 저를 구해 줘요! 그이가 와요!」

그녀는 '꼬르륵' 하더니 더 이상 소리가 없었다.

「불.」

포와로가 기운차게 말했다. 불은 요술처럼 들어왔다.

「바로 그거야.」

그가 계속했다.

「들었지, 헤이스팅스? 그리고 에베렛, 당신도? 오, 그건 그렇고 이분은 에베렛 씨로 영화계에서 알아주는 분일세. 오늘 오후에 내가 이분에게 전화를 했지. 화장술이 좋았어, 안 그래? 꼭 죽은 사람 같잖아. 주머니 전등으로 필요한 인광(燐光)을 발하여 적절한 효과를 만들어 냈지. 내가 자네였다면 그녀의 오른손을 만져 보지 않을 걸세, 헤이스팅스. 붉은 페인트 자국이니까. 불이 나갔을 때 내가 그녀의 오른손을 꽉 쥐었잖아. 각설하고 기차를 놓치면 안 돼. 잽 경감이 창밖에 있어. 으스스한 밤이군. 간간이 창을 똑똑똑 두드려야 했으니, 그 시간 동안에는 밖에 있어야지 별 수 있나.」

「여보게.」

바람과 비를 헤치고 꿋꿋이 걸어가면서 포와로가 계속했다.
「약간의 모순이 있었지. 의사는 고인(故人)이 크리스천 사이언스 교도라고 생각한 모양인데, 맬트레이버스 부인말고 누가 그런 인상을 심어 줬겠나? 그런데도 우리한테는 그가 자신의 건강에 대해서 극히 불안해했었다고 말했어. 게다가 그녀가 젊은 블랙 대위가 나타났을 때 왜 그렇게 혼비백산했겠나? 그리고 마지막으로, 여자가 남편 상(喪)을 당하여 슬픈 듯 보여야 하는 관습이 있다는 건 알지만, 눈꺼풀이 그렇게 꺼칠한 건 처음 봤다니까! 자네는 못 봤지, 헤이스팅스? 내가 늘상 말하듯이 자넨 아무것도 보는 게 없다니까!
그래, 그랬다네. 두 가지 가능성이 있었어. 블랙의 이야기가 맬트레이버스 씨에게 교묘한 자살 방법을 제공했을 수도 있고, 아니면 나머지 청중인 그 부인에게 같은 식으로 교묘한 살인 방법을 떠올려 주었겠지. 나는 후자 쪽으로 생각했다네. 자신이 들은 방법대로 자살했다면 그는 발가락으로 방아쇠를 당겼어야 해. 아니, 적어도 그래야 한다고 난 생각하네. 자, 만일 맬트레이버스 씨가 한쪽 신을 벗은 채로 발견되었다면 우린 그 얘길 누군가로부터 들었을 거야. 그와 같이 이상한 세부 사항은 기억에 남거든.
그래, 내가 말한 대로 나는 살인의 경우 쪽으로 생각이 기울었다네. 자살이 아니고, 그러면서도 내 이론을 뒷받침할 아무런 근거도 제시할 수 없다는 걸 잘 알고 있었지. 그로 인하여 자넨 오늘 밤 정성이 들어간 작은 촌극을 보게 된 걸세.」
「지금까지도 나는 그 범죄에 얽힌 모든 속사정을 잘 이해하지 못하겠는데요.」
내가 말했다.
「처음부터 다시 시작하자고. 여기 영리하고도 간교한 여인이 있어. 그녀는 자기 남편의 경제적인 도산을 알게 되었지. 그녀는 가뜩이나 돈만 보고 결혼한 늙은이에게 싫증이 나 있던 터였는데 도산 사실까지 알게 되자 일을 꾸미기로 한 거야. 그녀는 그를 구슬려서 엄청난 액수의 생명보험에 들게 하고는 자기 목적을 이룰 수단을 강구했어. 우연찮게 기회가 그녀에게 날아들었지. 젊은 해군이 들려준 특이한 이야기 말야. 그 다음 날 오후 그 해군이 멀리 바다에 나가 있을 그 시각에 그녀는 남편과 함께 주위를 거닐고 있었어. '어젯밤 이야기는 정말로 특이해요!' 그녀는 거기에 착안했지. '그런 식으로 자신을 쏠 수 있는 사람이 있을까요? 그게 가능한지 꼭 좀 제게 보여 주세요!' 그 가엾은 멍청이 맬트레이버스 씨는 그녀에게 보여 줬다네. 그는 총구 끝을 자기 입에 갖다 댔지. 그녀는 몸을 굽히고서 손가락을 방아쇠에 걸고는 그를 마구 비웃었겠지 '자, 여보.' 그녀는 뻔뻔스럽게 말했네. '만일 제가 방아쇠를 당긴다면요?'

그리고 나서 헤이스팅스, 그녀는 방아쇠를 당긴 거야!」

싸구려 아파트의 모험

The Adventure of the Cheap Flat

 여태까지 내가 기록해 온 바에 의하면, 포와로의 수사는 살인이건 절도건 간에 그 핵심이 되는 사실에서 시작하여 거기서부터 일을 논리적으로 진행시켜 결국에는 성공리에 해결을 한다. 여러 사건을 접하면서 이제 시간이 어느 정도 흐르고 보니 처음에는 포와로만이 감지할 수 있었을 것 같은, 겉으로 보기엔 사소한 사건들로부터 급기야 일을 꼬이게 하는 불길한 사건 발생에 이르기까지, 연쇄적으로 일어나는 특기할 만한 상황을 이젠 나도 어느 정도 느끼게끔 되었다.
 나는 오랜 친구인 제럴드 파커와 저녁을 보내고 있었다. 나를 초대한 주인을 제외하고도 내 주위에는 대략 여섯 명 정도의 사람이 옹기종기 모여 있었다. 화제가 파커에게 넘어가기만 하면 이야기는 어김없이 런던에서 집을 구하는 것으로 이어졌다. 집과 아파트는 파커의 각별한 취미였다. 전쟁이 끝날 무렵부터 그는 최소한 여섯 개의 각각 다른 플랫식 아파트(한 층에 한 가구가 사는 아파트)와 조그만 셋집을 옮겨 다녔다. 한군데 정착하기가 무섭게 예기치 않게 새로운 곳이 그의 눈에 들어와서 당장에 보따리를 꾸리곤 했던 것이다. 사업적인 수완도 있고 해서 그의 이사는 거의 언제나 돈을 약간만 들이고도 가능했는데, 그것은 순전히 그가 운동하길 좋아한 덕분이지 돈을 아끼려고 그런 건 아니었다. 우리는 풋내기가 전문가를 대하는 존경심으로 한동안 파커의 얘기를 경청했다. 우리 차례가 오기만 하면 떠들썩하고 완벽한 달변이 그만 칠칠치 못하게 더듬거리고 마는 것이다. 마침내 남편과 함께 그곳에 온 귀엽고도 매력적인 신부인 로빈슨 부인에게 얘기 차례가 돌아갔다. 나는 이전에는 그들을 한 번도 본 적이 없었다. 그도 그럴 것이 로빈슨은 최근에 파커와 알게 된 사이였기 때문이다.

「아파트에 대해서 말인데요.」

그녀가 말했다.

「우리의 행운에 대해 들어보셨어요, 파커 씨? 우리는 아파트를 하나 얻었어요. 최근에! 몬태규 맨션 단지에서 말예요.」

「그래요?」

파커가 말했다.

「거기에 아파트가 많다는 소리는 늘상 들었지요. 가격이 세다던데!」

「예, 그런데 이건 비싸지 않아요. 굉장히 싸다니까요. 1년에 80파운드만 내면 된대요!」

「설마요? 몬태규 맨션 단지는 나이츠 브리지 근처에 있는 거잖아요? (몬태규 맨션 단지는 하이드 파크 북쪽에 있고, 나이츠 브리지는 하이드 파크 남쪽에 있다.) 크게 잘 지은 건물이죠. 부인은 혹시 어떤 빈민가에 있는 같은 이름의 아파트를 말하는 겁니까?」

「아뇨, 나이츠 브리지에 있는 것이 맞아요. 그러니까 행운이라는 거죠.」

「우와, 행운이라는 말이 꼭 맞군요! 놀라운 기적이로군. 아마 어딘가에 함정이 있을 겁니다. 프리미엄을 왕창 달라고 하지는 않던가요?」

「프리미엄은 없어요!」

「프리미엄이 없다고요? 오, 내 머리 좀 붙잡아 줘요, 누구라도!」

파커가 신음소리를 냈다.

「그렇지만 우린 가구를 사야만 했어요.」

로빈슨 부인이 계속했다.

「아!」

파커가 활기를 띠었다.

「거기에 바로 함정이 있었구먼!」
「50파운드예요. 아름다운 가구더군요!」
「나 같으면 관두겠어요.」
파커가 말했다.
「지금 그 집에 세 사는 사람은 자선기가 농후한 미친 사람일 겁니다.」
로빈슨 부인은 좀 난처해 보였다. 그녀는 우아하게 생긴 양미간을 찡그렸다.
「하긴 이상해요, 그렇지 않아요? 당신은 그렇게 생각지 않으세요? 그 집에 유령이 나올지도 모른다고요?」
「유령이 나오는 아파트 얘긴 한 번도 못 들어 봤습니다.」
파커가 딱 부러지게 말했다.
「아녜요.」
로빈슨 부인은 안심과는 거리가 멀어 보였다.
「그런데, 놀랄 일이 여러 번 있었어요. 그러니까 이상한 일들 말예요.」
「구체적으로 말씀해 주시죠, 부인…….」
내가 말했다.
「아! 우리의 범죄 전문가가 잠에서 깨셨구먼! 저 사람에게 몽땅 털어놓으십시오, 로빈슨 부인. 헤이스팅스는 대단한 미스터리 해결사입니다.」
파커가 말했다.
나는 껄껄 웃었지만, 내게 부여된 그 권한이 그다지 싫지만은 않았다.
「오, 진짜로 이상한 것은 아니고요, 헤이스팅스 대위님. 하지만 우리가 '스토서 폴' 부동산 사무실에 찾아가니까―그전에는 그 사람들을 만나지 않았었는데, 그 이유는 그들이 소개해 주는 거라곤 비싼 메이페어 아파트뿐이었기 때문이죠. 아무튼 찾아가 보는 거야 손해날

게 있겠냐는 생각이 문득 들더군요. ―그런데 막상 그들이 우리에게 소개해 주는 거라곤 1년에 400~500을 내든가, 아니면 프리미엄을 듬뿍 얹어 주든가 하는 것밖엔 없더군요. 우리가 내켜하지 않자 80짜리 플랫식 아파트가 있는데 우리에게 괜찮겠느냐고 하는 거예요. 그러면서 한동안 그 아파트가 자기네 안내 책자에 올라 있는 바람에 사람들을 그리로 많이 보냈는데, 아마 틀림없이 벌써 사람이 들었을 지도 모른다고 하더군요. 그 사람들 말을 빌면 '낚아채듯이' 말예요. 그 아파트를 소개받은 사람들은 자기들에게 그런 정보를 왜 주지 않았냐고 화를 내면서도, 막상 그곳에 가면 이미 사람이 들었다는 것을 알고서 그곳까지 갔다는 사실에 대해서 또 화를 낸다나요.」

로빈슨 부인은 숨을 돌리느라 잠시 말을 끊었다가 계속했다.

「우리는 그에게 고맙다고 하면서, 막상 집이 나갔다는 말을 들으면 좋지야 않겠지만 그렇더라도 집을 한번 보고 싶었죠. 만일 집이 안 나갔을 수도 있으니까요. 결국엔 우리도 그곳으로 바로 택시를 잡아타고 갔죠. 4호실은 3층에 있었는데, 우리가 막 엘리베이터를 기다리고 있을 때 엘시 퍼거슨이―그녀는 제 친구예요, 헤이스팅 대위님. 그들도 아파트를 물색중이었죠.―서둘러 계단을 내려오더군요. '처음으로 당신을 앞질렀네.' 그녀가 말했죠. '그런데 김샜어. 벌써 사람이 들었거든.' 그 말을 들으니 모든 게 끝난 것처럼 보였어요. 그런데 그때 존이 그곳은 가격이 하도 싸니 우리는 더 낼 수도 있고, 또 프리미엄도 줄 수 있다고 하더군요. 고약한 일이라서 말씀드리기가 부끄럽습니다만, 아파트 구한다는 게 어떻다는 걸 잘 아시잖아요.」

나는 집을 쟁취하려는 투쟁에 있어서 인간의 본성 밑바닥에는 더 값을 높이더라도 상대방을 억누르고자 하는 동족상잔의 비정한 법칙이 언제나 적용된다는 걸 잘 알고 있노라고 말하여 그녀를 일단 안심시켰다.

「그래서 우리가 올라가 봤더니, 아, 글쎄 그 아파트는 세가 안 나간 상태더라니까요. 우리는 가정부에게 안내를 받아 집을 둘러보고 나서 여주인을 만나 그 자리에서 막바로 결정을 봤어요. 즉시 입주하고, 딸린 가구에 50파운드를 더 낸다는 조건으로요. 그 다음 날 우리는 계약서에 사인을 했고, 내일이면 이사를 가요!」
의기양양하게 로빈슨 부인은 말을 끊었다.
「그러면 퍼거슨 부인은 어찌 된 겁니까?」
파커가 물었다.
「어디, 자네 추리나 들어 볼까, 헤이스팅스?」
「'분명히, 친애하는 와트슨.'」
나는 가볍게 인용했다.
「그녀는 엉뚱한 아파트에 갔던 게야.」
「오, 헤이스팅스 대위님, 어쩌면 그리도 잘 아세요.」
로빈슨 부인이 존경스럽다는 듯이 외쳤다.
나는 바로 이 자리에 포와로가 있었으면 하고 바랐다. 때때로 나는 그가 내 능력을 과소평가하는 게 아닌가 하는 느낌을 갖기 때문이다. 신바람이 난 나는 그 다음 날 아침 포와로의 기를 꺾고자 그 문제를 들이댔다. 그는 흥미를 보이면서, 여러 장소에서 아파트를 비는 데 대해 날카로운 질문을 던졌다.
「이상한 얘기로구먼.」
그가 골똘히 생각하며 말했다.
「실례하네, 헤이스팅스, 잠시 산책 좀 해야겠어.」
한 시간쯤 지나서 돌아왔을 때 그의 눈은 유례 없는 흥분으로 빛이 났다. 그는 지팡이를 테이블에 놓고서, 평소의 습관대로 말을 꺼내기 전에 모자의 털부터 부드럽게 쓸어내렸다.
「그러니 현재로는 처리해야 될 일이 없으니, 우리는 지금 조사중에 있는 일에 전념할 수 있겠네.」
「무슨 조사를 말하는 겁니까?」
「값이 기막히게 싼 자네 친구 로빈슨 부인의 새 아파트 말일세.」
「포와로, 지금 농담하자는 겁니까!」

「난 아주 진지해. 자네, 계산해 보게. 그런 아파트에 정말로 세 드는 데 필요한 비용은 보통 350파운드야. 난 그 사실을 방금 이 집 주인이 거래하는 부동산에 가서 알아냈네. 그런데 그 아파트만 유독 80파운드에 임대된 거야! 이유가 뭘까?」

「틀림없이 뭔가가 잘못되어 있겠군요. 어쩌면 로빈슨 부인이 말한 대로 유령이 나오는지도 모르지요.」

포와로는 만족스럽지 못한 태도로 고개를 혼들었다.

「그렇다면 그녀의 친구가 그녀에게 그 아파트에는 이미 사람이 들었다고 말했는데도, 그녀가 올라가서 보니 전혀 그렇지 않았다는 것은 또 얼마나 이상하냔 말이야!」

「그래도 그 여자가 엉뚱한 아파트에 갔었다는 내 말에는 확실하게 동의하시겠죠? 그거야말로 가능성 있는 단 하나의 해답이 아닙니까?」

「자네의 그 생각은 맞을 수도 있고 틀릴 수도 있어, 헤이스팅스. 부동산업자들이 수많은 사람들을 그곳에 보냈는데도, 그 기막히게 싼 가격에도 불구하고 로빈슨 부인이 도착했을 때 아직도 사람이 들지 않았다는 사실을 그냥 넘길 수만은 없겠지?」

「그 사실은 뭔가 잘못된 점이 있다는 걸 말해 주는군요.」

「로빈슨 부인은 아무런 하자도 발견하지 못한 모양이지? 아주 이상해, 그렇지 않나? 그녀는 믿을 만한 여자던가, 헤이스팅스?」

「그녀는 애교 있는 여자였어요!」

「물론 그렇겠지! 자네가 내 질문에 제대로 답변을 못하게끔 그녀가 해놨겠지. 그럼, 그녀가 어떻게 생겼는지나 내게 말해 주게.」

「그러니까 키가 크고 금발이었어요. 진짜로 아름다운 금빛이 도는 적갈색.」

「자넨 금빛이 도는 적갈색이라면 언제나 사족을 못 쓴다니까!」

포와로가 중얼거렸다.

「계속해 보게.」

「파란 눈으로 아주 화사한 여자였어요. 음, 그게 전부인 것 같네요.」
나는 불충분하게나마 끝을 냈다.
「그럼, 그녀의 남편은?」
「오, 그는 아주 좋은 사람이더군요. 이렇다 할 만한 특징은 없었어요.」
「머리가 검은색이야, 금발이야?」
「모르겠는데요. 이도 저도 아니고, 그저 평범하게 생겼어요.」
포와로가 고개를 끄덕였다.
「그래, 평범한 사람들이야 수도 없이 많지. 그런데 아무튼 자넨 여자에 대한 묘사에 너무 호의적이고도 관대한 편이야. 자네는 그 사람들에 대해 뭐 아는 거라도 있나? 파커는 그들을 잘 알고 있나?」
「최근 들어 알게 된 것 같아요. 그렇지만, 포와로, 당신은 즉흥적으로 생각하지는 않잖아요?」
포와로가 손을 쳐들었다.
「여전하군, 자네. 언제 내가 생각하는 바가 있다고 말했나? 내가 말한 거라고는—이상한 얘기라는 게 고작이었어. 분명하게 말한 거라곤 아무것도 없잖아. 그 여자 이름을 안다면 또 혹시 모를까, 헤이스팅스?」
「그녀 이름은 스텔라예요.」
내가 딱딱하게 말했다.
「그렇지만 납득이 안 가는 게…….」
포와로가 하도 낄낄거리는 바람에 나는 말을 계속할 수가 없었다. 뭔가 말할 수 없이 즐거운 모양이었다.
「'스텔라'라는 것은 별을 의미하지, 그렇지 않나? 알아 줘야 해!」
「대관절!」
「별은 빛을 주잖나! 자! 진정하게나, 헤이스팅스. 자존심에 상처받은 그런 표정은 짓지 말라고. 가세나, 몬태규 맨션 단지로 가서 몇 가지 좀 알아봐야겠어.」

나는 얼씨구나 하고 그를 따라나섰다. 그곳은 전체가 멋지게 개조된 건물이었다. 정복을 입은 수위가 입구에서 햇빛을 쬐고 있었는데, 포와로가 그에게 말을 붙였다.

「실례합니다만, 로빈슨 부부가 여기서 살고 있는지요?」

수위는 말수가 적은 사람으로, 성격이 시큰둥하고 의심이 많은 듯이 보였다. 그는 우리 쪽은 거의 쳐다보지도 않고 퉁명스럽게 말을 내뱉었다.

「3층 4호실입니다.」

「감사합니다. 여기 온 지 얼마나 됐는지 혹시 압니까?」

「6개월 됐습니다.」

「확실합니까? 내가 말하는 부인은 키가 크고 금빛이 도는 적갈색 머리에다…….」

「그렇다니까요.」

수위가 말했다

「성 미가엘 축제(9월 29일) 때 들어왔어요. 딱 6개월 전입니다.」

그는 우리에게 더 이상 흥미가 없다는 듯 천천히 안으로 들어갔다. 나는 포와로를 따라 밖으로 나왔다.

「어떤가, 헤이스팅스?」

내 친구는 얄밉게 따져 물었다.

「그래, 남에게 즐거움을 주는 여자는 언제나 진실만 말한다고 아직도 확신하나?」

나는 대답하지 않았다.

포와로는 내가 뭘 할 건지, 우리가 어디로 갈 건지 묻기도 전에 브림턴 로(路)로 향했다. (브림턴 로는 사우스 켄징턴 역에서 북동쪽으로 약 반 마일 떨어져 있다.)

「부동산 사무실에 가는 거야, 헤이스팅스. 난 꼭 몬태규 맨션 단지에 집을 얻고 싶어. 내가 실수한 게 아니라면, 머지않아 갖가지 재미있는 일들이 거기서 일어나게 될 거야.」

 우리는 운이 좋았다. 5층 8호실이 1주일에 10기니로 가구까지 딸려 나와 있었다. 포와로는 즉시 한 달간 빌었다. 우리는 다시 밖으로 나왔는데, 그는 내 항의를 묵살해 버렸다.

「그래도 난 요즘 돈을 벌고 있잖아! 난 변덕 좀 부리면 안 되나? 그건 그렇고, 헤이스팅스, 자네 리볼버 권총 있나?」

「예, 어딘가에 있을 거예요.」

 나는 약간의 스릴을 느끼면서 말했다.

「당신 생각엔……」

「자네에게 그게 필요할 거라고? 물론 가능한 얘기지. 자네, 그 생각을 하니까 즐겁지? 나도 알아. 자네한텐 스릴이 넘치고 낭만적이기만 하면 다 되니까.」

 그 다음 날 우리는 당분간 그 집에 살기 위해 들어갔다. 그 아파트엔 안락하게 가구가 비치되어 있었다. 로빈슨 부부의 집과는 같은 위치였는데, 단지 층수만 우리가 두 층 위였다.

 우리가 입주한 다음 날은 일요일이었다. 오후에 포와로는 문을 조금 열어놓고 있었는데, 아래층 어딘가에서 '쾅' 하고 문소리가 나자 그는 급히 나를 불렀다.

「난간에서 내려다 봐. 저 사람들이 자네 친구인가? 자네 모습을 보이지는 말게.」

 나는 계단 위에서 목을 길게 뺐다.

「저 사람들이 맞아요.」

 나는 속삭이듯 말했다.

「좋았어, 잠시 기다려 보자고.」

 한 시간쯤 지나서 밝고 알록달록한 옷을 입은 젊은 여인이 불쑥 나타났다. 안도의 한숨을 내쉬며 포와로는 발끝으로 걸어 아파트 안으로 도로 들어갔다.

「그래, 주인이 나갔으니까 하녀도 나가야지. 그 아파트는 이젠 비어 있을 거야.」

「이제 뭘 할 건데요?」

나는 거북해져서 물었다.

포와로는 활기찬 걸음으로 식기실에 들어가더니, 석탄을 나르는 밧줄을 끌어당기고 있었다.

「우리는 바야흐로 쓰레기통의 원리를 이용해서 내려가려 하고 있네.」

그는 신이 나서 설명했다.

「아무도 우릴 못 볼 거야. 일요일 음악회다, 일요일 오후 외출이다, 그리고 마지막엔 영국의 일요일 정찬—구운 쇠고기로—뒤의 일요일 선잠 같은 것들이 모두 에르큘 포와로가 뭘 하는지로부터 주의를 딴 데로 돌리게 해줄 테니까. 이리 들어와, 친구.」

그가 나무로 투박하게 만든 장치에 발을 들여놓자, 나도 조심하면서 뒤따라 들어갔다.

「우린 그 아파트를 부수고 들어가는 겁니까?」

나는 좀 아리송해져서 물었다.

포와로의 대답은 그리 기운이 나게 하는 건 아니었다.

「오늘은 꼭 그렇지만도 않아.」

그가 대답했다.

우리는 3층에 도달할 때까지 천천히 밧줄을 잡아당기면서 내려갔다. 식기실로 통하는 나무문이 열려 있는 것을 알아차리자 포와로는 기쁨의 탄성을 질렀다.

「봤지? 낮엔 이 문을 빗장으로 걸지 않고 다니는군. 그럼 우리처럼 어느 누구라도 오르내릴 수가 있다는 얘기야. 밤에도 그럴 거야.—늘 상 그런 건 아닐 테지만—우리는 소기의 목적을 달성할 수 있겠군.」

그는 이렇게 말하면서 주머니에서 몇 가지 도구를 꺼내더니 즉시 능숙하게 일에 착수하여, 석탄 바구니가 도로 제자리로 돌아갈 수 있도록 나사에 도구를 갖다대고 조작했다. 작업은 단 3분 걸렸다. 그런 다음 포와로는 주머니에 도구를 도로 집어넣었고, 우리는 다시 우리가 사는 곳으로 올라왔다.

월요일에 포와로는 하루 종일 나가 있다가 저녁에 돌아와서는, 만족한 한숨을 '푸' 하고 내쉬며 의자에 몸을 던졌다.

「헤이스팅스, 내가 얘기를 좀 자세히 들려줄까? 자네 마음 같은 이야기라, 자네가 좋아하는 영화 생각이 절로 날걸세.」

「어서 해봐요.」

내가 웃었다.

「당신이 힘겹게 지어낸 심미안적인 얘기가 아니라 진짜 이야기일 거라는 생각이 드는데요.」

「사실이라 해도 손색이 없네. 런던 경시청 잽 경감이 그 정확성을 뒷받침해줄 걸세. 왜냐하면 친절한 그의 부하들로부터 내 귀에 흘러 들어왔으니까. 들어 보게, 헤이스팅스.

약 6개월 전에 미국무성에서 어떤 중요한 해군 관계 서류가 도난당했다네. 그 서류에는 항만 방어에 가장 중요한 어떤 배치도가 그려져 있었는데, 다른 외국 정부에도—예를 들어 일본 정부에도—굉장히 큰 가치가 있다는 거야. 즉시 루이기 발다르노라는 이름을 가진 젊은 이에게 혐의가 갔지. 그는 이탈리아 태생으로 국무성에 소수 민족 자격으로 고용되었는데, 그 서류가 없어진 것과 때를 맞추어 그도 사라졌다는 거야. 루이기 발다르노가 훔쳤건 아니건 간에, 그는 이틀 뒤에 뉴욕의 이스트 사이드에서 총에 맞은 시체로 발견되었어. 신문은 그의 편이 아니었네.

그런데 그 얼마 전에 루이기 발다르노는, 오빠와 함께 워싱턴에 있는 아파트에서 살고 있으며 최근에 급성장한 어떤 젊은 연주회 가수인 엘자 하르트 양과 함께 다녔어. 엘자 하르트 양의 경력에 대해서는 아무것도 알려진 게 없는데, 발다르노의 죽음과 때를 같이 하여 그녀도 갑자기 사라졌네.

그녀는 사실 여러 개의 가명을 써가면서 발칙한 일을 수도 없이 저질러 온 악명 높은 국제 스파이였다는 것을 뒷받침할 믿을 만한 사실이 나중에 밝혀졌지. 미국 비밀정보부가 그녀를 추적하는 데 총력을 기울이는 동시에, 워싱턴에 살고 있는 송사리 일본 남자들을 계속 감시했어. 일단 엘자 하르트가 종적을 감추는 일에 성공하기만 하면, 그녀가 문제의 그 남자들에게 접근하리라고 본 거야. 그런데 그들 중 한 사람이 2주 전에 갑자기 영국으로 떠났어. 그러니까 엘자 하르트가 영국에 있을 것 같다는 추측이 든다는 거야.」

포와로는 말을 쉬었다가 부드럽게 덧붙였다.

「엘자 하르트에 대한 공식적인 묘사는 이렇다네. 키 5피트 7인치(170㎝), 눈은 푸른색, 머리는 금빛이 도는 적갈색, 안색이 좋음, 오똑한 코, 기타 특별히 특기할 만한 점은 없음.」

「로빈슨 부인이군요!」

나는 숨이 멎을 만큼 놀랐다.

「그래, 그럴 가능성이 있지.」

포와로가 정정했다.

「또한, 나는 어떤 거무스름한 외국 남자가 오늘 아침 4호실에 세든 사람에 대해서 물어 보았다는 사실을 알아냈어. 그러니까, 헤이스팅스, 오늘 밤은 쾌적한 잠을 포기하고 나와 함께 밤새도록 아래층 아파트의 불침번을 서줘야 할 것 같네. 당연히 자네의 그 탁월한 리볼버 권총으로 무장을 하고서 말이야!」

「그렇다 치고……..」

내가 열렬하게 외쳤다.

「우린 언제 시작하는 겁니까?」

「자정 때가 적당할 것 같아. 그전에는 아무런 일도 일어나지 않을 테니까.」

정확히 12시에 우리는 조심조심 석탄 바구니에 기어 들어가 3층으로 내려갔다. 포와로의 교묘한 조작으로 나무문이 금방 안으로 열려 우리는 아파트 안으로 들어갔다. 식기실에서 주방으로 나와 우리는 현관으로 통하는 문을 약간만 열어놓고, 의자 두 개에 편안히 자리를 잡고 앉았다.
「이젠 기다리기만 하면 되는 거야.」
포와로가 눈을 감으며 만족한 듯이 말했다.
나로서는 기다리는 것이 끝이 없는 것처럼 여겨졌다. 나는 잠이 들까 봐 초조했다. 그 순간은 나에게는 한 여덟 시간 정도나 그곳에 있었던 것처럼 느껴졌다.—그런데 나중에 확인해 보니까 실제로는 겨우 한 시간 20분이었다. —내 귀에 갉작거리는 소리가 어렴풋이 들렸다. 포와로가 손으로 내 손을 툭 건드렸다. 나는 일어나서 그와 함께 현관 쪽으로 조심스럽게 다가갔다. 소리는 그곳에서 들렸다. 포와로가 입을 내 귀에 갖다댔다.
「바깥 문이야. 자물쇠를 끊어내려 하고 있군. 먼저 움직이지 말고, 내 말이 떨어지면 그때 뒤에서 덮치면서 재빠르게 죄게. 조심해야 돼. 칼을 갖고 있을지도 모르니까.」
이내 부서지는 소리가 들리더니 불빛이 조그맣게 원을 그리며 실내로 새어 들어왔다. 불이 곧 꺼지면서 문이 서서히 열렸다. 포와로와 나는 벽에 바짝 몸을 붙였다. 그 남자가 우리를 지나쳐 갔을 때 나는 그의 숨소리를 들었다. 그리고 나서, 그가 손전등을 켜자 포와로가 내 귀에다 불어로 새된 소리를 질렀다.
「덮쳐!」
우리는 함께 몸을 날렸고, 내가 침입자의 팔을 묶는 동안 포와로는 재빠른 동작으로 침입자의 머리에 가벼운 모직 스카프를 덮어씌웠다. 모든 일이 소리도 없이 순식간에 이루어졌다. 나는 그의 손을 비틀어 단검을 빼앗았고, 포와로는 스카프를 벗겨내어 눈만 내놓게 하고서 입에는 단단히 재갈을 물려 놓았다. 나는 리볼버 권총을 그가 볼 수 있는 곳에 갖다대며, 저항해 봤자 아무 소용이 없다는 것을 알렸다.
그가 반항을 멈추자, 포와로는 입을 그의 귀에 바짝 갖다대고서 말을 급하게 하기 시작했다. 1분 뒤에 그 남자는 머리를 끄덕였다. 그러자 포와로가 손짓으로 조용히 하라고 이른 다음 자기가 선두로 아파트를 나서서 계단으로 내려갔다. 우리에게 붙잡힌 사람은 그 뒤를 따랐고, 나는 리볼버 권총을 그의 뒤통수에다 대고 걸었다. 거리로 나오자 포와로가 내게로 몸을 돌렸다.

「저 모퉁이에서 택시가 기다리고 있어. 내게 리볼버 권총을 주게. 우린 이제 그게 없어도 될 거야.」

「그래도 이 친구가 도망치려고 하면 어떡하죠?」

포와로가 빙그레 웃었다.

「그러지 않을 거야.」

나는 기다리고 있는 택시를 타고 1분 뒤에 그들 있는 데로 되돌아 왔다. 스카프가 이방인의 얼굴에서 벗겨져 나가자 나는 소스라치게 놀랐다.

「아니, 일본 사람이 아니잖아요!」

내가 포와로에게 목소리를 죽여서 말했다.

「자네 눈치는 좌우지간 끝내 주는군, 헤이스팅스! 아무도 자네 눈은 못 속여. 그래, 이 남자는 일본 사람이 아냐. 이탈리아 사람이라고.」

모두 택시에 올라타자 포와로가 운전사에게 세인트 존스우드(런던의 중심부에서 약간 북쪽, 리젠트 파크 서쪽에 있음)에 있는 주소를 말해 주었다. 나는 뭐가 뭔지 도무지 갈피를 잡을 수 없었다. 포획자 앞에서 포와로에게 지금 어디로 가는 중이냐고 묻고 싶지는 않았으므로, 헛되게나마 나는 우리의 행방에 대해 뭔가 정보를 얻어 보려고 무던히 애썼다.

우리는 길 뒤쪽에 자리잡고 있는 아담한 집 문 앞에서 내렸다. 어떤 사람이 술에 취하여 작은 길을 따라 건들건들 걸어오다가 하마터면 포와로와 부딪칠 뻔했다. 포와로가 그에게 다급하게 무슨 말을 했으나 나는 그 말을 들을 수가 없었다. 우리 세 사람은 집 계단을 올라갔다. 포와로가 벨을 누르면서 우리에게 옆으로 비켜 서 있으라고 했다. 아무런 기척이 없자 그는 다시 한 번 벨을 누르면서 몇 분간 온힘을 다해 손잡이를 잡고 비틀었다.
위의 채광창에서 갑자기 빛이 비치더니 문이 조심스럽게 열렸다.
「대관절 무슨 일로 그러시오?」
남자가 거친 목소리로 따져 물었다.
「의사를 뵙고 싶습니다, 아내가 아파서요.」
「여긴 의사가 없소.」
남자가 문을 닫으려 하자 포와로는 얼른 발을 쑥 디밀었다. 그는 그 순간 격앙된 프랑스 남자의 모습을 그대로 드러냈다.
「뭐라고요, 의사가 없다고? 당신을 고발하겠소, 각오하시오! 난 여기서 기다리면서 밤새도록 벨을 누르고 문을 두드리겠소.」
「저 말이죠.」
문이 다시 열리더니 실내복에 슬리퍼를 신은 구질구질한 그 남자가 긴장된 눈초리로 주위를 살피면서 포와로를 진정시키려고 한 발자국 앞으로 나왔다.
「경찰을 부르겠소.」
포와로가 계단을 내려갈 채비를 차렸다.
「아니, 그러지 마십시오!」
그 남자가 포와로의 뒤꽁무니를 황급히 붙들고 늘어졌다.
포와로가 확 밀쳐내자 그 남자는 계단에서 몸을 가누지 못하고 비틀거렸다. 그 순간 우리 세 사람은 집 안으로 들어섰다. 문은 닫힌 뒤 다시금 잠가졌다.
「빨리, 이리로.」
포와로가 제일 가까이 있는 방으로 들어가면서 불을 켜며 말했다.
「그리고 당신은 커튼 뒤에 가 있어요.」
「시, 시뇨르.」
이탈리아 남자가 이탈리아 어로 말하면서 창문에 나팔꽃 모양으로 길게 드리워진 장밋빛 벨벳 커튼 뒤로 잽싸게 미끄러져 들어갔다.

1분도 채 되지 않은 뒤, 그가 시야에서 사라지자마자 한 여인이 방으로 뛰어들었다. 그녀는 키가 크고 적갈색 머리를 했으며, 가냘픈 몸매를 가리는 진홍색 잠옷을 입고 있었다.
「제 남편은 어디 있죠?」
　그녀가 놀란 눈길을 던지며 외쳤다.
「당신은 누구세요?」
「남편이 추위를 탈까 봐 그러시는군요. 내가 보니 그는 발에 슬리퍼도 신었고, 또 실내복도 따뜻하게 생겼던데요.」
「당신은 누구세요? 우리 집에서 뭘 하고 있는 거예요?」
「우리 중 아무도 부인과 알고 지낼 기쁨을 누리지 못한 건 사실입니다, 부인. 하지만 우리 중 한 사람이 부인을 만나려고 특별히 뉴욕에서 오게 된 건 특히나 유감천만입니다.」
　커튼이 젖혀지면서 이탈리아 남자가 걸어나왔다. 끔찍하게도 그는 내 리볼버 권총을 그러쥐고 있었는데, 포와로가 택시 안에서 부주의하여 그의 손에 들어간 것이 틀림없었다.
　여인은 격렬하게 비명을 지르더니 도망치려 몸을 돌렸으나, 포와로가 닫힌 문 앞에 떡 버티고 서 있었다.
「나가게 해주세요.」
　그녀가 새된 소리로 울먹였다.
「저 사람은 절 죽일 거예요.」
「죽었다는 루이기 발다르노는 도대체 누구요?」
　이탈리아 남자가 총을 그러쥐고서 우리에게 각각 겨누면서 거칠게 물었다. 우리는 감히 움직일 엄두도 못냈다.
「제기랄, 포와로, 이럴 수가 있나요? 우린 어쩌면 좋습니까?」
　내가 외쳤다.
「말 좀 그만하면 고맙겠는데, 헤이스팅스. 장담하네만, 우리 친구는 내 말이 떨어지기 전에는 절대로 쏘지 않을 걸세.」
「뭘 믿고 그렇게 말하는 거요?」

이탈리아 남자가 심술궂은 눈초리로 쳐다보며 말했다.
나보다도 여자가 먼저 번개처럼 포와로에게 몸을 돌렸다.
「원하는 게 뭐예요?」
포와로가 굽실 절을 했다.
「엘자 하르트 양께 굳이 얘기를 들려줌으로써 그녀의 지성을 모독할 필요는 없다고 생각합니다.」
재빠른 동작으로 여인은 전화기를 가리는 데 쓰는, 벨벳으로 만든 커다란 검은 고양이를 집어들었다.
「이 속에 넣고 꿰맸어요.」
「영특하시군.」
포와로가 인정한다는 듯이 중얼거렸다. 그는 문에서 비켜나 한쪽 편에 섰다.
「안녕히 가십시오, 부인. 당신이 도주할 동안 나는 뉴욕에서 온 당신 친구를 붙들어 놓을 테니까.」
「이런 멍청할 데가!」
덩치 큰 이탈리아 인이 으르렁거리면서 사라져 가는 여인을 향해 리볼버 권총을 똑바로 겨누자, 나는 몸을 날려 그를 덮쳤다.
하지만 아무런 일 없이 무기에서 찰칵 하는 소리만 나자 포와로가 목소리를 높여 부드럽게 책망했다.
「자넨 오랜 친구를 그렇게 못 믿는군, 헤이스팅스. 난 친구들이 총알을 잰 권총을 가지고 다닌다 해도 아무 상관도 하지 않지만, 안면이 조금밖에 없는 사람에게는 절대로 그렇게 하도록 내버려두지 않네. 그렇게는 못 해, 친구.」
이 말에 이탈리아 인이 열을 받고서 상소리를 내뱉었다. 포와로는 부드러운 어조로 그를 질책했다.
「자, 보시오. 내가 당신을 위해 한 일을 말이오. 난 당신 목이 달아날 걸 구해줬소. 그리고 저 아름다운 부인이 도망칠 거라고는 생각지 마시오. 못 갑니다, 못 가요. 이 집은 앞뒤로 감시당하고 있으니까.

나갔다 하면 곧장 경찰의 손아귀에 뛰어드는 꼴이지. 멋지면서도 위안이 되는 말 아니오? 그래요, 지금 이 방을 나가도 됩니다. 그렇지만 조심하시오.—부디 조심하도록. 나는…… 아, 그는 나가 버렸군! 그런데 내 친구 헤이스팅스가 나를 질책하는 눈길로 바라보는군! 그렇지만 너무나 간단한 것이었어! 처음부터 명백하게! 몬태규 맨션의 4호실에 들겠다는 수많은 지원자 중에서 유독 로빈슨 부부만이 적합하다고 생각되었네. 왜? 모든 사람들 중에서 그들만이 선발된 이유가 뭔가? 그냥 한번 척 보고서? 그들의 외모 때문에? 그럴 수도 있겠지. 하지만 그런 경우야 드물지. 그렇다면 무슨 이유일까? 그건 그들의 이름 때문이었어!」

「아니, 로빈슨이란 이름에는 아무런 특징이 없잖습니까?」

내가 외쳤다.

「아주 평범한 이름인데 뭘 그래요.」

「아! 제기랄, 맞다니까 그러네! 그게 중요한 점이었다네. 엘자 하르트와 그녀의 남편, 아니 오빠, 아니 그가 실제로 무엇이든지 간에 그들은 뉴욕에서 와서 로빈슨 부부로 자처하고 아파트를 빌렸지. 갑자기 그들은 루이기 발다르노가 속해 있는 게 틀림없을 마피아 내지는 카모라(19세기 이탈리아에서 세력을 떨친 폭력적 비밀결사)라는 비밀 집단이 자기들을 추적한다는 사실을 알게 됐어. 그들이 뭘 했겠나? 그들은 뻔한 음모를 꾸몄지.

그들은 자기들을 뒤쫓는 추적자가 개인적으로는 그들 둘 다를 본 적이 없다는 것을 확실히 파악했지. 그렇다면 보다 간단한 일이 뭐가 있겠나? 그들은 그 아파트를 터무니없이 싼 가격에 세를 놓는 거네. 런던에 사는 아파트를 물색중인 수천 명의 젊은 커플들 중에서 로빈슨 부부가 없을 수가 없겠지. 문제는 기다리기만 하면 되는 거였어. 만일 자네가 전화번호부에서 로빈슨이라는 이름을 한번 찾아보기만 하면, 조만간에 금빛 나는 적갈색 머리카락의 로빈슨 부인이 나타날 거라는 사실을 알게 될 거야. 그런 뒤에, 무슨 일이 일어나겠나? 복수자가 도착하는 거야. 그는 이름도 알고 주소도 알아. 쳐들어가기만 하면 되지! 모든 게 끝나고 복수극이 충족되면 엘자하르트 양은 다시 한 번 아슬아슬하게 위기를 모면하게 되는거야.

그런데, 헤이스팅스, 자넨 나한테 진짜 로빈슨 부인을 소개해 줘야 하네.—기쁨을 주는 진실한 사람! 자기네 아파트에 누가 쳐들어온 것을 알면 그들이 어떻게 생각할까! 우린 서둘러 돌아가야 해. 아, 잽과 그 친구들이 도착하는 소리가 나는군.」

힘차게 손잡이를 비트는 소리가 들렸다.

「이 주소를 어떻게 알게 되었나요?」

내가 뒤따라가면서 물었다.

「오, 당연히 첫번째 로빈슨 부인이 다른 아파트를 떠났을 때 그녀를 뒤따라갔겠군요.」

「좋았어, 헤이스팅스. 드디어 자네의 회색 뇌세포를 활용하는군. 이제 잽의 패거리들을 좀 놀래 줄까.」

부드럽게 문을 열면서 그는 고양이 인형의 목 가장자리를 찔러대면서 새되게, '야옹!' 하고 소리질렀다.

다른 남자와 함께 밖에 서 있던 런던 경시청 경감이 더 깜짝 놀랐다.

「오, 포와로 씨가 장난을 치셨구먼요!」

포와로가 고양이 목 뒤로 머리를 내밀자 그가 외쳤다.

「들어갑시다, 무슈.」

「우리 친구의 신상에는 아무 이상도 없이 모시고 있지?」

「예, 새를 잡은 것까지는 좋았어요. 그런데 상품은 갖고 있지 않더군요.」

「그런가? 그래서 직접 들어와서 찾아보시겠다는 거로군. 흠, 헤이스팅스와 출발하기에 앞서 집고양이의 내력과 습관에 대해 강의를 좀 해드려야 할 것 같구먼.」

「맙소사, 완전히 어떻게 된 것 아닙니까?」

「고양이는…….」
포와로가 자르듯이 말했다.
「고대 이집트 인들이 숭상했다네. 길을 가는데 검은 고양이가 가로질러 가면 행운을 나타낸다고들 아직도 생각하고 있지. 그 고양이가 오늘 밤 자네의 길 앞을 지나쳐 간 걸세, 잽. 어떠한 동물이나 사람이나 간에 그 본성을 얘기한다는 건, 내가 알기론 영국에서는 예의 바른 일이 아니지. 그렇지만 이 고양이의 본성은 아주 기막히다네. 나는 '속'을 말하는 거야.」
두 번째 남자가 투덜거리며 느닷없이 포와로의 손에서 고양이를 낚아챘다.
「오, 당신한테 소개시켜 드린다는 것을 잊었습니다.」
잽이 말했다.
「포와로 씨, 이분은 미국 비밀정보부의 버트 씨입니다.」
잘 훈련된 미국인의 감각이 포와로를 주시했다. 그는 손을 꺼냈으나, 잠시 할 말을 잃은 듯했다. 그러나 얼른 그 상황에 대처했다.
「만나서 기쁩니다.」
버트 씨가 말했다.

사냥꾼 별장의 미스터리

The Mystery of Hunter's Lodge

「결국, 이번에 아마 난 안 죽으려나 봐.」

포와로가 중얼거렸다.

회복기의 유행성 독감 환자의 입에서 이례적으로 낙관적인 말이 나온 까닭에 나는 기분이 좋았다. 실은 독감은 내가 먼저 앓았었다. 그리고 이어서 포와로가 앓게 된 것이다. 그는 지금 베개로 등을 받치고 침대에 일어나 앉아, 머리에는 모(毛)로 된 숄을 두르고서 그의 지시에 따라 내가 마련한, 무척이나 쓴 탕약을 천천히 들이키고 있었다. 그의 눈길은 기쁜 빛을 띠면서 선반을 장식하고 있는, 체계적으로 가지런히 놓여진 깔끔하게 생긴 약병에 가 멎었다.

「됐어, 됐어.」

체구가 작은 내 친구가 계속해서 말했다.

「다시 건강을 회복할걸세. 위대한 에르퀼 포와로여! 공포의 악행 저지자! 명심해 둬, 헤이스팅스, 나는 신문의 '소사이어티 가십(사교계 소식)'란에 짤막한 문구를 실었다네. 아니, 정말이야! 여기에 있군! '가보시오. 범인들을 모두 색출해냅니다. 에르퀼(Hercule) 포와로. 저를 믿으십시오, 아가씨들. 그에겐 헤라클레스(Hercules)적인 데가 있습니다! 우리가 아끼는 참신한 사립탐정은 도무지 붙잡지(grip) 못합니다. 왜일까요? 이유는 그가 유행성 독감(la grippe)에 걸렸기 때문입니다!'」

내가 웃었다.

「좋습니다. 포와로. 점점 공인(公人)이 되어가고 있군요. 게다가 다행스럽게 그 와중에서도 재미있는 일거리가 끊이질 않았어요.」

「그건 사실이야. 내가 거절하지 않을 수밖에 없었던 몇 가지 사건으로 인한 후회는 없어.」

하숙집 여주인이 문을 열며 얼굴을 디밀었다.

「아래층에 손님이 와 계세요. 포와로 씨나 대위님을 뵈었으면 하는데요. 굉장한 소동에 휘말려 있나 봐요. 그렇지만 그는 아주 신사예요. 제가 명함을 받아 왔는데요.」

그녀는 명함을 비쭉 내밀었다.

「로저 헤이버링.」

내가 읽었다.

포와로가 고갯짓으로 책장을 가리키자 나는 고분고분 <인명 사전>을 끄집어냈다. 포와로가 내게서 그 책을 받아다가 급히 페이지를 죽 훑어 넘겼다.

「5대 남작 원저 경의 차남. 1913년에 윌리엄 크랩의 네 번째 딸 조와 결혼했음.」

「흐음!」

내가 말했다.

「프리볼리티 극장에서 연극을 하던 그 여자 아닌가요. 자기를 그냥 조 캐리스브룩이라 불렀는데. 1차 내전 직전에 어떤 한량이랑 결혼한 게 기억나는군요.」

「구미가 당기면, 헤이스팅스, 자네가 내려가서 방문객이 들고 온 문제가 얼만큼 시시껄렁한 건지 들어보지 그래? 그에게 내 변명도 해주고.」

로저 헤이버링은 마흔 살가량 된 사람으로, 체격이 잘 잡혔고 외모가 준수했다. 그렇지만 그의 얼굴은 몹시 초췌했으며, 극심한 혼란으로 괴로움을 당하고 있는 것이 역력했다.

「헤이스팅스 대위시죠? 포와로 씨와 함께 일한다고 들었습니다. 그분은 오늘 꼭 나와 함께 더비셔 군(영국 중부에 위치)으로 가주셔야겠는데요.」

「그건 불가능할 것 같은데요.」

내가 대답했다.
「포와로는 몸이 아파서 누워 있습니다. 유행성 독감으로요.」
그는 고개를 떨구었다.
「저런, 나에겐 엄청난 타격이군요!」
「그에게 도움을 요청하시려는 문제가 그렇게 심각한 겁니까?」
「그렇고말고요! 이 세상에서 나와 가장 절친한 외삼촌께서 간밤에 어이없이 살해당했어요.」
「여기 런던에서요?」
「아뇨, 더비셔 군에서요. 나는 시티(런던의 경제·금융 중심부)에 나와 있었는데, 오늘 아침 아내에게서 전보를 받았습니다. 그것을 받자마자 즉시 이리로 와서 포와로 씨에게 그 사건을 맡아 달라고 부탁드려야겠다고 생각했죠.」
「잠시만 실례합니다.」
갑자기 무슨 생각이 떠올라서 내가 말했다.
나는 2층으로 급히 뛰어 올라가서는 포와로에게 간단하게 몇 마디를 들려주어 그 상황을 알려 주었다. 그는 내가 하려는 말을 앞질러 자기가 다해 버리고 말았다.
「알았어, 알았어. 자네가 직접 가고 싶다는 거지, 아니야? 그래, 안 될 게 뭐 있어? 지금쯤이면 내 수를 훤히 파악했을 텐데. 내가 부탁하는 건 오로지 자네가 매일 내게 철저히 상황보고만 해주면 되고, 내가 전보로 지시사항을 쳐서 보내면 그대로 따라주기만 하면 돼.」
이 말에 나는 기꺼이 동의했다.

한 시간 뒤에 나는 런던을 전속력으로 출발한 미들랜드 레일웨이(중부철도)의 1등칸 좌석에 헤이버링 씨와 마주 보고 앉아 있었다.
「우선, 헤이스팅스 대위, 당신은 우리가 가고 있는 비극이 발생한 장소인 '사냥꾼 별장'이 더비셔 황야 깊숙한 곳의 오두막집이라는 걸 알아두셔야 합니다. 우리 집은 실은 거기에서 한참 떨어진 뉴마켓(영국 동부의 케임브리지셔 군과 서포크 군 사이의 조그만 마을)에 있는데, 우리는 사교 시즌(보통 초여름) 동안엔 대개 시티에 아파트를 빌려 살죠. '사냥꾼 별장'은 우리가 간혹가다 주말을 보내러 내려가는 곳인데, 우리 일을 아주 잘 봐주는 가정부가 관리하고 있어요. 물론 사냥철에는 뉴마켓에서 우리 집 하인들을 데리고 갑니다. 나와 내 아내는 외삼촌 되시는 해링턴 페이스 씨와—아시는지 모르겠습니다만, 우리 어머니는 뉴욕에서 미스 페이스였죠.—함께 지난 3년 동안 그분 집에서 살았어요. 우리 아버지나 형과는 별로 잘 지내지 못했습니다. 그러나 내가 '돌아온 탕아'가 되었음에도 불구하고 나를 향한 그분의 애정은 사그라들지 않고 오히려 커진 것 같습니다. 물론 나는 가난한 사람이고 외삼촌은 부자입니다. 다시 말해서, 그분이 비용을 대신 거죠! 성격이 꼬장꼬장하긴 해도 사이좋게 지내기가 그렇게 힘든 사람은 아니어서, 우리 세 사람은 별 탈 없이 아주 잘 지냈죠. 이틀 전에 외삼촌께서는 우리가 최근 들어 시티에서 떠들썩하게 지낸 일에 염증을 내시면서 하루 이틀 더비셔로 내려가 지내는 게 어떻겠냐고 했어요. 그래서 아내가 그 집 관리를 맡고 있던 미들턴 부인한테 전보를 치고서 <u>그 날 오후</u>에 내려갔습니다. 어제 저녁 나는 부득이 시티로 올라가지 않을 수 없었는데, 아내와 외삼촌은 그대로 거기 남아 있었죠. 그런데 오늘 아침 이런 전보를 받았습니다.」

그는 그것을 내게 건네주었다.

'어젯밤 해링턴 외삼촌이 살해됐으니 될 수 있으면 명탐정을 데리고 즉시 와주세요.—조.'

「그리고는 아직 어떻게 된 일인지 모르십니까?」
「몰라요, 어쩌면 저녁 신문에 났을지도 모르겠군요. 틀림없이 경찰이 와 있을 겁니다.」
우리는 엘머스 데일이라는 작은 역에 3시 즈음에 도착했다. 거기서 차를 타고 5마일쯤 들어가니까 바위투성이의 황야 한복판에 조그만 회색 석조 건물이 나타났다.
「쓸쓸한 곳이로군요.」
내가 부르르 떨며 바라보았다.
헤이버링이 고개를 끄덕였다.
「저걸 없애 버려야겠습니다. 여기선 더 이상 못 살 것 같아요.」
빗장을 열고서 참나무 문에 이르는 좁은 길을 걸어가는데 친숙한 얼굴이 우리를 맞이했다.
「잽!」
내가 갑자기 외쳤다.
그 런던 경시청 경감은 내 동반자가 말을 꺼내기도 전에 친근한 동작으로 나를 보고는 씩 웃었다.
「헤이버링 씨 되시죠? 전 이 사건을 맡기 위해 런던에서 내려왔습니다. 가능하다면 몇 말씀 묻겠습니다.」
「제 아내는?」
「부인은 뵈었습니다. 그리고 가정부도요. 단 1분이라도 지체하고 싶지 않습니다만, 거기서 파악한 것이라곤 여길 보는 것이 다였으니 마을로 돌아가야겠습니다.」
「전 아직도 뭐가 뭔지 아무것도 모르……」
「그렇겠죠.」
잽이 진정시키며 말했다.
「별 것 아니지만, 그래도 선생님으로부터 한두 마디 듣고 싶습니다. 여기 헤이스팅스 대위도 계십니다만, 이분은 저를 잘 알고 있죠. 이분이 집으로 올라가서 그분들에게 선생님이 오셨다고 알려 주면 되지 않겠습니까? 그건 그렇고, 그 작은 분은 어떻게 됐소, 헤이스팅스 대위?」
「유행성 독감으로 자리에 누워 있습니다.」
「그래요? 안됐군요. 마차에 말이 빠진 격이로구먼. 그가 없이—당신 혼자 여기 온 게 말입니다, 안 그렇습니까?」

그의 뒷북치는 농담을 한 귀로 흘리면서 나는 집 쪽으로 갔다. 나는 잽이 닫아 놓은 문의 벨을 눌렀다. 잠시 뒤에 검은색 옷을 입은 중년 여인이 문을 열어 주었다.

「헤이버링 씨가 곧 이리로 오실 겁니다.」

내가 설명했다.

「경감에게 붙들려서 늦어지고 있어요. 난 이 사건을 조사하러 이 댁 주인과 함께 런던에서 왔습니다. 간밤에 무슨 일이 일어났는지 내게 간단히 설명해 주셨으면 합니다.」

「안으로 들어오세요, 선생님.」

나는 어둠침침한 현관으로 들어섰다.

「그 남자가 온 것은 어젯밤 저녁식사를 들고 난 뒤였어요. 그는 페이스 씨를 만나보고 싶다고 하더군요. 말하는 투가 비슷하길래 저는 그가 페이스 씨의 미국인 친구쯤 되나 보다고 생각하고서 그를 총기실로 안내하고는, 페이스 씨에게 얘길 전하러 갔죠. 이제 와서 생각해 보니 그가 자기 이름을 밝히지 않은 것이 약간 이상하긴 해요. 제가 페이스 씨에게 얘길 전하자, 그분은 어리둥절한 듯하더니 이 댁 마님에게 말씀하시더군요. '잠깐만, 조. 이 친구가 뭣 때문에 왔는지 알아봐야겠는데.' 그분은 총기실로 내려가고 저는 부엌으로 돌아왔는데, 잠시 뒤에 두 분이 싸우는지 언성을 높이는 소리가 들리길래 현관으로 나가 봤어요. 동시에 마님도 밖으로 나오셨는데, 바로 그때 총소리가 울리더니 무시무시한 정적이 감돌았어요. 우린 둘 다 총기실로 달려갔는데, 문이 잠겨 있어서 할 수 없이 빙 돌아서 창문으로 갔죠. 그러자 창문은 열려 있었고, 방 안에는 페이스 씨가 총에 맞아 피를 흘리고 쓰러져 있었어요.」

「그 남자는 어떻게 됐습니까?」

「그는 우리가 미처 가기도 전에 창문으로 도망친 게 틀림없어요.」

「그리고는?」

「헤이버링 부인이 경찰을 불러 오라고 저를 보냈어요. 걸어서 5마일 걸렸죠. 그들과 함께 돌아와서는 경관이 여길 밤새 지키고 있었고, 오늘 아침 런던에서 경감님이 도착하셨어요.」
「페이스 씨를 만나러 온 사람은 어떻게 생겼던가요?」
가정부는 잠시 생각에 잠겼다.
「검은 턱수염을 기르고 있었어요, 선생님. 나이는 중년쯤 되었고요. 가벼운 오버코트 차림이었어요. 어투로 봐서는 두말할 것도 없이 미국 사람 같았는데, 별반 신경써서 보지는 않아서 말이죠.」
「알겠습니다. 자, 헤이버링 부인을 뵐 수 있을까 모르겠네요?」
「2층에 계세요, 선생님. 말씀드릴까요?」
「실례가 안 된다면요. 부인께 헤이버링 씨가 잽 경감과 함께 밖에 있다고 전해 주시고, 런던에서 남편과 함께 온 사람이 가능한 한 빨리 부인과 말씀 좀 나누고 싶어한다고 전해 주시지요.」
「잘 알겠습니다, 선생님.」
나는 사건을 낱낱이 파악하고 싶다는 열망에 들떠 몸살이 날 지경이었다. 잽이 나를 두세 시간 정도 앞질렀는데, 뻐기기 좋아하는 그의 성격이 나로 하여금 신경을 곤두세우고 그를 바짝 뒤쫓게 부추겼다.
헤이버링 부인은 나를 오래 기다리게 하지 않았다. 몇 분 뒤에 계단을 내려오는 가벼운 발걸음 소리가 나서 쳐다보니, 아주 매력적인 젊은 여자가 내가 있는 쪽으로 다가오고 있었다. 그녀는 야한 빛깔의 점퍼를 걸치고 있었는데, 그런 그녀의 몸매에서는 날렵한 소년 같은 인상이 풍겼다. 그녀는 검은머리에 가죽으로 만든 조그맣고 화려한 빛깔의 모자를 쓰고 있었다. 현재의 비극마저도 그녀의 넘쳐흐르는 개성을 가릴 수는 없었다.
내가 신분을 밝히자 그녀는 얼른 알아듣고서 고개를 끄덕였다.
「저는 선생님과 선생님의 친구분인 포와로 씨에 대해 많이 들어 왔어요. 함께 멋지게 일을 해결한 적이 여러 번 있었다지요? 제 남편

「이 곧바로 선생님을 모셔온 것은 아주 잘한 일이에요. 지금부터 제게 질문하실 거죠? 그게 가장 손쉬운 방법이죠, 아닌가요? 이 참극에서 선생님에게 필요한 모든 것을 얻으시려고 말예요.」

「감사합니다, 헤이버링 부인. 자, 그 남자가 도착한 것이 몇 시였습니까?」

「9시 직전이었을 거예요. 우리는 막 저녁식사를 마치고서, 커피를 마시고 담배를 피우면서 앉아 있었거든요.」

「남편께서는 이미 런던으로 떠나신 뒤입니까?」

「예, 그이는 6시 15분 차로 올라갔어요.」

「그분은 역까지 차로 갔습니까, 걸어서 갔습니까?」

「우리 차는 여기 없어요. 엘머스 데일 역에 있는 주차장에서 한 대가 와서 열차 시간에 맞춰 그이를 태워 갔어요.」

「페이스 씨는 평상시와 똑같았습니까?」

「그럼요. 어느 모로 보나 지극히 정상적이었어요.」

「그럼, 그 방문객에 대해 제게 설명해 주시겠습니까?」

「글쎄요. 전 그 사람을 못 봤어요. 미들턴 부인이 그를 직접 총기실로 안내하고는 외숙부님께 말씀드리러 왔으니까요.」

「외숙부께서는 뭐라 말씀하셨습니까?」

「그분은 좀 귀찮아하시는 듯한 표정이더니 즉시 가시더군요. 언성이 높아진 걸 들은 건 약 5분 뒤였어요. 저는 현관으로 달려갔는데, 하마터면 미들턴 부인이랑 부딪칠 뻔했죠. 그때 우리는 총소리를 들었어요. 총기실 문이 안으로 잠겨 있는 바람에 우리는 오른쪽으로 돌아서 창가로 갔죠. 그러다 보니까 시간이 다소 걸렸는데, 그게 살인자에게는 내뺄 수 있는 절호의 기회였을 거예요. 가엾은 외숙부님!」

그녀의 목소리가 떨렸다.

「외숙부님은 머리에 관통상을 입었어요. 즉사하셨죠. 그래서 경찰을 부르러 미들턴 부인을 보냈죠. 저는 방 안의 아무것도 건드리지 않고 그대로 두었어요.」

나는 만족하여 머리를 끄덕였다.
「그러면 무기는 어떻게 되었습니까?」
「저, 그거라면 추측이 가능해요. 총알을 추출해내고 나면 더 확실히 알게 되지 않을까요?」
「제가 총기실로 가봐도 되겠습니까?」
「그럼요. 경찰이 이미 살펴봤어요. 그 대신 시체는 치웠어요.」

그녀는 나를 사건 현장으로 데리고 갔다. 그때 헤이버링이 현관으로 들어왔다. 그녀는 급히 사과의 말을 꺼내고는 남편에게 달려갔다. 나는 혼자 남아서 조사를 하게 되었다.

내 조사는 꽤나 실망스러웠다는 것을 고백해야겠다. 추리소설에는 단서가 넘쳐났는데, 여기서 내가 발견한 거라고는 오직 죽은 남자가 넘어져 있던 양탄자 위에 핏자국이 크게 번져 있는 것 말고는 특기할 만한 게 아무것도 없었다. 나는 방 안의 모든 것을 허리가 펴지지 않을 정도로 세밀히 살펴보고 나서, 가지고 간 소형 카메라로 사진을 두어 장 찍어 두었다. 나는 또한 창 밖 마당도 살펴보았으나, 너무나 어지럽게 밟아 뭉개진 발자국들뿐이라 거기에 시간을 허비해 봤자 건질 게 없다는 판단을 내렸다. 나는 '사냥꾼 별장'이 내게 보여 줘야 하는 모든 것을 보았다.

나는 엘머스 데일로 돌아가서 잽과 연락을 취해야했다. 따라서 나는 헤이버링 부부에게 작별 인사를 하고는, 역으로 달려가 우리를 태우고 온 차에서 내렸다.

나는 매트록 암스 여관에서 잽을 만났다. 그는 나를 즉시 시체 있는 데로 데리고 갔다. 해링턴 페이스는 체구가 작고 호리호리하며 깨끗이 면도를 한 남자로, 전형적인 미국인으로 보였다. 그는 뒤통수에 총을 맞았는데, 리볼버 권총이 아주 가까이에서 발사된 것이었다.

「나 좀 봅시다.」
잽이 말했다.
「범인이 리볼버 권총을 낚아채고서는 그를 쏜 모양입니다. 헤이버링 부인이 우리한테 건네준 총은 탄환이 다 재어져 있었는데, 나머지 것도 그랬을 겁니다. 사람들이 얼마나 어처구니없는 일을 저지르는지 의아할 따름이에요. 탄환이 들어 있는 두 자루의 리볼버 권총을 벽에다 걸어 놓다니.」

「이 사건을 어떻게 생각하십니까?」

소름끼치는 방을 물러나오면서 내가 물었다.

「글쎄요, 우선은 헤이버링을 주시해 봐야겠습니다. 아, 그래! 헤이버링은 과거의 불미스러운 사건에 한두 번 연루되어 있었죠. 옥스퍼드 대학 재학 당시 자기 아버지 수표 한 장에다 사인을 위조했었습니다. 물론 모든 일이 쉬쉬하며 어물쩍 넘어갔지만요. 그리고 그는 요즈음 빚에 몹시 쪼들리고 있다더군요. 더군다나 자기 외숙부가 어떻게 좀 해결해 주었으면 하는 눈치였습니다. 외숙부의 유산이 그에게 요긴하리라는 거야 뻔한 사실입니다. 그래서 나는 그를 주시해 봐야겠습니다. 그게 바로 그 사람이 자기 아내를 만나기 전에 내가 먼저 그에게 얘길 좀 하고 싶다고 한 이유였지요. 그런데 그들의 진술은 꼭 들어맞더군요. 경찰서에 가봤더니 그가 6시 15분 차로 떠난 것에는 의심할 여지가 없다고 하는 거였습니다. 그 차를 타면 런던에 대략 10시 30분에 도착하지요. 그는 곧장 클럽으로 갔다고 말하던데, 그것만 사실이라고 확인된다면 그는 검은 턱수염을 달고 9시에 여기서 자기 외숙부를 쏠 수는 없겠지요!」

「아, 그래, 그 턱수염에 대해서는 어떻게 생각하시는지요?」

잽이 눈을 찡긋했다.

「수염이 꽤나 빨리 자랐다고 생각되는군요. 엘머스 데일부터 '사냥꾼 별장'까지의 5마일이나 되는 거리를 오는 동안 자랐겠죠. 내가 만난 미국 남자들은 대개 깨끗이 면도를 했던데 말입니다. 그래요, 우리가 살인자로 지목해야 할 사람은 페이스 씨의 미국인 친구 중에 있을 겁니다. 나는 처음에는 가정부와 이야기를 했고 그 뒤에는 여주인과 이야기를 했는데 그들의 진술은 일치하더군요. 하지만 헤이버링 부인이 그 작자를 못 봤다는 게 좀 아쉽군요. 그녀는 똑똑한 여자라서 우리에게 도움이 될 만한 뭔가를 목격했을 수도 있었는데 말입니다.」

나는 앉아서 세세하고 긴 편지를 포와로에게 썼다. 편지를 부치기에 앞서 여러 가지 진전된 사항을 덧붙일 수 있었다.

총알을 추출해 보니, 경찰이 가져간 것과 동일한 리볼버 권총에서 발사된 것임이 드러났다. 더욱이, 사건 당일 밤의 헤이버링의 거동을 조사하고 확인해 봤더니 그가 실제로 그 기차를 타고 런던에서 도착했다는 것이 입증되었다. 그리고 세 번째로 획기적인 진전이 있었다. 일링에 사는 어떤 남자가 그 날 아침 디스트릭트 레일웨이 스테이션(교외 전차역)으로 가는 길목인 헤이븐 그린 공유지를 지나가다가 울타리 옆에 떨어져 있는 갈색 꾸러미를 보게 되었다. 그는 그 꾸러미를 경찰서로 넘겼는데, 밤도 되기 전에 그것이 헤이버링 부인이 우리에게 얘기해 준, 우리가 찾고 있던 바로 그 총임이 드러났다. 총알 하나는 발사되고 없었다.

이러한 사실도 나는 보고서에 첨가해 넣었다. 다음 날 아침, 내가 아침식사를 들고 있는데 포와로한테서 전문이 날아들었다.

'물론 검은 턱수염의 사나이는 헤이버링이 아니었네. 자네나 잽이 그렇게 생각한 모양이구먼. 가정부에 대해서 자세히 알려 주게. 오늘 아침 무슨 옷을 입고 있었는지도 말이야. 그리고 헤이버링 부인에 대해서도. 집 안의 사진을 찍느라 시간을 낭비하지 말게. 노출도 부족하고 예술적이지도 못해.'

내가 보기에 그 전문은 포와로가 쓸데없이 주책을 부린다는 느낌을 주었다. 또한 이 사건을 다루는 데에 있어서 재능을 십분 발휘하고 있는 나를 그가 은근히 시기 질투하는 게 아닌가 하는 느낌도 들었다. 두 여자가 입은 옷에 대해서 알려 달라는 것이 내겐 꽤 어리석어 보였다. 그러나 나는 단순한 사람인지라 그대로 해주었고, 또 그럴 능력도 갖추고 있었다.
　11시에 포와로에게서 답신이 왔다.

　'잽에게 너무 늦기 전에 가정부를 체포하라고 이르게.'

　나는 어안이벙벙해져서 그 전문을 들고 잽한테로 갔다. 그는 목소리를 죽이고 부드럽게 말했다.
　「그는 기막힌 사람입니다, 포와로 씨 말이죠! 그분이 그렇다고 말하면 뭔가가 있는 겁니다. 그런데 그 여자를 눈여겨볼 생각은 거의 못 했군요. 그녀를 과연 체포할 수 있을는지 모르겠지만, 감시는 해야겠죠. 즉시 가서 그녀를 다른 각도로 살펴보십시다.」
　그러나 너무 늦었다. 미들턴 부인, 그렇게 평범하고 사람 좋아 보이던 조용한 중년 여인은 온데간데 없이 사라져 버린 것이었다. 자기의 상자를 고스란히 남겨둔 채. 그 속에는 평상복이 들어 있었다. 그러나 그것만 가지고는 그녀의 신원이라든가 그녀의 소재지를 파악할 수는 없었다.
　헤이버링 부인에게서 우리는 가능한 한 많은 사실을 끌어냈다.
　「우리 집의 그전 가정부인 에머리가 떠나는 바람에 3주 전에 그녀를 고용했어요. 그녀는 런던의 마운트 가에 있는 셀번 직업소개소에서 왔죠. 아주 유명한 곳이에요. 저는 하인들을 몽땅 거기다 의뢰하여 쓴답니다. 그들은 제게 여러 여자를 보냈는데, 제 눈에는 미들턴 부인이 가장 좋아 보였어요. 또 소개장도 아주 잘 쓰여 있더군요. 저는 그 자리에서 바로 그녀를 고용하고는 소개소에 그 사실을 통보했어요. 그녀한테 뭐 잘못된 점이 있으리라고는 생각지도 못하겠어요. 얼마나 참한 여잔데요.」
　그 일은 확실히 오리무중이었다. 그녀가 직접 범죄를 저지르지 않은 건 확실하겠지만, 총이 발사된 그 순간 헤이버링 부인이 그녀와 함께 현관에 있었음에도 불구하고 그 살인자와 어떤 연관이 있었음이 틀림없는 것이다. 아니면 그녀가 왜 부리나케 내빼야 했단 말인가?

나는 최근의 진전 사항을 포와로에게 전보로 보내면서, 런던에 가서 셀번 직업소개소로 조회나 해봐야겠다고 했다.

포와로의 대답은 즉시 왔다.

'소개소에 조회해 봤자 그들은 아무것도 모를 테니까 아무 소용이 없을 걸세. 그녀가 첫날 '사냥꾼 별장'에 도착했을 때 무슨 차를 타고 왔는지나 알아보게.'

어리벙벙한 가운데 나는 그 말을 따랐다. 엘머스 데일의 운송 수단은 제한되어 있었다. 그 동네 주차장에는 찌그러진 포드 차 두 대와 역마차가 두 대가 있었다. 사건 당일 이 차들 중에서 움직인 차는 아무것도 없었다. 이에 관해 물어 보니, 헤이버링 부인이 그녀에게 더 비셔까지 오는 차비를 주었기 때문에 '사냥꾼 별장'까지 타고 올 수 있는 차는 충분히 세낼 수 있었을 거라고 했다. 보통은 정거장에 호출될 때를 대비해서 포드 차 한 대가 나와 있었다. 더구나 역에서는 검은 턱수염을 길렀건 아니건 그 끔찍한 일이 벌어진 날 저녁에 낯선 사람이 도착했다는 것을 본 사람이 아무도 없었다. 이 사실을 놓고 볼 때, 살인자는 그 장소까지 차를 직접 몰고 와서 도망가기 쉽게 근처에 세워 놓고, 또 그 차로 수수께끼의 가정부가 안전한 장소로 달아나도록 한 것이 틀림없었다. 런던에 있는 직업소개소에 조회해 본 결과, 포와로의 예상이 적중했다. '미들턴 부인'이라는 사람은 아예 명단에도 올라 있지도 않다는 것이다. 그들은 가정부를 구한다는 헤이버링 부인의 편지를 받았기 때문에 그녀에게 그에 알맞은 여러 지원자들을 보냈다. 그러나 그녀는 그들에게 소개비를 보냈으면서도 어느 여자를 선택했는지에 대해서는 알리지 않았다고 한다.

다소 맥이 빠진 채 나는 런던으로 돌아갔다. 나는 포와로가 야한 빛깔의 실크 실내복을 입고 불 옆에 놓인 안락의자에 푹 파묻혀 앉아 있는 모습을 보았다. 그는 나를 굉장한 애정을 기울여 맞아 주었다.

「헤이스팅스! 자네를 보는 게 이렇게 기쁠 줄이야. 내 애정이 얼마나 참다운 건지 모르겠지! 자, 그래 좀 즐기긴 했나? 그 선한 잽과 동분서주했겠구먼? 마음내키는 대로 심문하고 수사를 했겠지?」

「포와로!」

내가 외쳤다.

「그 사건은 정말로 난감한 미스터리입니다! 결코 해결되지 않을 거예요.」

「우리가 성공리에 그 일을 완결한다는 게 쉽지 않다는 건 사실이지.」

「예, 정말로 그래요. 깨기가 여간 어려운 호두가 아니라니까요.」

「일이 돌아가는 꼴을 보아 하니 나라면 얼마든지 그놈의 호두를 깰 수 있겠는데 그래! 귀여운 다람쥐, 헤이스팅스! 나를 당황하게 만드는 건 그게 아니라고. 나는 누가 해링턴 페이스 씨를 죽였는지 아주 잘 알아.」

「안다고요? 어떻게 알아냈는데요?」

「내 전보에 대한 자네의 계시적인 답신에서 그 사실을 깨달았지. 여길 보라고, 헤이스팅스. 우리 그 문제를 놓고 차근차근 하나하나 따져 보자고. 해링턴 페이스 씨는 자기가 죽으면 어김없이 조카에게 가게 되어 있는 엄청난 재산을 소유한 사람이야. 지적 사항 제1번. 그의 조카는 극심한 경제난에 허덕이는 것으로 알려져 있어. 지적 사항 제2번. 또한 그의 조카는 알려져 있기를—좀 도덕심이 결여된 사람이라고 말해도 되겠지? 지적 사항 제3번…….」

「그렇지만 로저 헤이버링은 곧장 런던으로 간 것으로 판정이 났잖아요.」

「그야 그렇지. 헤이버링 씨는 엘머스 데일을 6시 15분에 출발했는데, 그가 떠나기 전에는 페이스 씨는 죽을 수가 없었어. 혹시 의사가 시체를 검사하고서 범죄가 일어난 시각을 잘못 추정하여 말했을 수도 있긴 하지만, 우리는 헤이버링 씨가 외삼촌을 쏘지 않았다는 것을 아주 똑바로 결론내릴 수 있지. 하지만 그 헤이버링 부인이 있잖나, 헤이스팅스?」

「말도 안 됩니다! 총소리가 울렸을 때 가정부가 그녀랑 함께 있었어요.」

「아, 그래, 가정부. 그래도 그녀는 사라졌잖아.」

「발견될 겁니다.」

「아닐 것 같은데. 그 가정부에 대해선 뭔가 정의내리기 힘든 특이한 점이 있어. 그렇게 생각지 않나, 헤이스팅스? 나는 금방 눈치챘는데.」

「내 생각에는 그녀가 자기 역할을 해내고는 아슬아슬하게 때맞춰 빠져나간 것 같은데요.」

「그녀의 역할이 뭔데?」

「그러니까 자기 공모자인 검은 턱수염의 남자를 들어오게 하는 거겠죠.」

「오, 아냐. 그건 그녀의 역할이 아냐! 그녀의 역할이란 자네가 방금 얘기한, 총소리가 울린 그 순간에 헤이버링 부인의 알리바이를 제공하는 것이었어. 그런데 이제 아무도 그녀를 찾을 수는 없을 거야, 친구. 왜냐하면 그런 여자는 존재하지 않으니까! '그런 사람은 없어.' 자네가 그토록이나 숭배해 마지않는 셰익스피어가 말했지.」

「그건 디킨스가 한 말입니다.」

나는 웃음이 터져 나오는 걸 참지 못하고 웅얼거렸다.

「그런데 말씀하시는 요지가 대관절 뭡니까, 포와로?」

「내 말은 조 헤이버링이 결혼 전에 배우였다는 사실을 말하는 건데, 자네와 잽은 어둠침침한 현관에서 기어들어가는 목소리로 말하는, 검은 옷을 입은 중년쯤 되어 보이는 희끄무레한 형상의 가정부를 보지 않았나 그 말이야. 그런데 결국 자네도 그렇고 잽도 그렇고 미들턴 부인과 여주인이 한 번도 함께 있는 것을 본 적이 없었어. 그 영악하고 대담한 여자의 어린애 같은 연극이었지. 자기 여주인을 부르러 간다는 핑계로 그녀는 2층으로 달려가서는 야한 점퍼를 걸쳐 입고 회색으로 바꾼 머리를 꾸겨서 집어넣을 수 있는, 검게 퍼머한 머리를 붙여 놓은 모자를 썼던 거야. 능숙한 솜씨로 약간 화장을 지운 다음 루즈를 조금 바르고는, 그 영악한 조 헤이버링은 그녀 특유의 은방울 굴리는 목소리를 내면서 밑으로 내려왔어. 아무도 특별히 가정부를 주시하진 않았지. 어디 그럴 필요가 있었겠나? 그녀를 범죄와 연관시킬 거라곤 아무것도 없어. 그렇다면 그녀는 알리바이가 성립되는 거지.」

「그러면 일링에서 발견된 리볼버 권총은 어떻게 된 거죠? 헤이버링 부인이 그걸 거기다 갖다 놓을 수는 없었을 텐데요?」

「아니, 그건 로저 헤이버링의 역할이었지. 그런데 거기서 실수를 한 거야. 그 바람에 내가 제대로 추리해낼 수 있었지. 즉석에서 발견된 리볼버 권총으로 살인을 저지른 남자라면 그것을 즉시 던져 버리지, 런던까지 가지고 오지는 않을 거야. 그래, 동기는 아주 명확해. 범인들은 경찰의 관심이 더비셔에서 멀찍이 떨어진 그 지점으로 쏠리기를 바란 거야. 그들은 가능하면 '사냥꾼 별장' 부근에서 경찰이 얼쩡거리지 않았으면 하고 몹시 바랐지. 물론 일링에서 발견된 리볼버 권총으로 페이스 씨를 쏜 건 아니야. 로저 헤이버링이 아무데다 한 발을 쏘고서는 그걸 런던으로 가져가 자기 알리바이를 내세우려고 곧장 클럽으로 갔다가, 얼른 인근의 일링으로 버리러 갔었던 거지. 그는 단지 20분만으로도 그 꾸러미를 발견된 장소에 갖다놓고 도로 런던으로 돌아올 수 있었어. 그리고 매력적인 그의 부인은 저녁식사를 마치고는 조용히 페이스 씨를 쏜 거야. 자네, 그가 뒤에서 총을 맞았다는 걸 기억하나? 또 다른 중요한 문제는 바로 그거야! 그리고서 그 리볼버 권총에 탄환을 채우고 그걸 제자리에 갖다 놓은 거야. 그런 다음 그녀가 세밀히 조작한 촌극을 연출한 거지.」
「도저히 믿어지지가 않아요.」
내가 멍하니 중얼거렸다.
「그래도 그렇지.」
「그래도 그렇지가 아니라, 그건 사실이라고. 물론 사실이고말고. 하지만 그 희귀한 한 쌍을 법에 회부하는 건 별개의 문제야. 저 잽이 자기가 할 수 있는 일을 해야겠지. 나는 그에게 충분히 알아듣도록 편지를 써 보냈네. 그렇지만 헤이스팅스, 난 네메시스(복수의 여신)나 그게 아니라면 하나님한테라든지 아무튼 그들을 회부할 수 있을지 지극히 의심스러워.」
「무성한 월계수 속에 사악하게 숨어있는 거로군요.」
내가 말했다.
「그렇지만 헤이스팅스, 언제나 대가는 치르는 법이지, 아무렴!」
포와로의 예상은 적중했다. 그가 제시한 이론이 진실이라는 걸 확신하는 바이나, 잽은 그 확증을 뒷받침할 물증을 잡을 수가 없었다.
페이스 씨의 어마어마한 재산은 자기를 살해한 자의 손에 넘어갔다. 하지만 인과응보의 신은 그들을 내버려두지 않았다. 신문에서 로저 경과 그 부인이 파리로 가다가 비행기가 추락하는 바람에 죽었다는 기사를 읽고서, 나는 죗값은 언젠가는 치르게 되어 있다는 것을 알게 되었다.

백만 달러 증권 도난사건

The Million Dollar Bond Robbery

「증권 도난사건이 최근에만 대관절 몇 건이나 일어난 거야!」
어느 날 아침 신문을 철해 두면서 내가 말했다.
「포와로, 탐정학은 그만두고 우리 대신에 범죄나 저지르는 게 어때요!」
「자네는—그 무엇이냐?—일확천금의 꿈을 꾸고 있는 건가, 응?」
「가장 최근에 일어난 이 통쾌한 일격을 보고 그러는 건데요. 런던 스코틀랜드 은행이 뉴욕으로 보내려 하던 1백만 달러 상당의 자유증권이 올림피아 호 선상에서 감쪽같이 사라졌다는데요.」
「뱃멀미만 안 해도, 그리고 도버 해협을 건너는 시간보다도 훨씬 오랫동안 탁월한 라베르기에 방법을 훈련해야 하는 어려움만 없었어도……, 나도 그 커다란 호화 여객선을 타고 즐겼을 텐데…….」
포와로가 아련히 꿈에 잠긴 채 웅얼거렸다.
「예, 정말 그래요.」
내가 그 생각에 골몰하면서 말했다.
「어떤 배는 호화판 궁전이나 다를 바 없다니까요. 수영장, 라운지, 식당, 테니스 코트—진짜로 배를 타고 있다는 기분이 안 들 정도예요.」
「나는 달라. 난 언제나 배를 타고 있다는 걸 알지.」
포와로가 우울하게 말했다.
「자네가 하나하나 꼽은 그 모든 하찮은 것들이 내게는 아무런 의미가 없어. 그렇지만, 헤이스팅스, 신분을 숨기고 여행한다는 건 잠깐 생각만 해도 가슴이 설레는군! 자네가 방금 말했듯이 그 두둥실 떠

있는 궁전을 타다 보면 범죄계에서 내로라 하는 엘리트를 만나게 되어 있다네!」

내가 낄낄 웃었다.

「흥미가 또 발동되었군요! 자유증권을 슬쩍한 그 남자와 대결하고 싶은 마음이 굴뚝 같죠?」

하숙집 여주인이 우리를 방해했다.

「젊은 여자분께서 뵙자는데요, 포와로 씨. 여기 그녀의 명함이 있어요.」

명함에는 이렇게 쓰여 있었다. '에스메 파카 양'. 테이블 밑을 더듬거려 떨어진 빵조각을 주운 포와로는 그것을 조심조심 휴지통에 버리고는, 하숙집 여주인더러 그녀를 안으로 들이라고 말했다.

잠시 뒤, 내가 여태까지 본 아가씨들 중에서 가장 어여쁜 아가씨가 안내를 받고 방으로 들어왔다. 대략 25세쯤 된 데다, 커다란 갈색 눈에 몸매가 완벽했다. 그녀는 잘 차려입었으며 태도도 몹시 얌전했다.

「앉으시지요, 마드무아젤. 이 사람은 내 친구 헤이스팅스 대위인데, 보잘것없는 내 일을 도와 주고 있습니다.」

「오늘 제가 갖고 온 문제가 어렵지나 않을지 염려되네요, 무슈 포와로.」

아가씨가 앉으면서 내게 기분 좋은 인사를 보내며 말했다.

「아마 틀림없이 신문에서 보셨을 거예요. 올림피아 호에서 일어난 자유증권 도난사건 말이에요.」

일순 포와로의 얼굴에 약간의 놀란 표정이 어렸다고 판단된 순간, 그녀는 재빨리 말을 이었다.

「선생님은 틀림없이 런던 스코틀랜드 은행처럼 엄숙한 곳과 저와 무슨 관련이 있는지 물어 보려 하시겠죠. 어떤 의미에서는 아무런 관련이 없고, 또 다른 의미에서는 100퍼센트 관련이 있어요. 그러니까…… 무슈 포와로, 저는 필립 리지웨이 씨의 약혼녀예요.」

「아하! 그런데 필립 리지웨이 씨는……?」

「그이는 증권이 도둑맞았을 때 그 증권을 관리했어요. 물론 그이에게 곧장 책망이 떨어지지는 않았어요. 사실 어떤 형태로든 그이의 잘못이 아니니까요. 그럼에도 불구하고 그이는 그 문제로 반쯤 정신이 나가 있는 데다, 제가 알기론 그이의 삼촌이 그이가 그 돈을 자기가 갖고 있네 하면서 부주의하게 발설한 게 아니냐고 나무라고 계세요. 그건 그이의 경력에 치명적인 오점이랍니다.」

「그의 삼촌은 누구십니까?」

「바바수르 씨라고, 런던 스코틀랜드 은행의 공동 책임자로 계세요.」

「파카 양, 전체적인 이야기를 내게 다시 한번 들려주실 수 있겠습니까?」

「좋아요. 아시겠지만, 그 은행은 미국에 대한 자기네 신용 거래를 넓히고자 자유증권 백만 달러를 보내기로 결정했어요. 바바수르 씨는 여러 해 동안 은행에서 신탁 업무를 맡아 온 조카에게 그 임무를 맡겼죠. 그이는 은행과 뉴욕 간에 오가는 모든 국제적인 거래에 정통해 있어서 출장을 떠나게 된 거죠. 올림피아 호는 리버풀에서 23일에 출항했는데, 그 날 아침 런던 스코틀랜드 은행의 공동 책임사인 바바수르 씨와 쇼 씨가 그 증권을 필립에게 건네주기로 되어 있었어요. 증권은 그이가 보는 앞에서 세어지고 꾸러미로 봉해진 다음, 즉시 그이의 가죽 트렁크에다 넣어지고 트렁크는 잠가졌죠.」

「가죽 트렁크엔 흔히 쓰는 자물쇠가 달려 있었습니까?」

「아뇨. 쇼 씨가 주장해서 특별히 허브스 상점에서 자물쇠를 맞췄어요. 필립은 그 꾸러미를 트렁크 맨 밑바닥에 넣어 놓았대요. 그런데 뉴욕에 도착하기 불과 몇 시간 전에 도둑맞은 거죠. 온 배를 샅샅이 뒤졌지만 결과는 헛일이었어요. 증권은 문자 그대로 연기 속으로 자취 없이 사라진 것 같았대요.」

포와로는 얼굴을 찌푸렸다.

「그러나 그 증권은 결코 사라질 리가 없었겠는데요. 올림피아 호가 정박하고 있는 30분 안에 조그만 꾸러미들로 만들어져 넘겨졌다면……, 그러니 내가 취할 다음 행동은 리지웨이 씨를 만나 보는 겁니다.」

「두 분께 저와 함께 '체셔 치즈'에서 식사나 하자고 막 말씀드리려던 참이었어요. 필립이 거기 있을 거예요. 그이는 저를 만나기로 했는데, 제가 그이를 위해 선생님을 찾아뵌 건 아직 모르고 있어요.」

우리는 이 제의를 흔쾌히 수락하고 택시를 타고 갔다.

필립 씨는 우리보다 먼저 거기 와 있었는데, 자기 약혼녀가 생전 보지도 못한 사람을 둘씩이나 데리고 나타난 것을 보고는 좀 놀란 모양이었다. 그는 잘생긴 젊은이로 키가 크고 말쑥했으며, 머리끝이 변색되어 희끗희끗한 기가 돌았지만 서른은 넘지 않은 것 같았다.

파카 양은 그에게 다가가더니 팔짱을 꼈다.

「미리 상의드리지 않고 내멋대로 행동했다 해서 화내지 마세요, 필립.」

그녀가 말했다.

「당신에게 에르퀼 씨를 소개시켜 드리죠. 많이 들어 보셨을 거예요. 그리고 친구분이 헤이스팅스 대위세요.」

리지웨이는 깜짝 놀란 것 같았다.

「물론 얘기를 들었습니다, 포와로 씨.」

악수를 하면서 그가 말했다.

「그런데 에스메가 제…… 아니, 우리 문제로 선생님을 찾아뵐 생각을 했을 줄은 몰랐는데요.」

「말하면 못 하게 할까 봐서 그랬어요, 필립.」

파카 양이 기어들어가는 목소리로 말했다.

「그래서 안전한 방법을 택했던 거로군.」

그가 미소지으며 말했다.

「포와로 씨라면 그 어처구니없는 수수께끼 같은 일에 확실한 광명을 던져 줄 수 있으리라 믿습니다. 솔직히 말씀드리자면 저는 그것 때문에 걱정이 되고 불안해서 정신을 못 차릴 지경입니다.」

정말로 그의 얼굴은 경직되고 초췌해 보였으며, 자기가 받고 있는 고통에 따른 긴장감이 뚜렷이 부각되었다.

「자, 자.」

포와로가 말했다.

「점심이나 듭시다. 점심을 들면서, 우리 머리를 맞대고 과연 우리가 할 수 있는 일이 무엇인지 생각해 봅시다. 난 일단 리지웨이 씨에게서 직접 이야기를 듣고 싶습니다.」

우리가 그 식당의 전문 요리인 스테이크와 콩팥으로 만든 푸딩의 맛을 음미하는 동안, 필립 리지웨이는 증권의 행방이 묘연해지게 된 상황을 담담히 얘기해 나갔다. 어느 모로 보나 그의 이야기는 파카양이 해준 것과 일치했다. 그가 말을 마치자 포와로는 질문을 던짐으로써 실마리를 풀어 나가기 시작했다.

「증권이 도난당한 것을 발견하게 된 동기는 정확하게 무엇입니까, 리지웨이 씨?」

그는 슬쩍 쓴웃음을 지었다.

「그 가방이 눈에 띈 겁니다, 포와로 씨. 그 장면을 놓칠 수가 없었죠. 제 선실 트렁크가 벙크 침대 밑에서 반쯤 밖으로 나와 있었는데, 그들이 자물쇠를 열려고 얼마나 용을 썼는지 그 부분이 온통 긁히고 긁어져 나가 있더군요.」

「그런데 나는 그 가방을 열쇠로 연 걸로 알고 있는데요?」

「그랬죠. 그들이 억지로 열려고 덤볐으나 여의치가 않았던 모양입니다. 그렇지만 결국엔 어떤 식으로든 그것을 연 게 틀림없어요.」

「이상하군요.」

포와로의 눈에서 내가 익히 알고 있는 그 푸른 광채가 뿜어져 나왔다.

「아주 이상해요! 그 친구들이 그걸 억지로 열려고 그렇게나 많은 시간을 허비했다는 것이……. 아이쿠! 그들은 자기네가 열쇠를 계속 갖고 있었다는 사실을 그제서야 깨달았던 거로구먼. 허브스 상점의 자물쇠는 하나하나 틀리게 제작되는데…….」

「그거야말로 그들이 열쇠를 가질 수가 없는 이유가 아닐까요? 더군다나 트렁크는 밤이나 낮이나 제 곁을 떠난 적이 없습니다.」

「확실합니까?」

「맹세할 수 있습니다. 그리고 만일 그들이 복사된 열쇠를 갖고 있었다면, 뭣 때문에 안 열릴 게 뻔한 그 자물쇠를 여는 데 시간을 허비했겠습니까?」

「아! 필히 우리가 스스로에게 묻고 넘어가야 할 문제가 있습니다! 나는 아마도 그 해결책을 예측해낼 수 있을 겁니다. 아무튼 우리가 그걸 알아내기만 하면 그것은 그 이상한 사실에 대한 타당한 근거가 될 겁니다. 내가 한 가지 질문을 더 하더라도 나무라지 마시길 바랍니다. 당신은 트렁크를 잠그지 않은 채로 두지 않았다고 확실히 자신할 수 있습니까?」

필립 리지웨이는 포와로를 멀뚱히 쳐다보기만 했다. 그러자 포와로는 미안하다는 몸짓을 했다.

「아, 그래도 그런 일은 다분히 일어날 수 있습니다, 사실이지요! 아무튼 좋습니다. 트렁크에 있던 증권이 도난당했단 말이죠. 도둑이 그걸 어떻게 했을까요? 어떻게 그가 아슬아슬하게 그걸 들고 내릴 수 있었을까요?」

「아!」

리지웨이가 외쳤다.

「바로 그 점입니다. 어떻게 그럴 수가 있었을까요? 세관에 그 소식을 알리자마자 배에 있던 사람은 누구를 막론하고 철저히 조사를 받았는데요!」

「그런데 그 기금이라는 것은 부피가 큰 꾸러미였습니까?」

「그렇습니다. 배에 숨긴다는 건 거의 불가능한 일입니다. 그리고 그 증권이 배에 숨겨지지 않았다는 것은 확실합니다. 배가 도착하기

30분 전에 이미 그 증권은 매각되었으니까요. 그 훨씬 전에 저는 전문을 보내면서 기금 번호를 쳐서 보냈습니다. 그런데 한 주식 중개인이 올림피아 호가 정박하기도 전에 자기가 그 증권 중 일부를 샀노라고 맹세했답니다. 그렇지만 기금을 무선 전신으로 보낼 수는 없으니……」

「배 양편으로 터그 보트(예인선;강력한 엔진을 갖추고 다른 배를 끌고 나가는 배) 같은 게 따라오진 않았나요?」

「공무로 따라오는 것뿐이었고, 그것도 모든 사람들이 밖에 나와 있어서 경보기가 울린 뒤에 그랬죠. 오, 하나님. 포와로 씨, 저는 이 일로 미쳐버릴 겁니다! 사람들이 글쎄 제가 그걸 훔쳤다고 수군거리기 시작하지 뭡니까?」

「그렇지만 당신도 배에서 내릴 때 몸수색을 당했을 것 아닙니까?」

포와로가 부드럽게 물었다.

「그랬습니다.」

젊은이는 어리둥절한 표정으로 포와로를 응시했다.

「내 말뜻을 잘못 알아들으시는군요.」

포와로는 이해할 수 없는 미소를 지으면서 말했다.

「지금부터 나는 은행에 가서 몇 가지를 알아봐야겠습니다.」

리지웨이가 명함을 꺼내더니 그 위에 몇 자 휘갈겨 썼다.

「이걸 보여 드리면 제 삼촌께서 즉시 만나 주실 겁니다.」

포와로가 그에게 감사를 표하고는 파카 양에게 작별 인사를 했다. 우리는 함께 스레드니들 가(街)에 있는 런던 스코틀랜드 은행 본사를 향해 출발했다. 리지웨이가 준 명함을 내밀고 나서 카운터와 책상을 이리 저리 지나쳐 입금계와 지출계 주위를 돌아 2층에 있는 조그만 사무실에 당도하자, 두 지배인이 우리를 맞아 주었다. 그들은 둘 다 엄숙하게 생긴 신사들로, 평생을 은행에 근무하면서 잔뼈가 굵은 사람들이었다. 바바수르 씨는 흰 턱수염을 짧게 길렀고, 쇼 씨는 깨끗이 면도를 했다.
「유명한 사립탐정이라고 들었습니다만?」
바바수르 씨가 말했다.
「그렇습니다.」
포와로가 공손하게 말했다.
「조카 문제로 몇 가지 질문을 해도 되겠지요?」
「예, 좋습니다. 우리는 도난사건 얘기를 듣자마자 런던 경시청에다 알렸습니다. 맥닐 경감이 그 사건을 담당하고 있지요. 아주 유능한 경찰인 걸로 알고 있습니다.」
「그 자물쇠에 대해서 말인데, 누가 그걸 허브스 상점에 주문했습니까?」
「내가 직접 주문했습니다.」
쇼 씨가 말했다.
「그 일을 맡길 정도로 믿을 만한 사람이 없었으니까요. 열쇠는 리지웨이가 한 개 가졌고, 나머지 두 개는 이 사람과 내가 각각 하나씩 나누어 가졌죠.」
「그럼 그 열쇠에 손을 댄 사람은 아무도 없었습니까?」
쇼 씨가 몸을 돌려 바바수르 씨를 물끄러미 쳐다보았다.
「우리가 그것을 갖다놓은 23일, 그것은 금고에 아무 탈 없이 안전하게 보관되어 있었습니다.」
바바수르 씨가 말했다.
「유감스럽게도 이 사람은 2주 전에 아팠습니다. 사실대로 말하자면, 필립이 우리와 헤어지던 바로 그 날이었죠. 이 사람은 이제 막 나은 겁니다.」
「우리 나이의 사람들에겐 기관지염도 가볍게 넘길 수가 없죠.」
쇼 씨는 화가 난 듯이 말했다.
「아무튼 난 내가 자리를 비운 동안에 바바수르 씨가 두 배의 일을 하느라 얼마나 고생을 할지 걱정이 되었었죠. 그런데 이런 뜻밖의 불

상사까지 생겼으니…….」

 포와로는 몇 가지 질문을 더 했다. 나는 그가 삼촌과 조카 간의 친밀도를 정확하게 가늠하느라 노력중인 것이라고 판단했다. 바바수르 씨의 대답은 간결하면서도 형식적이었다. 그의 조카는 믿을 만한 은행 직원으로, 자기가 아는 한도 내에서는 빚이라든가 금전적인 어려움이 없다고 했다. 그는 과거에도 이번과 유사한 임무를 그에게 맡긴 적이 있었다고 말했다. 마침내 우리는 공손하게 인사를 하고 나왔다.
「실망이야.」
 우리가 거리로 나왔을 때 포와로가 말했다.
「그럼 더 많이 알아내길 바랐나요? 그 답답한 영감들한테서?」
「날 실망시킨 건 그들의 답답함이 아니야, 헤이스팅스. 나는 자네가 문학적으로 즐겨 말하는 것처럼 '독수리 눈을 가진 칼 같은 금융인'을 보게 되길 기대한 게 아니야. 그래, 난 이번 사건에 실망했어. 너무 쉬워!」
「쉽다고요?」
「그래, 어린애 장난처럼 유치한 걸 눈치 못 챘나?」
「그럼, 누가 증권을 훔쳤는지 아신다는 말입니까?」
「알지.」
「그렇다면 우리는 행동을 해야 되잖아요. 왜?」
「정신 못 차리고 얼굴을 붉히지 말게나, 헤이스팅스. 우리는 당장은 아무런 일도 하지 않을 걸세.」
「뭣 때문에요? 뭘 더 기다리시는 겁니까?」
「올림피아 호 말이야. 화요일이면 배가 뉴욕에서 돌아오기로 되어 있어.」
「그래도 증권을 훔친 자가 누구라는 것을 아는 이상 기다릴 이유가 뭐가 있습니까? 도망치면 어떻게 하시려고요.」
「범인이 외국의 도주범을 송환하지 않는 남태평양 섬에라도 갈까 봐? 아냐, 헤이스팅스, 그는 그곳 생활이 전혀 체질에 맞지 않는다는 것을 알게 될 걸세. 내가 왜 기다리냐 하면……, 그래, 에르퀼 포와로의 명석함으로 이 사건은 명백히 드러났으나, 친절하신 하나님으로부터 그리 큰 재능을 부여받지 못한 다른 사람들의 이익을 위해서야. 예를 들어 맥닐 경감 말이야. 또 사실을 뒷받침할 수 있는 몇 가지 진상을 더 파악해 내야 하니까. 모름지기 사람은 자기보다 재능을 덜 부여받은 사람에 대해 배려할 줄 알아야 한다네.」

「대관절, 포와로! 당신 스스로를 완전히 바보로 만드는 꼴을 보는데 제가 엄청난 돈을 쏟아부어야 할지도 모른다는 걸 알기나 하십니까? 바로 이번 일로요. 당신은 자만이 지나쳐요!」

「격노하지 말게, 헤이스팅스. 나는 자네가 나를 몹시 싫어하는 때가 있다는 걸 알아! 그래, 나는 천재적이기에 그런 벌을 받는 거야!」

이 체구 작은 남자가 가슴을 펴면서 하도 코믹한 한숨을 내쉬는 통에 난 도저히 웃지 않을 수가 없었다.

화요일, 우리는 런던 노스웨스트 레일웨이(런던 북서철도)의 1등칸 객실에 몸을 싣고 리버풀로 달렸다. 포와로는 용의자―아니, 범인에 대해 끝내 내게 속시원히 털어놓으려 하지 않았다. 그가 깜짝 놀랄 말을 함으로써 자기 만족을 누린다는 것은, 내가 그와 같은 수준으로 그 상황을 파악하고 있지 못하다는 것을 의미했다. 나는 치사해서 입씨름을 그만두기로 하고 철저히 무관심한 체하며 내 호기심을 억눌렀다.

커다란 대서양 정기여객선이 선창가에 도착하자마자 포와로는 활기차고 민첩하게 행동했다. 우리의 행동 방향은 네 명의 남자들을 차례로 만나서 23일 뉴욕으로 건너간 포와로의 친구의 안부를 묻는 것이었다.

「나이 많은 신사로 안경을 쓰신 분 말이로군요. 너무나 병약해서 자기 선실에서 거의 꼼짝도 안 하셨지요.」

그 묘사는 필립 리지웨이 옆 선실인 C24에 묵었던 벤트너 씨와 맞아떨어지는 듯했다. 비록 포와로가 벤트너 씨의 존재와 외양을 어떻게 추론해냈는지는 모르겠지만, 아무튼 나는 흥분에 휩싸였다.
「그러니까…….」
내가 외쳤다.
「그 신사분이 배가 뉴욕에 닿았을 때 일착으로 내린 사람이란 말입니까?」
「아닙니다, 사실은 그분은 맨 마지막으로 배에서 내렸습니다.」
나는 기가 팍 죽었다. 포와로는 그런 나를 보고 씩 웃고만 있었다. 포와로가 감사를 표하면서 승무원에게 지폐를 손에 쥐어 주었다. 그리고 우리는 출발했다.
「잘 나가다가 마지막 대답에 가서 당신의 고귀한 이론을 싹 엎어 버리는데요. 당신은 그래도 웃기만 하는군요!」
내가 흥분해서 말했다.
「평상시와 마찬가지로 자네는 아무것도 못 보는군, 헤이스팅스. 그 마지막 말이 내 이론의 주춧돌일세.」
나는 절망에 빠져서 손을 쳐들고 말았다
「난 포기하겠어요.」

우리가 기차를 타고 런던을 향해 질주하는 동안 포와로는 몇 분간 바삐 펜을 긁적이더니 봉투에 그 결말을 써서 봉했다.
「이건 선량한 맥닐 경감에게 보내는 걸세. 가는 길에 런던 경시청에 전해 주고, 에스메 파카 양한테 함께 식사할 영광을 누리게 해달라고 청했네. 자, 랑데부 식당으로 갈까.」
「리지웨이는 어떻게 되죠?」
「그가 어떻게 되느냐고?」
포와로가 눈을 빛내며 물었다.
「왜요, 그 생각은 안 해보셨군요?」
「앞뒤가 맞아떨어지지 않는 평소의 습관이 물씬 피어오르는군. 그래, 헤이스팅스. 사실상 나는 생각했었다네. 만일 리지웨이가 범인이라면—몹시 가능한 얘기야.—사건은 재미있어지겠지. 질서정연하게 따져 볼 수가 있을 테니까.」

「그래도 파카 양에게는 그리 재미있는 게 아닙니다.」

「자네 말이 옳을 수도 있어. 그 바람에 만사가 잘 되어 나가는 거지. 자, 헤이스팅스, 지금부터 그 사건을 다시 정리해 보자고. 그러고 싶어서 죽을 지경인 게 눈에 훤히 보이는구먼. 봉해진 꾸러미가 트렁크에서 없어졌는데, 파카 양 말처럼 허공으로 사라졌어. 하지만 우리는 이 허공 이론을 싹 집어치우자고. 과학이 이 정도로 발달한 현시점에서 그 이론은 맞아떨어지지 않으니까. 그것이 어떻게 되었을까 한번 깊이 생각해 봐. 열이면 열 사람 다 그것이 육지로 밀반입되는 건 불가능하다고 단언하잖나?」

「예, 하지만 우리도 알고 있잖아요.」

「자네는 아는지 모르지만, 헤이스팅스, 난 아냐. 나는 그것이 불가능해 보이기 때문에 불가능하다는 생각을 받아들이는 거네. 두 가지 가능성이 있어. 배에 숨겨졌거나—또, 좀 어렵긴 한데—배 밖으로 던져졌거나.」

「코르크를 부착해서 말인가요?」

「코르크는 없어.」

내가 빤히 쳐다보았다.

「그런데 그 증권이 배 밖으로 던져졌다면 뉴욕에서 매각될 리가 없지 않겠어요?」

「논리적이고자 하는 자네의 마음을 높이 사고 싶네, 헤이스팅스. 그 증권은 뉴욕에서 매각됐어. 그렇다면 배 밖으로 던져지진 않았다는 얘기야. 그럼, 우리가 나아가야 할 방향이 어딘지 알겠지?」

「우리는 원점으로 되돌아갔어요.」

「말도 안 되는 소리! 만일 그 꾸러미가 배 밖으로 던져졌는데도 증권이 뉴욕에서 매각되었다면, 그 꾸러미엔 증권이 들어 있지 않았다는 얘기야. 그 꾸러미에 증권이 들어 있었다는 증거가 있나? 명심하라고. 리지웨이는 런던에서 그걸 자기 손에 넘겨받은 그 순간부터 한 번도 열어본 적이 없었어.」

「예, 그렇지만 그때는…….」

포와로는 참지 못하고 성급히 손을 내저었다.

「내 말을 계속 들어보게나. 그 증권이 증권으로 제대로 보인 마지막 순간은 23일 아침 런던 스코틀랜드 은행에서였어. 그 증권이 뉴욕에서 다시 보인 건 올림피아 호가 정박하고 나서 30분이 지나고 나서였지. 아무도 귀담아 듣지 않는 한 남자의 말에 의할 것 같으면 실제로는 배가 닿기 전에 그랬다는 거야. 그렇다면 그 증권이 애당초 올림피아 호에는 있지 않았다고 가정한다면? 그 증권이 뉴욕에 닿을 수 있는 또 다른 방법은 없을까? 있지. 올림피아 호가 출항한 당일 자이갠틱 호가 사우댐프턴 항을 떠났네. 그 배는 대서양을 가장 빠른 속도로 횡단한 기록을 갖고 있지. 그 증권은 자이갠틱 호의 화물로 부쳐져서 올림피아 호가 뉴욕에 닿기 하루 전에 도착한 거야. 모든 게 명백해졌으니, 사건은 저절로 풀리는 거지. 봉해진 꾸러미는 가짜였는데, 그것이 바뀐 때는 바로 은행 사무실에서였을 거야. 참석한 세 사람 중에서 누구라도 똑같은 꾸러미를 준비해서 진짜와 바꿔치기하는 건 식은 죽 먹기지. 그 증권은 올림피아 호가 들어오는 즉시 매각하라는 지시사항과 함께 뉴욕에 있는 공모자한테로 우송되었지. 하지만 어느 누군가는 반드시 올림피아 호를 타고 여행을 해야 되었어. 왜냐하면 엉터리 범행이 저질러진 시간을 만들어내야 했으니까.」

「뭣 때문에요?」

「만일 리지웨이가 그 꾸러미를 열어보고 그것이 가짜인 걸 알게 되면 의심은 즉시 런던으로 돌아가지 않겠나. 그러면 안 되지. 그래서 바로 옆 선실에 든 남자가 그 역할을 맡은 거네. 훔쳐냈다는 것을 척 봐서도 알게끔 자물쇠를 억지로 여느라 애쓴 흔적을 남긴 다음,

사실은 복사해 놓은 열쇠로 트렁크를 열어서 가짜 꾸러미를 배 밖으로 던져 버리고는 마지막 사람이 내릴 때까지 기다렸던 거지. 그리고는 자연스럽게 눈을 가리기 위해 안경을 쓰고는 환자 행세를 했어. 혹시 리지웨이를 만나게 되는 위험을 감수하고 싶지는 않았던 거지. 그는 뉴욕에 내려서 첫배로 되돌아왔지.」

「그런데 누가 그 사람입니까?」

「복사 열쇠를 갖고 있고 그 자물쇠를 주문했으며, 또 근교에 있는 자기 집에서 기관지염을 심하게 앓았던 남자야. 결국 그 '근엄한' 늙은 남자, 쇼 씨! 때론 고위층 사람이 범인일 수도 있어, 이 친구야. 아, 여깁니다. 마드무아젤, 드디어 성공했습니다! 괜찮으시겠죠?」

환한 얼굴로 포와로는 깜짝 놀란 아가씨의 양 볼에 살짝 입을 맞추었다!

이집트 무덤의 모험

The Adventure of the Egyptian Tomb

내가 포와로와 함께 겪은 그 숱한 모험 중에서도 가장 박진감이 넘치고 극적이었던 것은, 멘허라 왕릉을 발견하여 세상에 내놓는 과정에서 발생한 일련의 기이한 죽음에 대한 수사였다.

카나본 경은 어렵게 투탕카멘(고대 이집트 18왕조의 제12대 왕. BC 1361~1352년 재위. 1922년 왕릉의 계곡에서 무덤이 발견됨.)의 왕릉을 발견했다. 그리고 뉴욕에서 온 존 윌러드 경과 블라이브너와 함께 카이로에서 그리 멀지 않은 피라미드 근처에서 발굴에 들어가, 일련의 장례실(葬禮室)을 발견하는 행운을 잡았다. 세상의 모든 관심이 집중되었다. 그 무덤은 멘허라 왕의 분묘로 추정되었는데, 그 왕은 그늘에 가려져 있던 제8왕조 시대의 왕 중 한 사람으로, 때는 구왕조가 서서히 몰락해 가던 때였다. 이 시기에 대해서는 알려진 바가 거의 없다시피 했으므로 이 발견은 신문에 대대적으로 보도되었다.

그리고 이내 한 사건이 터져 사람들의 마음을 싱숭생숭하게 들쑤셔 놓았다. 존 윌러드 경이 느닷없이 심장마비로 죽은 것이다.

자극적인 신문들은 이집트 보물에 얽힌 저주와 연관된 옛 미신을 시시콜콜 들추어낼 수 있는 절호의 기회를 놓치지 않았다. 대영 박물관에 소장된 재수 없는 미이라에 관한 그 진부하고도 케케묵은 이야기가 새로이 흥취를 돋우었는데, 박물관측에서 쉬쉬하면서 일축했음에도 불구하고 소문은 여느 때의 대유행처럼 번져 나갔다.

2주일 뒤에는 블라이브너 씨가 극심한 패혈증으로 죽었고, 며칠 뒤에는 그의 조카가 뉴욕에서 권총 자살을 하기에 이르렀다. '멘허라의 저주'는 화젯거리가 되었고, 위력을 상실한 옛 이집트의 마력은 맹목적인 수준으로까지 받들어졌다.

포와로가 죽은 고고학자의 미망인인 윌러드 부인으로부터 켄징턴 스퀘어에 있는 자기 집으로 꼭 좀 와달라는 짤막한 편지를 받은 것은 그 무렵이었다. 나는 그와 함께 그 집에 갔다.

윌러드 부인은 키가 크고 호리호리한 여자로, 차림새에도 깊은 슬픔이 나타나 있었다. 그녀의 핼쑥한 얼굴은 그녀의 슬픔을 잘 나타내 주고 있었다.

「곧장 와주시다니 정말이지 친절하시군요, 포와로 씨.」

「전 언제든지 도움이 되어 드릴 만반의 태세가 되어 있습니다, 윌러드 부인. 제게 조언을 구하신다고요?」

「제가 알기론 선생님은 탐정이십니다만, 제가 선생님께 말씀드리는 것은 탐정으로서뿐만은 아닙니다. 전 선생님이 독특한 견해를 갖고 계시고, 상상력과 세상 경험이 풍부하신 분으로 알고 있어요. 제게 말씀해 주세요, 포와로 선생님, 초자연적인 현상에 대한 선생님의 견해는 어떤가요?」

포와로는 대답하기 전에 잠시 망설였다. 그는 깊이 생각하는 듯이 보였다. 마침내 그가 입을 열었다.

「우리 서로 오해의 소지는 없애야겠습니다, 윌러드 부인. 그런 질문은 부인이 제게 하실 보편적인 질문은 아니죠. 다분히 개인적인 감정이 개입되어 있는 것 같습니다. 그렇지 않습니까? 돌아가신 남편의 죽음을 염두에 두고 말씀하시는 건가요?」

「그래요.」

그녀가 인정했다.

「제가 남편의 죽음에 대한 주변 조사를 해주길 원하십니까?」

「전 선생님이 신문에서 어느 정도로 떠들어대고 있는지, 어느 정도나 사실에 입각하여 이야기가 돌고 있는 건지 정확하게 파악해 주시길 바라요. 세 번의 죽음이 있었어요. 선생님, 각각의 죽음은 그 자체로써 개별적인 설명이 가능하지만, 전체적으로 보게 되면 믿기 어려울 정도로 우연의 일치를 이루고 있어요. 모두 그 무덤을 열고서 한 달 사이에 일어났으니 말이에요! 전 두려워요. 포와로 선생님, 그렇게 두려울 수가 없어요. 아직 끝이 나지 않았을지도 모르잖아요.」

「누군가를 염려하시는 겁니까?」

「제 아들요. 남편이 사망했다는 소식이 날아들자마자 전 앓기 시작했기 때문에 이제 막 옥스퍼드 대학을 졸업한 제 아들이 그리로 갔어요. 그 애가 집으로 시신을 모시고 돌아왔죠. 그렇지만 지금 그 애는 다시 떠나고 없어요. 제 기도와 간청을 저버리고서요. 그 애는 그 일에 완전히 홀려서는 아버지의 일을 이어받아 발굴을 계속해 나갈 생각이에요. 선생님은 절 아둔하고 어리석은 여자로 생각하실지도 모르지만, 전 두려워요. 죽은 왕의 영혼이 아직도 진정되지 않았으면 어떡하죠? 선생님 눈에는 제가 터무니없는 얘길 하는 것처럼 보이시겠지만…….」

「그렇지 않습니다, 윌러드 부인.」

포와로가 재빨리 말을 했다.

「저 역시 미신의 위력을 믿습니다. 이 세계가 여태껏 알아온 것 중에 가장 큰 위력이죠.」

나는 포와로를 어이없이 쳐다보았다. 나는 포와로가 미신따위를 믿고 있는 줄은 미처 몰랐었다. 포와로는 아주 진지해 보였다.

「부인이 제게 진정으로 요구하시는 것은 댁의 아드님을 보호해달라는 거죠? 위해(危害)로부터 그를 지키는 데 최선을 다하겠습니다.」

「예, 그렇긴 합니다만 보이지 않는 초자연적인 영향력을 거스르지는 않을런지요?」

「중세 때의 책을 보면, 윌러드 부인, 나쁜 마술에 대항하는 수많은 방법을 찾을 수가 있죠. 아마 그들은 우리 현대인들이 뽐내는 과학에도 불구하고 더 많은 것을 알고 있었나 봅니다. 자, 사실로 돌아갑시다. 제게 지침이 될지도 모르니까요. 고인께선 죽 열렬한 고고학자이셨지요, 아닙니까?」

「예, 젊었을 때부터요. 그 방면에 있어서는 살아 있는 가장 위대한 권위자 중 한 사람이셨어요.」
「그런데 블라이브너 씨는 제가 듣기로는 다소 아마추어였다지요?」
「오, 그럴 거예요. 그는 어떤 방면이라도 구미가 당기기만 하면 취미삼아 조금씩 해보는 아주 부유한 남자였어요. 제 남편이 어찌어찌해서 그를 이집트 고고학에 관심을 갖도록 했는데, 그 원정의 비용에 그의 돈이 상당히 유용하게 쓰였답니다.」
「그럼, 블라이브너 씨의 조카는요? 그에 대해서 아시는 게 있습니까? 그는 일행과 함께였습니까?」
「그런 것 같지는 않아요. 실은 신문에서 그의 죽음에 관한 기사를 읽기 전까지는 전 그런 사람이 있었다는 사실조차도 몰랐어요. 전 그와 블라이브너 씨가 극진한 사이였다고는 전혀 생각지 않아요. 블라이브너 씨는 친척에 대해서 한번도 얘기한 적이 없었거든요.」
「나머지 일행들은 누구누구입니까?」
「그러니까 토스윌 박사가 계시는데, 대영 박물관에서 파견된 부관장이세요. 슈나이더 씨는 뉴욕에 있는 메트로 폴리턴 박물관 소속이고요. 그리고 젊은 미국인 비서가 있었지요. 또 에임스 박사라고 전문의 자격으로 그 원정에 참가하신 분이 있어요. 그리고 핫산이라는 사람이 있는데, 제 남편의 헌신적인 원주민 고용인이에요.」
「미국인 비서의 이름을 기억하십니까?」
「하퍼인 것 같은데 확신할 수는 없군요. 블라이브너 씨와는 그리 오래 지내지 않았던 걸로 알고 있어요. 그는 아주 유쾌한 젊은 청년이었어요.」
「감사합니다, 윌러드 부인.」
「또 다른 거라도?」
「당장은 없습니다. 이제 그 문제는 제게 맡겨 주십시오. 전 사람의 힘이 미치는 범위 내에서 가능한 한 모든 힘을 총동원하여 아드님을 보살펴 드리겠습니다.」

그 말은 기운을 북돋우는 말이 아니었다. 나는 그가 그 말을 꺼냈을 때 윌러드 부인이 주춤하는 것을 보았다. 한편 그녀는 그가 자신의 두려움에 찬물을 끼얹지 않았다는 사실 그 하나만으로도 안심이 된 듯이 보였다.

포와로의 본성 중에 그토록 헛된 미신이 깊숙하게 자리잡고 있을 줄은 정말 뜻밖이었다. 집으로 오는 길에 나는 그 문제를 걸고 넘어졌다. 그의 태도는 엄숙하고도 진지했다.

「아니, 사실이야, 헤이스팅스. 난 그러한 것들을 믿어. 자넨 미신의 위력을 얕잡아 봐서는 안 되네.」

「우선 그 문제는 어떻게 하실 작정이죠?」

「자넨 언제나 선량하다니까, 헤이스팅스! 좋았어. 우선 뉴욕으로 전보를 쳐서 블라이브너 청년의 죽음에 대해 상세히 알아봐야겠어.」

그는 정식으로 전문을 띄웠다. 답신은 세세하고도 정확했다. 루퍼트 블라이브너 청년은 여러 해 동안 돈에 쪼들려 왔었다. 그는 남양 제도의 여러 섬에서 건달로 지내며 본국에서 부쳐 오는 송금으로 살아가다가 2년 전에 본국으로 돌아오게 되었는데, 거기서 그는 점점 더 급속도로 타락하게 되었다. 내 생각에 가장 특기해야 할 사항은, 그가 최근에 이집트에 갈 충분한 여비를 마련했었다는 점이다.

「나는 거기에 멋진 친구를 뒀는데, 그에게서 돈을 빌릴 수 있어.」

그가 단언한 말이었다. 그런데 여기서 그의 계획은 차질이 생겼다. 그는, 혈육이나 친척들보다 아득한 옛날의 왕들의 뼈에 더 주력하는 지독한 구두쇠 삼촌을 저주하면서 뉴욕으로 돌아왔다. 존 윌러드 경의 죽음은 그가 이집트에 체제하는 중에 발생했다. 루퍼트는 다시 한번 뉴욕에서 방탕한 생활에 깊이 빠져 있다가, 예고도 없이 이상한 문구들로 점철된 편지를 남기고 자살해 버렸다. 그 편지는 갑작스런 깊은 회한을 못 이겨 쓴 듯했다. 그는 스스로를 문둥이며 인간 쓰레기라 부르면서, 그런 인간이니 차라리 죽는 게 낫다고 썼다.

어렴풋이나마 어떤 생각이 머릿속에 퍼뜩 떠올랐다. 나는 죽은 지 그토록 오래된 이집트 왕의 복수 같은 건 믿지 않았다. 나는 그 일에서 현대적인 범죄를 엿볼 수가 있었다. 어쩌면 그는 자기 삼촌을 없애겠다고 결심했을 수도 있다. 되도록이면 독살로. 실수로 존 윌러드 경이 그 치명적인 약을 마시게 됐겠지. 그 청년은 뉴욕으로 돌아와서 자기가 저지른 범행에 대한 죄책감에 시달리게 되었다. 그러던 차에 자기 삼촌이 죽었다는 소식이 날아들었다. 그는 자기의 범죄가 얼마나 몹쓸 짓이었는가를 깨닫고 회한에 젖어 급기야는 스스로 목숨을 끊은 것이다.

나는 내 추리를 포와로에게 간략하게 말했다. 그는 흥미 있어 했다.

「그런 생각을 하다니 비범한 데가 있어. 확실히 비범한 생각이야. 사실일 수도 있겠지. 그렇지만 자넨 왕릉이 뿜어내는 엄청난 위력을 계산에서 뺏구먼 그래.」

나는 어깨를 으쓱했다.

「아직도 그것과 연관이 있다고 생각하시는 겁니까?」

「그렇다마다, 헤이스팅스, 우린 내일 이집트로 출발하는 거야.」

「뭐라고요?」

내가 깜짝 놀라서 소리쳤다.

「얘긴 끝났네.」

득의만만한 표정이 포와로의 얼굴에 퍼졌다. 그런 뒤 그는 신음소리를 냈다.

「하지만, 오!」

그가 푸념을 늘어놓았다.

「바다! 염병할 바다!」

1주일이 지났다. 우리의 발 밑에는 금빛 사막이 펼쳐져 있었다. 작열하는 태양빛이 막바로 우리의 이마에 내리꽂혔다. 포와로는 울상을 짓고 의기소침한 채 내 곁에 있었다. 몸집이 왜소한 포와로는 당당한 여행자가 못 되었다. 마르세유를 출발하여 나흘간이나 걸린 우리의 항해가 그에겐 기나긴 고통 그 자체였다. 배를 타기 전에 활기에 넘쳐흐르던 모습은 이미 알렉산드리아(나일 강 하구의 이집트 도시)에서 사라져 버렸는데, 평소 습관인 그의 청결함마저도 그를 괴롭혔다. 그는 카이로에 내려서는 곧장 차를 타고 피라미드의 오른쪽 그늘에 가려 있는 메나 하우스 호텔로 갔다.

나는 이집트의 매력에 빠져들었다. 하지만 포와로는 그렇지가 않았다. 그는 런던에서와 똑같은 차림을 하고 주머니에 조그만 옷솔을 넣어 가지고 다니면서 자기의 칙칙한 의복에 쌓인 먼지와 끝없는 전쟁을 치렀다.

「신발 꼴이라니!」

그가 울먹였다.

「좀 보라고, 헤이스팅스. 내 구두는 특허 가죽 제품으로 만들어져서 평소엔 그렇게나 멋지게 반짝반짝 빛이 났는데. 보라고, 모래가 안에 들어가서 여간 고통스럽지가 않아. 게다가 겉은 보기에도 역겹군 그래. 그런데다 열기 때문에 내 콧수염은 흐늘흐늘해졌어. 시들시들해졌다니까!」

「스핑크스를 보세요.」

내가 부추겼다.

「난 저것이 뿜어내는 신비스러움에 넋을 잃을 지경이라고요.」

포와로는 불만스럽게 그것을 쳐다보았다.

「행복한 기색이라곤 눈곱만큼도 없어.」

그가 잘라서 말했다.

「어떻게 저런 더러운 형상을 하고 반은 모래에 파묻혔을까? 아, 이런 빌어먹을!」

「저, 그런데 말예요, 벨기에에도 모래는 많잖아요.」

여행안내서에서 표현한 바에 의하면 '완전무결한' 언덕의 한가운데에 있는 녹 쉬르 메르(벨기에 브뤼지 북쪽의 해변 휴양지)에서 보낸 휴가를 되새기면서 나는 그에게 말했다.
「브뤼셀에는 없어.」
포와로가 딱 잘라서 말했다. 그는 깊은 생각에 잠긴 채 피라미드를 응시했다.
「최소한 저것이 입방체에다 기하학적이라는 말은 틀림없지만, 우툴두툴한 표면이 제일 밥맛 없구먼. 난 종려나무를 좋아하지 않아. 제대로 줄을 맞추어 심어 놓지도 않았군 그래!」
나는 그의 푸념을 무시하면서 캠프를 출발해야 될 것 같다고 말했다. 우리는 거기서 낙타를 타게끔 되어 있었다. 낙타는 얌전히 무릎을 꿇고 앉아서 우리가 올라타기를 기다리고 있었다. 떠들어대길 좋아하는 통역 안내원 대신 그림같이 아름다운 소년들이 여럿이서 그곳으로 낙타를 몰았다.
나는 포와로가 낙타를 타는 광경을 대충 훑어보았다. 그는 낑낑대며 푸념을 늘어놓기 시작하더니 비명으로 끝을 맺을 때까지 달력에 나오는 모든 성인들과 성모 마리아에게 손짓 발짓을 해가면서 기도를 올렸다. 그는 불명예스럽게도 도중에 낙타에서 내려 결국에 가서는 조그마한 당나귀를 타고 여정을 마쳤다. 하긴 초보자에게 속보로 달리는 낙타가 결코 재미있을 수만은 없다는 걸 나도 인정한다.
마침내 우리는 발굴 장소에 가까이 갔다. 회색 턱수염을 기르고 흰 옷을 입고 헬멧을 쓴, 햇볕에 그을은 남자가 우리를 맞이하러 왔다.
「포와로 씨와 헤이스팅스 대위시죠? 보내신 전문은 받았습니다. 아무도 카이로로 마중을 못 나간 데 대해 죄송하게 생각합니다. 예기치 않은 사건이 일어나 우리의 계획에 완전히 차질이 생겼습니다」
포와로는 안색을 바꾸는 한편, 손으로는 연신 옷솔을 찾아 몰래 움직였다.
「또 다른 죽음은 없었습니까?」
그가 말을 토해냈다.
「있었습니다!」

「거이 월러드 경인가요?」
내가 소리쳤다.
「아닙니다, 헤이스팅스 대위님. 제 미국인 동료 슈나이더 씨입니다.」
「원인은요?」
포와로가 나섰다.
「파상풍입니다.」
나는 창백해졌다. 내 주위에서 느껴지는 분위기라고는 오로지 악과 미묘한 위험뿐인 것만 같았다. 무시무시한 생각이 불현듯이 스쳤다. 다음엔 내 차례가 아닐까?
「저런.」
포와로가 아주 나지막한 소리로 말했다.
「그것 참 이해할 수가 없습니다. 끔찍하군요. 말씀해 주시지요, 무슈, 그것이 파상풍이라는 데는 의심의 여지가 없습니까?」
「없으리라고 믿습니다. 에임스 의사가 저보다 더 잘 말씀해 드릴 겁니다.」
「아, 그러시겠지요, 당신은 의사가 아니군요.」
「토스윌이라고 합니다.」
그러니까 이 사람이 바로 월러드 부인이 대영 박물관 부관장이라고 말하던 그 영국인 전문가였다. 그에게서 뭔가 근엄하고도 확고부동한 기풍이 풍겨 나와 나는 부질없는 생각을 지웠다.
「함께 가시죠.」
토스윌 박사가 계속했다.
「제가 선생님을 거이 월러드 경한테로 모셔다 드리겠습니다. 그는 선생님이 도착하자마자 연락을 달라며 초조하게 기다리고 있어요.」
우리는 캠프를 가로질러 건너가 커다란 텐트로 안내되었다. 토스윌 박사가 휘장을 걷자 우리는 그리로 들어갔다. 세 사람이 그 안에 앉아 있었다

「포와로 씨와 헤이스팅스 대위께서 도착하셨네, 거이 경.」
 토스윌이 말했다. 세 사람 중에서 가장 젊은 사람이 벌떡 일어나더니 우리를 맞이하러 앞으로 나왔다. 그의 태도에는 어떤 충동이 엿보여, 나로 하여금 그의 어머니를 생각나게 했다. 그는 나머지 사람들만큼 햇볕에 타지는 않았지만, 그의 두 눈을 둘러싸고 있는 어떤 매서움이 스물 두 살이라는 자기 나이보다 그를 더 노숙하게 보이게 했다. 그는 극심한 정신적인 긴장 상태를 견디어 내고 있는 듯했다.
 그는 자기의 두 동료를 소개했다. 에임스 의사는 서른 살가량 먹은 유능해 뵈는 사람으로 머리끝이 희끗희끗했고, 비서인 하퍼 씨는 인상이 좋은 호리호리한 청년으로 뿔테 안경을 쓰고 있었다.
 몇 분간 이 얘기 저 얘기 하다가 비서가 밖으로 나가자 토스윌 박사가 그를 뒤따라나갔다. 우리는 거이 경과 에임스 의사와 함께 남게 되었다.
「묻고 싶은 것이 있으시면 뭐든지 물어 보십시오, 포와로 씨」
 거이 윌러드가 말했다.
「우리는 이 기이한 일련의 참사에 모두 어안이벙벙해져 있습니다. 하지만 그것은 우연의 일치에 불과합니다.」
 그의 태도엔 신경질적인 데가 있어서, 오히려 자기가 한 말과 일치하지 않았다.
「당신은 정말로 이 발굴 작업에 흥미를 갖고 있는 겁니까, 거이 경?」
「물론입니다. 무슨 일이 생긴다 해도, 어떤 일이 닥친다 해도 이 일은 계속해 나갈 겁니다. 그 점만큼은 명심해 주십시오.」
 포와로는 다른 사람에게로 시선을 돌렸다.
「그 점에 대해 어떻게 생각하십니까, 의사 선생님?」
「저—.」
 에임스 의사가 점잔을 빼며 느릿느릿 얘기했다.
「저도 포기하지 않습니다.」

포와로는 인상을 찡그리며 특유의 표정을 지었다.
「그렇다면 우리가 처해 있는 상황을 확실하게 파악해둬야겠군요. 슈나이더 씨의 죽음은 언제 일어났나요?」
「사흘 전입니다.」
「파상풍이 틀림없다고 확신하십니까?」
「그렇습니다.」
「예를 들자면 뭐 스트리키닌 독살 같은 경우일 수는 없는지요?」
「아뇨, 포와로 씨. 무슨 말씀을 하시려는 건지는 알겠습니다. 그렇지만 틀림없는 파상풍이었습니다.」
「당신은 면역 혈청을 주사하진 않았습니까?」
「당연히 했죠.」
의사가 건성으로 말했다.
「생각할 수 있는 모든 방법을 총동원하여 치료했습니다.」
「면역 혈청을 갖고 있었습니까?」
「아뇨, 카이로에서 입수했습니다.」
「캠프에는 또 다른 파상풍 환자가 있었습니까?」
「아뇨, 한 사람도 없었습니다.」
「블라이브너 씨의 죽음은 파상풍에 기인한 것이 아니라고 확신합니까?」
「완전히 다른 겁니다. 그분은 엄지손가락에 상처가 났었는데, 그곳으로 독이 들어가서 패혈증이 생긴 거죠. 비전문가에겐 그 말이 그 말이겠습니다만, 두 질병은 전적으로 다릅니다.」
「지금까지 네 번의 죽음이 있었지만 전부 다 다릅니다. 한 사람은 심장마비고, 한 사람은 패혈증이고, 한 사람은 자살이고, 또 한 사람은 파상풍이로군요.」
「그렇습니다, 포와로 씨.」
「그 네 사람을 함께 묶어 줄 어떤 연관성이 없다고 믿습니까?」
「무슨 말씀이신지요?」

「쉽게 설명해 드리지요. 그 네 사람이 멘허라 왕에게 불경스런 행동을 한 것은 아닐까요?」

의사는 놀란 눈초리로 포와로를 응시했다.

「얼토당토않은 말씀을 하시는군요, 포와로 씨. 설마 그 말도 안 되는 농담거리에 불과한 얘기를 믿으시는 건 아닐 테죠?」

「이치에 맞지 않는 얘기예요.」

거이 경이 화가 나서 웅얼거렸다.

포와로는 초록색으로 빛나는 고양이 눈을 몇 번 깜박였다. 그는 꼼짝 않고 평온하게 있었다.

「그러니까 그걸 믿지 않으시는군요, 의사 선생님?」

「그럼요, 전 믿지 않습니다.」

의사가 강조하듯 잘라 말했다.

「저는 과학을 하는 사람입니다. 그리고 오직 과학이 가르쳐 주는 것만을 믿습니다.」

「그렇다면 고대 이집트에선 과학이 없었다는 말입니까?」

포와로는 부드럽게 물었으나 대답을 기다리지는 않았다. 에임스 의사는 그 순간 좀 당황한 듯이 보였다.

「됐습니다, 됐습니다. 내게 대답은 마시고요, 이 점을 말씀해 주시지요. 현지 일꾼들에 대해서는 어떻게 생각합니까?」

「추측컨대—.」

에임스 의사가 말했다.

「백인들이 목숨을 잃은 곳에 원주민들은 가까이 가려 들지 않을 겁니다. 전 그들이 겁을 집어먹을 거라는 건 인정합니다. 하지만 사실 그럴 이유는 없죠.」

「이상하군요.」

포와로가 인정하지 않는 듯이 말했다.

거이 경이 몸을 앞으로 내밀었다.

「확실히 믿어지지가 않겠죠. 오, 하지만 그런 일은 터무니없어요!

그런 식으로 생각하신다면 고대 이집트에 대해서 아무것도 모를 수밖에요.」

그는 의심스럽다는 듯이 외쳤다.

대답 대신 포와로는 주머니에서 작은 책을 꺼냈다. 너덜너덜한 옛날 책이었다. 그가 그것을 집어들었을 때 제목이 보였다. <이집트 인과 칼디아 인(바빌로니아 남부의 고대 왕국 사람들, 갈데아 인)의 마술>이었다. 그는 주위를 빙 돌아서 성큼성큼 텐트 밖으로 나갔다. 의사가 나를 응시했다.

「저 분의 생각이 대체 뭡니까?」

포와로의 입에서는 자연스레 달려 있다시피 한 말이, 다른 사람의 입에서 나오자 슬며시 웃음이 나왔다.

「확실히 모르겠습니다.」

내가 고백했다.

「악령을 쫓아내려는 어떤 계획을 갖고 있지 않나 싶습니다만.」

포와로를 찾으러 나가니 그는 고(故) 블라이브너 씨의 비서인 홀쭉한 얼굴의 젊은이와 이야기를 나누고 있었다.

「이 발굴에 참가한 지 겨우 6개월 됐습니다. 그렇지만 블라이브너 씨의 일은 꽤 알고 있습니다.」

「그의 조카에 관해 뭐든지 내게 다시 말씀해 주실 수 있겠소?」

「하루는 그가 이곳에 나타났는데, 인상이 나쁜 친구는 아니었습니다. 저는 전엔 그를 본 적이 없습니다만 다른 사람들은—에임스 의사나 슈나이더 박사님은 봤나 봐요. 그분은 그 친구를 보고 전혀 기뻐하지 않았습니다. 그들은 그 즉시 격렬하게 다퉜지요. '한푼도 안 돼.' 블라이브너 씨가 외쳤습니다. '지금 당장에도 안 되고, 내가 죽어서도 마찬가지야. 나는 내 필생의 과업을 지속하는 데 내 전재산을 바칠 참이다. 그 문제에 대해서 오늘 슈나이더 씨와 이야기하던 중이었어.' 대충 이런 얘기였습니다. 블라이브너 씨의 조카는 즉시 카이로로 총총히 떠났지요.」

「그 당시 그는 건강 상태가 지극히 양호했나요?」
「고인 말입니까?」
「아니, 조카 말이오.」
「어딘가가 나쁘다고 말했던 것 같습니다. 그렇지만 심각한 것은 아니었을 겁니다. 그렇지 않다면 제가 확실하게 기억했을 텐데요.」
「한 가지만 더 묻겠는데, 블라이브너 씨는 유서를 남겼습니까?」
「우리가 알고 있는 한에서는 남기지 않았습니다.」
「이 원정에 계속 남아 있을 겁니까, 하퍼 씨?」
「아뇨, 선생님, 아닙니다. 여기 일이 정리되는 대로 뉴욕으로 떠날 참입니다. 비웃으셔도 할 수 없습니다만, 전 저주받은 그 옛날 멘허라의 다음 희생자가 되지는 않으렵니다. 제가 여기 머문다면 그것이 저를 해칠 겁니다.」
젊은이는 눈썹에 맺힌 땀을 씻어 내렸다.
포와로가 몸을 돌렸다. 어깨 너머로 특이한 미소를 지으며 그가 말했다.
「잊지 마시오, 그것이 자기의 희생자를 뉴욕에서도 골랐다는 것을.」
「아이고 맙소사!」 하며 하퍼 씨가 강경하게 말했다.
「저 젊은이가 초조하겠군.」
포와로가 사려 깊게 말했다.
「초조하겠지, 몹시 초조할 거야.」
나는 이상한 눈초리로 포와로를 쳐다보았으나, 그의 불가해한 미소는 아무것도 말해 주는 것이 없었다. 거이 윌러드 경과 토스윌 박사를 대동하고서 우리는 발굴 현장 주위를 돌았다. 주된 발굴품은 카이로로 보내지긴 했으나, 무덤이 비치된 몇몇 가구는 정말로 흥미로웠다. 젊은 준(準)남작이 애쓰는 것은 확실했지만, 그는 위험스런 느낌이 감도는 분위기로부터 완전히 벗어날 수는 없었던 모양이었다. 나는 그의 태도에서 일말의 초조함을 읽을 수가 있었다. 저녁식사에 참석하기 전에 씻기 위해 우리에게 배정된 텐트로 들어갔을 때, 흰옷을 입은 크고도 시커먼 형체가 곁에 서 있다가 우아한 몸짓으로 우리에게 들어가라고 하면서 아랍 어로 인사말을 중얼거렸다.

포와로가 멈춰 섰다.

「핫산이로군. 고(故) 존 윌러드 경의 하인이지요?」

「제 주인이신 존 경을 모시다가 지금은 그분의 아드님을 모시고 있습니다.」

그가 우리에게 한 발자국 가까이 다가오더니 목소리를 낮췄다.

「사람들이 선생님을 악령을 물리치는 법을 알고 있는 현자(賢者)라고 하더군요. 젊은 주인님께 여기를 떠나라고 해주십시오. 우리 주위에는 사악한 기운이 감돌고 있어요.」

그러면서 그는 불쑥 제스처를 쓰고는 대답도 기다리지 않고 성큼성큼 나가버렸다.

「사악한 기운이라!」

포와로가 중얼거렸다.

「그래, 나도 그걸 느껴.」

식사가 즐거울 리 없었다. 발언권은 토스윌 박사에게로 넘어갔다. 그는 이집트 골동품에 관하여 상세히 이야기해 나갔다. 우리가 각자 쉬려고 막 물러나려 할 즈음 거의 경이 포와로의 팔을 붙들며 손가락으로 가리켰다. 희끄무레한 물체가 텐트 한복판에서 어른거리고 있었다. 그것은 인간의 형상이 아니었다. 나는 무덤의 벽에 조각되어 있었던 개의 머리 형상을 똑똑히 기억하고 있었다. 내 피는 그대로 얼어붙고 말았다.

「저런!」

포와로가 중얼거리면서 힘차게 십자가를 내리그었다.

「아누비스라고, 재칼의 머리를 한 죽은 자의 신(神)이야.」

「누군가가 우리를 골탕먹이려 하고 있어.」

토스윌 박사가 분연히 일어서면서 외쳤다.

「저것이 당신 텐트로 들어갔어요, 하퍼.」
거이 경이 사색이 되어 중얼거렸다.
「아니오.」
포와로가 머리를 저으며 말했다.
「에임스 의사의 텐트로 들어갔소.」
의사는 그를 미심쩍은 눈초리로 쳐다보았다. 그러자 토스윌 박사가 같은 말을 반복하면서 외쳤다.
「누군가가 우리를 골탕먹이려 하고 있어. 저 친구를 당장에 잡아 버려요.」
그는 희끄무레한 유령을 쫓아 열을 내며 돌진해 들어갔다. 나도 그를 뒤쫓아가서 샅샅이 살펴봤지만, 살아 있는 형체가 그리로 지나쳐 간 어떤 흔적도 발견되지 않았다. 우리는 다소 착잡한 심정으로 돌아왔는데, 포와로는 나름대로 머리를 짜내어 상황 판단을 한 다음, 자기의 신변 안전을 확신하는 것 같았다. 그는 분주히 텐트 주위를 돌아다니며 사막에 여러 가지 도형과 문자를 그리고 있었다. 나는 끝이 다섯 개로 튀어나온 별이나 5각형이 무수히 반복되는 것에 주목했다. 여느 때처럼 포와로는 일반적인 마법과 마술에 관하여 즉흥적인 강의를 벌였는데, 악한 마법에 대항하는 선한 마법을 카(고대 이집트 종교에서 생명을 유지하는 근원이라 했음)와 <사자(死者)의 서(書)>에 들어 있는 내용을 여러 가지로 참고하면서 인용했다.

그 광경에 가장 격분한 토스윌 박사는 나를 한옆으로 끌고가더니 문자 그대로 격분해서 씩씩거렸다.
「같잖은 짓이에요, 선생.」
그는 화가 나서 외쳤다.
「같잖기 짝이 없는 짓거리라고요. 저 남잔 사기꾼이잖소, 그는 중세 때의 미신과 고대 이집트 신앙과의 차이를 모르고 있어요. 나는 무지와 남의 말을 쉽사리 믿는 성질이 뒤범벅이 된 저런 짓거리를 난생 처음 봤소.」

나는 흥분한 전문가를 진정시키고는 포와로가 있는 텐트로 들어갔다. 왜소한 내 친구는 즐거운 얼굴을 하고 있었다.
「이젠 평안히 눈을 붙일 수가 있겠는데 그래.」
그가 행복하게 말했다.
「눈 좀 붙여야겠어. 골치가 지끈지끈 쑤시는군. 아, 좋은 탕약이나 마셨으면!」
기도에 응하기라도 한 것처럼 텐트의 휘장이 젖혀지면서 핫산이 김이 모락모락 피어오르는 잔을 포와로에게 갖다 주었다. 그것은 카밀레 차(유럽산 국화과의 약용식물로 만든 차)로, 그가 특히나 좋아하는 음료였다. 핫산에게 고마움을 표하고, 내게도 한 잔 갖다 주겠다는 제의를 거절하고 나니 우리는 또다시 둘만 남게 되었다. 나는 옷을 벗고 나서 텐트 입구에 서서 한참 동안 사막 저 너머를 바라보았다.
「멋진 장소에 멋진 일이로군요. 반하겠는데요. 이 사막의 생명, 사라져 버린 문화의 심장부에 대한 정밀 탐사. 확실히 포와로, 당신도 매력을 느끼는 거죠?」
내가 크게 말했다.
대답이 없어서 난 좀 의아해하며 몸을 돌렸다. 나의 의아함은 금방 놀람으로 변했다. 포와로는 거친 침상에 등을 대고 길게 누워 있었는데, 그의 얼굴은 무시무시하게 경련을 일으키고 있었다. 그 옆에는 빈 컵이 놓여 있었다. 나는 그의 곁으로 달려갔다가는 쏜살같이 튀어나와 에임스 의사의 텐트로 가로질러 갔다.
「에임스 의사 선생님! 어서 와주세요.」
내가 외쳤다.
「무슨 일입니까?」
의사가 파자마 바람으로 나타나더니 말했다.
「내 친구요! 그가 아픕니다. 죽어 가고 있어요. 카밀레 차요. 핫산이 캠프를 빠져나가지 못하게 해요.」
전광석화처럼 의사가 우리의 텐트로 달려왔다. 포와로는 내가 그의 곁을 떠났을 때와 마찬가지로 누워 있었다.
「특이하군요.」
에임스가 외쳤다.
「경련인 것 같은데…… 이분이 마신 게 뭐라고 했죠?」
그가 빈 잔을 집어들었다.
「내가 안 마신 게 천만다행이로군요!」
평온한 목소리가 들렸다.
우리는 깜짝 놀라 돌아보았다. 포와로가 침상에서 일어나 앉아 있었다. 그는 빙그레 미소를 지었다.
「아니, 나는 그것을 안 마셨소. 내 선량한 친구 헤이스팅스가 밤을 찬양하는 동안 난 그걸 쏟아 버릴 기회를 얻었지. 내 목구멍에다가 말고 작은 병에다가 말이오. 그 조그만 병을 분석학자에게 보내야겠소.」
그가 부드럽게 말했다.
「안 돼.」
의사가 갑자기 몸을 움직였다.
「지각 있는 사람이니 그러한 폭력이 아무짝에도 소용이 없다는 걸 아실 텐데? 헤이스팅스가 당신을 데리러 가느라 잠시 자리를 비운 사이 나는 그 병을 안전한 장소에 보관해 둘 시간적 여유를 얻었지. 아, 빨리, 헤이스팅스, 저 사람을 붙잡아!」
나는 포와로의 염려를 잘못 판단했다. 친구를 구하겠다는 일념으로 몸을 날려 그를 막았다. 그러나 의사의 재빠른 동작은 그 뜻이 아니었다. 그가 손을 입으로 가져가자 쓴 아몬드 냄새가 공기를 가득 채웠다. 그는 앞으로 휘청거리며 푹 고꾸라졌다.
「또 다른 희생자로군.」
포와로가 엄숙하게 말했다.
「그렇지만, 마지막이야. 어쩌면 이게 최선의 방법이겠지. 그는 그의 머리로 세 명의 죽음을 짜냈으니까.」

「에임스 의사가요?」

내가 대경실색하여 외쳤다.

「난 당신이 어떤 초자연적인 영향력에 심취해 있는 줄로만 알았는데요?」

「자넨 날 오해했어, 헤이스팅스. 내 말은, 난 미신의 가공할 위력을 믿는다는 거였어. 일련의 죽음이 초자연적인 것이라는 게 확실해지기만 하면, 자네가 백주 대낮에 사람에게 칼부림을 할 뻔했다손 치더라도 그건 저주 때문에 그런 거라고 사람들의 입에 오르내리게 되어 버리지. 인간에겐 초자연적이고자 하는 본능이 아주 강하게 심어져 있지. 나는 태초부터 인간은 그러한 본능을 이용해 온 게 아닌가 하는 생각을 한다네. 내가 보기엔 그러한 생각은 존 윌러드 경의 죽음으로써 비롯됐지 않나 싶네. 에임스 의사의 머리에 격한 미신이 즉시 팽배해졌겠지. 내 관심을 끈 것은 존 경의 죽음에서 이렇다 할 이득을 볼 사람이 아무도 없었다는 거였어. 하지만 블라이브너 씨의 경우가 달라. 그는 굉장한 부자야. 내가 뉴욕으로부터 받은 정보에는 여러 가지를 생각나게 하는 점이 있더군. 우선 블라이브너 청년은 이집트에 돈을 빌릴 수 있는 좋은 친구가 있노라고 말했다고 했어. 그 사람은 그가 자기 삼촌을 뜻했다고 넌지시 비추고 있는데, 하지만 만일 그랬다면 블라이브너 청년은 딱 꼬집어서 말했을 거야. 그 말은 그의 어떤 절친한 친구를 암시하는 거였어. 또 다른 점은 그가 이집트에 갈 때는 여비를 이리 저리 간신히 긁어모아 갔는데, 그의 삼촌이 그에게 한푼도 못 주겠다고 거절했음에도 불구하고 그는 뉴욕으로 돌아오는 여비를 마련할 수 있었다는 거야. 누군가가 그에게 돈을 빌려준 게 틀림없지.」

「그 모든 게 근거가 희박해요.」

내가 반박을 하고 나섰다.

「아니, 그 외에 또 있어. 헤이스팅스, 비유적으로 쓰인 말들이 글자 그대로 받아들여지는 수가 종종 있지. 물론 그 반대의 경우도 있을 수가 있지만……. 아무튼 블라이브너 청년은 충분히 알아듣기 쉽게 썼어. '나는 문둥이'라고. 하지만 아무도 그가 나병이라는 천형(天刑)에 걸려 있었기 때문에 권총 자살을 했다고는 깨닫지 못했지.」

「뭐라고요?」

내가 깜짝 놀라 외쳤다.

「악마의 심성(心性)에서 꾸며진 간교한 계책이었어. 블라이브너 청년은 대수롭지 않은 어떤 피부병으로 고생하고 있었는데, 그가 남양 제도에 살 당시에 그 병은 그곳에선 흔해빠진 것이었어. 예전의 그의 친구였던 에임스는 저명한 의사였으므로, 그는 감히 에임스의 말을 의심한다는 건 꿈도 꾸지 못했을 거야. 내가 여기 도착했을 때 내 의심은 하퍼와 에임스 의사 사이에서 갈팡질팡했었는데, 곧 나는 의사만이 그 범죄를 저지르고 감출 수가 있다는 것을 깨달았지. 하퍼에게서 그 의사가 이전부터 블라이브너 청년과 안면이 있었다는 얘기를 들었거든. 의심할 여지도 없이 블라이브너 청년은 이런저런 연유로 해서 과거에 유서를 작성했거나, 아니면 의사에게 돌아가도록 생명보험을 들었을 걸세. 그 의사의 눈에 부(富)를 쟁취할 수 있는 기회가 엿보인 거지. 에임스 의사가 블라이브너 노인에게 치명적인 세균을 주사하는 건 식은 죽 먹기였어. 한편, 자기 친구가 자기에게 전해준 참담한 얘기로 실의에 빠진 블라이브너 청년은 권총 자살을 한 거야. 블라이브너 씨는 자기 의도와는 무관하게 유언을 남기지 못했어. 따라서 그의 재산은 자기 조카에게로 넘어갈 것이고, 또 그 조카에게서 다시 의사에게로 넘어가게 되어 있었을 걸세.」

「그러면 슈나이더 씨의 경우는요?」

「그건 확신할 수 없어. 그 역시 블라이브너 청년을 알고 있었는데, 그가 무언가 낌새를 알아차리고 의심했었는지도 모르지. 아니면 다시금 그 의사는 근거도 없고 목적도 없는 죽음이 하나 더 늘면 미신의 연관성이 더욱 철저히 강화될 거라고 생각했는지도 모르고. 덧붙여 자네한테 재미있는 심리학적인 사실을 얘기할 게 있네, 헤이스팅스.

살인자는 자기의 성공적인 범죄를 반복하려는 강렬한 욕구를 가지게 마련인데, 그러한 행위 욕구가 그에게 점점 더 커진 거야. 그런 연유로 해서 난 윌러드 청년이 걱정이 됐어. 오늘 밤 자네가 본 아누비스의 형상은 핫산이었는데, 내 요청을 받고 그가 그렇게 차려입었지. 나는 에임스 의사를 놀라게 할 수 있는지가 보고 싶었다네. 그런데 그를 놀라게 하려면 그게 더 불가사의했어야 했나 봐. 내가 비술(秘術)을 믿는 체하는 것을 그가 전적으로 받아들이지 않는 것을 알 수 있었어. 내가 그에게 써먹은 촌극에 그는 속아넘어가질 않더군. 나는 그가 나를 다음 희생양으로 만들려고 할 거라는 의심이 들었지. 아, 그런데 저주받은 바다에도, 진저리 치는 열기에도, 성가신 사막에도 불구하고 작은 회색의 뇌세포는 여전히 제 기능을 발휘했다네!」

포와로의 전제(前提)는 완전히 옳았다는 것이 증명되었다. 블라이브너 청년은 몇 년 전에 술기운에 장난삼아 유서를 작성했는데, 내용인즉 이러했다. '내가 무척 좋아하는 담배 케이스를 비롯해서 기타 내가 소유한 모든 것은 일차적으로 내가 죽은 뒤에, 익사할 뻔한 나의 목숨을 구해 준 내 선량한 친구 로버트 에임스에게 갚는 빚이 될 것이다.'

그 사건은 가급적이면 쉬쉬되었다. 오늘날까지도 사람들은 멘히라 왕릉과 연관된 일련의 기막힌 죽음들을, 무덤을 파헤친 신성 모독자에게 죽은 왕이 내린 저주라고 말하고 있는데—포와로가 내게 심어 준 신념은 모든 이집트 인의 신앙과 사고와는 상반되는 것들이었다.

그랜드 메트로폴리턴 호텔의 보석 도난사건

The Jewel Robbery at the Grand Metropolitan

「포와로, 기분 전환하시는 게 신상에도 이로울 텐데요.」
내가 말을 꺼냈다.
「그렇게 생각하나, 헤이스팅스?」
「여부 있습니까?」
「허, 그래?」
포와로가 빙그레 미소를 지으며 말했다.
「그렇다면 모든 게 예정되어 있겠는데?」
「가시겠습니까?」
「날 어디로 데리고 가려는 건데?」
「브라이턴(영국 이스트 서섹스 군에 있는 영국 해협에 면한 도시로, 런던에서 가장 가까운 해수욕장이 있음)이에요. 실은 그 도시에 사는 내 친구가 내게 좋은 델 귀띔해 줬거든요. 게다가—저 속담에도 있듯이 물쓰듯이 쓸 수 있는 돈도 있고요. 내 생각인데, 그랜드 메트로폴리턴 호텔에서 주말을 보내는 것이 더할 나위 없이 유익할 것 같습니다.」
「고맙네, 아주 감사하게 받아들이겠어. 자넨 늙은이를 생각해 주는 아름다운 마음씨를 가졌어. 아름다운 마음씨란 모든 미세한 회색 뇌세포에 들어 있는 궁극적인 가치지. 그래, 그래. 자네한테 그 얘길 하는 나는 때때로 그 점을 망각하는 우(愚)를 범한다고.」

나는 그 암시가 썩 마음에 들지 않았다. 나는 때때로 포와로가 내 지적 능력을 다소 과소평가하는 경향이 있다는 생각이 든다. 그렇지만 그가 기뻐하는 게 하도 역력해서 나는 가벼운 불쾌감을 한편으로 밀쳐 놓았다.
「그럼, 다 된 거죠?」
내가 서둘러 말했다.
토요일 저녁에 우리는 화려한 인파에 섞여 그랜드 메트로폴리턴 호텔에서 식사를 하고 있었다. 남녀 할 것 없이 모두 다 브라이턴에 몰려든 것만 같았다. 의상은 화려했고, 보석은―좋은 취미에서라기보다 과시욕에서 둘러진 것이 간혹 눈에 띄었는데, 굉장히 어마어마했다.
「원, 꼬라지들 하고는!」
포와로가 투덜거렸다.
「여긴 부당이득자들의 전당이로구먼, 안 그래, 헤이스팅스?」
「그럴 수도 있겠죠.」
내가 대답했다.
「하지만 저들이 다 부당이득자적인 결점을 가진 건 아니길 바라야겠죠.」
포와로가 차분히 주위를 둘러보았다.
「하도 많은 보석을 보니 생각을 돌려서 범죄나 저질러야겠다는 마음이 드는데. 찾아 주느라고 애쓸 게 아니라……, 비범한 데가 있는 도둑이라면 이같은 절호의 찬스가 어디 있겠나! 저길 봐, 헤이스팅스, 기둥 옆에 있는 저 살집이 좋은 여자 말이야. 그녀는 자네 표현대로 하자면 보석으로 처발랐는데 그래.」
나는 그의 눈길을 쫓았다.
「저런!」
내가 외쳤다.
「오팔센 부인이네요.」
「저 여잘 알아?」
「약간요. 남편이 최근에 오일 붐을 타고 일약 갑부가 된 증권거래업자예요.」

저녁식사를 마친 뒤 라운지에서 오팔센 부부와 우연히 마주치게 되어, 나는 포와로를 그들에게 소개했다. 우리는 잠시 담소를 나눈 다음 함께 커피를 마시기로 했다.

포와로가 여인의 풍만한 앞가슴을 장식하고 있는 고가(高價)의 보석을 찬미하는 몇 마디 말을 던지자 그녀는 단박에 얼굴이 활짝 갰다.

「이건 제 최고의 취미예요. 제 남편 에드는 제 약점을 알고는 일이 잘 풀릴 때마다 제게 새로운 걸 갖다 준답니다. 선생님께서도 보석에 관심이 있으신가 보죠?」

「기회가 있을 때마다 꽤나 많이 관계했었습니다, 부인. 직업상 세상에서 내로라 하는 보석과도 접촉을 해봤죠.」

그가 신경써서 가명을 써가며 역사상 유명한 일화가 있는 권세가(權勢家)들의 보석 얘기를 들려주자 오팔센 부인은 숨을 죽이고 들었다.

「그랬군요!」

그가 말을 마치자 그녀가 외쳤다.

「연극 같은 얘기는 아니겠죠! 저도 일화가 있는 어떤 진주를 갖고 있어요. 전 그것이 세상에서 가장 질이 좋다는 평가를 받은 걸로 알고 있어요. 진주는 아름답게 세팅이 된 데다, 정말 완벽한 빛을 발해요. 괜찮으니까 지금 달려가서 그걸 갖고 와 볼게요!」

「오, 부인!」

포와로가 말리며 말했다.

「어쩜 그리도 친절하십니까! 그래도 일부러 그러지는 마십시오.」

「어머, 보여 드리고 싶어서 그러는 건데요, 뭐.」

젖가슴이 풍만한 그 여인은 뒤뚱거리면서도 활기차게 엘리베이터 쪽으로 가로질러 갔다. 내게 이야기를 건네고 있던 그녀의 남편이 그녀를 물끄러미 쳐다보았다.

「부인께서 친절하시게도 극구 진주 목걸이를 제게 보여 주시겠다고 말씀하시는군요.」
 포와로가 설명했다.
「오, 진주 말이로군요!」
 오팔센이 만족한 표정을 지으며 미소를 흘렸다.
「그래요, 정말로 볼 만한 가치가 있습니다. 돈깨나 들었어요! 퍼부은 돈이야 어쨌든 상관없습니다. 언제고 들인 가격을 뽑을 수 있을 테니까요. 아마 더한 값을 받을 겁니다. 모든 일이 제대로만 되어간다면 틀림없이 그럴 겁니다. 시티(런던의 금융·경제 중심지)에서는 돈이 좀 딸린답니다. 다 이 지긋지긋한 E.P.D(Excess Profits Duty;초과세) 탓이죠.」
 그가 장황하게 말을 하면서 전문용어를 꺼내자 나는 그때부터 그의 말을 하나도 이해할 수가 없었다.
 보이가 다가와서 그의 귀에다 대고 뭐라고 소곤거리자, 그는 할 수 없이 말을 중도에서 그쳤다.
「뭐…… 뭐라고? 곧 가지. 그녀가 아픈 건 아니지? 잠시 두 분께 실례하겠습니다.」
 그는 황망히 자리를 떠났다. 포와로가 등을 기대며 그의 작은 러시아 담배에 불을 붙였다. 그리고 나서 지나치게 잔신경을 쓰며 조심조심 빈 커피잔들을 일렬로 깔끔히 정열시켜 놓고는, 그 결과에 만족하며 흡족한 표정을 띠었다.
 몇 분이 지났다. 오팔센 부부는 돌아오지 않았다.
「이상한데요.」
 내가 한마디했다.
「그들이 언제쯤 돌아오게 될는지 모르겠어요.」
 포와로는 뭉게뭉게 피어오르는 담배연기를 쳐다보고 나서 그제야 자기 생각을 말했다.
「그들은 돌아오지 않아.」
「왜요?」

「왜냐하면 무슨 일이 생겼거든.」
「무슨 일인데요? 어떻게 아셨어요?」
내가 의아해서 물었다.
포와로가 빙그레 웃었다.
「몇 분전에 지배인이 황급히 자기 사무실에서 나와 위층으로 내달았잖아. 그는 꽤나 당황해하더군. 엘리베이터 보이가 한 보이와 심각한 얘기를 나누고 있었어. 엘리베이터 벨이 세 번이나 울렸는데도 그는 신경을 쓰지 않았지. 세 번째로, 웨이터들까지도 멍청해 있어. 웨이터를 멍청하게 하는 건…….」
포와로는 딱 잘라 말하며 머리를 설레설레 흔들었다.
「1급짜리 일이 터졌음이 틀림없어. 아, 내가 생각했던 대로야! 경찰이 왔군.」
두 남자가 막 호텔로 들어섰다. 한 사람은 정복을 착용했고, 한 사람은 사복 차림이었다. 그들이 보이에게 다가가자 보이는 곧 위층으로 안내했다. 몇 분 뒤에 아까 그 보이가 내려와서 우리가 앉아 있는 테이블로 왔다.
「오팔센 씨가 두 분을 위층으로 모셔오라고 하시는데요.」
포와로는 민첩하게 벌떡 일어섰다. 누군가가 봤다면 그가 불러주기를 고대하고 있었다고 말했을 것이다. 나도 그의 뒤를 바지런히 쫓아갔다.
오팔센 부부가 묵고 있는 방은 2층에 자리잡고 있었다. 문에 노크를 하고는 보이가 물러가자 안에서, 「들어오세요!」 하는 소리가 들리기에 우리는 안으로 들어갔다. 기이한 광경이 우리 눈앞에 펼쳐져 있었다. 그 방은 오팔센 부인의 침실로, 그 한복판에 있는 안락의자에 부인이 몸을 파묻고 격렬하게 울고 있었다. 그녀는 우리에게 특이한 모습을 보여 줬는데, 분을 더덕더덕 발랐던 얼굴에 눈물 자국이 선명하게 나타나 있었다. 오팔센 씨는 화가 나서 방 안을 서성거렸다. 두 명의 경관이 방 한복판에 서 있었는데, 그 중 한 명은 손에 수첩을 들고 있었다. 호텔 방을 치우는 하녀가 죽도록 겁에 질려 벽난로가 서 있었다. 그리고 방 반대편에는 프랑스 여자가 있었는데, 오팔센 부인의 하녀가 틀림없으며 자기 여주인에 버금가는 큰 슬픔을 보이며 손을 꼬면서 슬피 울고 있었다. 이 대혼란의 와중으로 포와로는 발을 내디디면서 씩 미소를 지었다. 그녀의 거대한 체구 어디에서 그런 순발력이 솟구치는지, 오팔센 부인이 의자에서 발딱 일어나 그쪽으로 왔다.

「오셨군요. 에드가 자기 편한 대로 얘기했을는지는 몰라도 전 행운을 믿어요. 전 그래요. 제가 오늘 저녁 선생님을 만나 뵙게 된 것은 예정되어진 것이었어요. 그리고 전 다른 그 누구가 아니라 선생님만이 제 진주를 되찾아줄 수 있으리라는 느낌이 들어요.」

「부디 진정하십시오, 부인.」

포와로가 달래며 그녀의 손등을 토닥거렸다.

「확신을 가지세요. 모든 게 잘 될 겁니다. 에르큘 포와로가 있잖아요!」

오팔센 씨는 경감에게로 몸을 돌렸다.

「제가 이 신사분을…… 저, 오시라고 했다 해서 반대하시지는 않으리라 믿습니다만…….」

「전혀요, 선생님.」

경감은 예의바르게 대답했다.

「저, 부인이 좀더 마음을 가라앉히시면 우리에게 진상을 말씀해 주시겠지요?」

오팔센 부인은 어쩔 줄 모르고 포와로를 응시했다. 그는 그녀를 도로 의자에 앉혔다

「앉으시지요, 부인. 주저 마시고 우리들에게 일어난 일을 소상하게 말씀해 주시지요.」

그리하여 오팔센 부인은 몸가짐을 조심해 가며 신중히 눈물 자국을 찍어낸 다음 입을 열었다.

「전 저녁식사를 마친 뒤 여기 계신 포와로 씨에게 보여드리려고 진주를 가지러 위층으로 올라왔어요. 객실 담당 하녀와 셀레스틴이 평소대로 방에 있더군요.」

「잠깐만요, 부인. '평소대로'라니 무슨 뜻입니까?」

오팔센 씨가 설명했다.

「전 이 방에 셀레스틴이 없으면 다른 사람이 못 들어오게 하고 있습니다. 객실 담당 하녀가 아침나절에 셀레스틴이 있을 때 들어와서 이 방을 치우고, 저녁을 마치면 침대를 정돈하러 오지요. 그 밖엔 결코 이 방엔 못 들어옵니다.」

「저, 제가 말했듯이……」

오팔센 부인이 계속했다.

「전 올라왔어요. 전 여기 있는 화장대로 갔어요.」

그녀는 화장대 오른쪽 맨 밑 서랍을 가리켰다.

「제 보석함을 꺼내어서는 열어보았죠. 여느 때와 다름없는 것 같았어요. 그런데 진주가 없잖겠어요!」

경감은 노트에 적느라 분주했다.

「그걸 마지막으로 본 때는 언제입니까?」

그가 물었다.

「제가 저녁을 먹으러 내려갈 때는 있었어요.」

「확실합니까?」

「그럼요, 전 그걸 걸어야 할지 말아야 할지 망설이다가 그냥 에메랄드 쪽으로 결정을 하고서 그걸 도로 보석함에 넣었거든요.」

「보석함은 누가 잠급니까?」

「제가요. 전 체인에 열쇠를 달아서 목에 걸고 다녀요.」

그녀가 목에서 그것을 꺼냈다.

경감이 그것을 면밀히 조사하고서는 어깨를 으쓱했다.

「도둑이 틀림없이 복제 열쇠를 갖고 있을 겁니다. 보석함을 잠그고는 어떻게 하셨나요?」

「전 그걸 제가 언제나 두는 장소인 맨 아래 서랍에 도로 갖다 놓았어요.」
「서랍은 잠그지 않았습니까?」
「예, 한 번도 잠그고 다닌 적이 없어요. 제가 올 때까지 하녀가 이 방에 머무르고 있으니까 하등 그럴 필요가 없거든요.」
경감의 얼굴이 점점 어두워졌다.
「부인께서 저녁을 드시러 내려가셨을 때 그 보석이 거기 있었다는 것과 그 이후로 하녀가 한 번도 방을 나가지 않았다는 걸 제가 어떻게 납득해야 합니까?」
갑자기 자기가 어떤 위치에 와 있는지 처음으로 깨달은 셀레스틴은 공포가 엄습한 것처럼 격렬하게 비명을 지르며 앞뒤가 안 맞는 불어로 촬촬 말을 쏟아냈다.
「그 얘긴 말도 안 돼요! 세상에 내가 여주인의 것을 도둑질했다고 어떻게 의심할 수가 있죠! 경찰들이란 하여간 알아줘야 할 멍청이들이라니까! 그렇지만 포와로 씨는 프랑스 인이니까…….」
「벨기에 인입니다.」
포와로가 끼여들었으나 셀레스틴은 정정하는 데는 아예 관심조차 없었다.
「포와로 씨, 당신은 내가 잘못 의심받고 있는 것을 보고만 있어서는 안 돼요. 그렇게 되면 저 파렴치한 객실 담당 하녀가 무죄로 석방되는 꼴이 된다고요. 나는 객실 하녀를 결코 좋아하지 않았어요. 그녀는 뻔뻔스럽고 낯짝이 두꺼워요. 타고난 도둑이죠. 나는 처음부터 객실 하녀가 정직하지 않았다고 누차 말했었어요. 그래서 그녀가 부인 방을 청소할 때는 감시의 눈초리를 게을리하지 않았던 거예요! 저 멍청한 경관들더러 그녀를 뒤지게 하세요. 만일 그랬는데도 부인의 진주가 나오지 않으면 그건 참으로 놀라운 일이에요!」
이와 같은 질책이 셀레스틴의 입에서 빠르고도 신랄하게 쏟아져 나왔다. 그녀는 이렇게 떠들어대면서 제스처를 풍부하게 섞어 넣었다. 객실 담당 하녀는 적어도 그 일부는 알아들은 것 같았다. 그녀는 화가 나서 얼굴이 벌개졌다.
「저 외국 여자가 제가 진주를 훔쳤다고 하는 건 거짓말이에요!」
그녀는 열을 내면서 잘라 말했다.
「전 그걸 제대로 본 적도 없어요.」
「어서 그녀를 뒤져 봐요!」
셀레스틴이 고함을 질렀다.
「제 말대로 그걸 발견할 거란 말이에요.」
「넌 거짓말쟁이야. 알아들어?」
객실 담당 하녀가 셀레스틴 쪽으로 다가가면서 말했다.
「네가 훔쳐 놓고 왜 나한테 뒤집어씌우니? 난 부인이 올라오시기 전 3분가량만 이 방에 있었을 뿐이고, 넌 내내 여기 앉아 있었잖아. 고양이가 쥐 감시하듯이 언제나 그랬잖아.」
경감이 셀레스틴 쪽을 의심스런 눈초리로 쳐다보았다.
「저 여자가 혼자 있도록 내버려두진 않았어요.」
셀레스틴이 마지못해 인정했다.
「그렇지만 전 여기 있는 문으로 저 방에 두 번이나 갔다 왔어요. 한 번은 면실이 감긴 실패를 가지러 간 거고, 또 한 번은 가위를 가지러 갔더랬어요. 저 여자가 그때 그 짓을 저지른 게 틀림없어요.」
「1분도 안 걸렸잖아.」
객실 하녀가 화가 나서 쏘아붙였다.
「금방 뛰어 들어갔다 나오고선 뭘 그래. 경찰이 날 수색해 주면 오히려 기쁘겠어. 아무것도 두려울 게 없으니까.」
바로 이 때 노크 소리가 났다. 경감이 그리로 갔다. 누가 두드렸는지를 확인하자 그의 얼굴이 환해졌다.
「아!」
그가 말했다.
「아주 다행이로군. 몸수색을 위해 여자 경관을 부르러 보냈는데 막

그랜드 메트로폴리턴 호텔의 보석 도난사건

도착했군요. 옆방으로 들어가더라도 상관없겠죠?」

그가 객실 하녀를 쳐다보자 그녀는 머리를 끄덕이며 문지방으로 발걸음을 떼었고, 바짝 뒤를 따라 여자 경관이 들어갔다.

프랑스 여자는 의자에 몸을 파묻고서 흐느껴 울었다. 포와로가 방을 죽 둘러보는 동안 나는 방 안의 특징적인 풍경을 깔끔히 스케치해 놓았다.

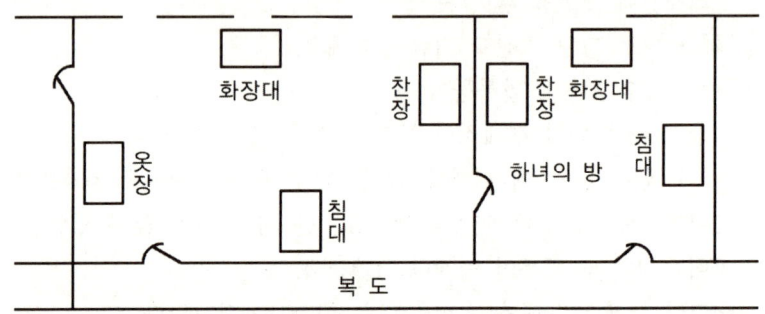

「저 문은 어디로 통하죠?」

그가 머리로 창가에 있는 문을 가리키며 물었다.

「옆 아파트(아파트식 호텔;가구 딸린 방을 장기 체재자에게 임대하고 호텔식 서비스를 제공함)로 통하는 문 같은데요.」

경감이 말했다.

「아무튼 잠겨 있습니다, 이쪽으로.」

포와로가 그리로 걸어가서 손잡이를 잡고 이리저리 돌려보았다.

「반대쪽 역시 마찬가지로군요.」

그가 말했다.

「못 열게 되어 있나 보지요.」

그는 창가로 걸어가서 차례로 창문들을 조사했다.

「다시 찾아봐도 없어요. 바깥 발코니까지 봤는데 없군요.」

「만일 거기 있다손 치더라도 하녀가 이 방에서 한 발자국도 나가지 않았다면 그게 어찌 된 일인지 모르겠는데요.」
경감이 초조하게 말했다.
「확실히 그렇네요.」
포와로가 당황해하지 않고 말했다.
「아가씨가 이 방을 나가지 않았다고 분명히 말했는데…….」
객실 하녀와 여자 경관이 다시 나타나자 그가 말을 멈췄다.
「아무것도 없는데요.」
여자 경관이 간략하게 말했다.
「저도 정말로 그러길 바랐어요.」
객실 하녀가 엄숙하게 말했다.
「저 프랑스 여자는 정직한 여자의 인격을 손상한데 대해 부끄러워할 줄 알아야 해요!」
「자, 자, 아가씨. 아무튼 좋습니다.」
경감이 문을 열며 말했다.
「아무도 아가씰 의심하지 않습니다. 가서 일을 보세요.」
객실 담당 하녀는 마지못해 나갔다.
「저 여잘 수색하실 거죠?」
그녀가 셀레스틴을 가리키며 요청했다.
「아, 그럼요!」
그가 그녀 앞에서 문을 닫으며 손잡이를 돌렸다.
셀레스틴 차례가 되자 여자 경관이 그녀를 작은 방으로 데리고 들어갔다. 몇 분 뒤에 그녀도 되돌아왔다. 그녀에게서도 아무것도 나오지 않았다.
경감의 얼굴이 점점 더 어두워졌다.
「그래도 부득이 나와 함께 가자고 해야만 될 것 같소, 아가씨.」
그가 오팔센 부인에게로 몸을 돌렸다.
「죄송합니다, 부인. 모든 증거가 그런 쪽으로 몰리는군요. 이 여자가 몸에 지니고 있지 않다면 방 어딘가에 숨겨 놓았을 겁니다.」

셀레스틴은 격렬하게 외마디 비명을 지르며 포와로의 팔에 매달렸다. 포와로는 몸을 굽히더니, 아가씨의 귀에다 대고 뭐라고 속삭였다. 그녀는 그를 의심스런 눈초리로 쳐다보았다.

「자, 자, 아가씨. 말해 두겠는데 반항하지 않는 게 좋아요.」

그러더니 그는 경감에게로 몸을 돌렸다.

「괜찮겠습니까, 조그만 실험을 하려는데요. 일방적으로 제 자신의 만족을 위해섭니다.」

「그게 뭔지에 따라 달렸죠.」

경감이 인정하지 않겠다는 어조로 답했다.

포와로는 셀레스틴에게 다시 한번 말을 붙였다.

「아가씬 우리한테 실패를 가지러 방에 갔었다고 했습니다. 그게 어디에 있었나요?」

「서랍장 맨 위에 있었어요, 선생님.」

「가위는?」

「그것도요.」

「굉장히 성가시겠지만, 마드무아젤, 그 두 행동을 한번 더 해주셨으면 하는데요? 여기 앉아서 바느질을 하고 있었다고 했던가요?」

셀레스틴이 앉아 있다가 포와로의 지시에 따라 일어나서 옆방으로 들어가더니, 서랍장에서 물건을 집어들고 돌아왔다.

포와로는 그녀의 동작과 손바닥에 놓여 있는 커다란 회중시계에 주의를 모았다.

「다시 한번 감사드립니다, 마드무아젤. 그리고 경감님의 관용에도요.」

그는 경감에게 꾸벅 절을 했다.

경감은 이 과장된 인사에 다소 기분이 좋아진 것 같았다. 셀레스틴은 봇물 같은 눈물을 쏟으며 여자 경관과 사복 경관의 호송을 받으며 나갔다.

그 뒤 경감은 오팔센 부인에게 실례의 말을 짧게 하고서 방 안을 살살이 뒤지는 일에 착수했다. 그는 서랍을 빼내고 찬장을 열었으며, 침구를 통째로 뒤집어 놓고 바닥을 두드려 보았다. 오팔센 씨가 회의적으로 쳐다보았다.

「경감님께선 진짜로 그걸 찾을 것으로 생각하십니까?」
「예, 선생님. 당연하잖습니까. 그녀는 그걸 방 밖으로 가지고 나갈 시간적인 여유가 없었습니다. 부인께서 보석이 없어진 걸 너무 일찍 발견한 것이 그녀의 계획에 차질을 빚은 거죠. 그래요, 바로 여기 있을 겁니다. 둘 중 한 사람이 그걸 감춘 게 틀림없어요. 그런데 객실 하녀가 그렇게 하는 건 그리 쉬운 일이 아니죠.」
「쉽지 않은 정도가 아녜요. 불가능합니다!」
포와로가 조용히 말했다.
「예?」
경감이 응시했다.
포와로가 겸손하게 미소를 지었다.
「제가 시범을 보여 드리죠. 헤이스팅스, 내 시계를 쥐고 있어. 조심하라고. 우리 집 가보(家寶)니까! 방금 제가 저 아가씨의 동작을 재어 보니까—그녀가 처음에 방을 비운 것이 12초였고, 두 번째는 15초였어요. 지금부터 제 행동을 관찰해 보십시오. 부인께서는 제게 보석함 열쇠를 건네주시면 대단히 감사하겠습니다. 헤이스팅스, 자네는, '땅!' 하고 출발 신호를 해주게.」
「땅!」
내가 말했다.
믿기 어려울 정도의 신속함으로 포와로는 화장대의 서랍을 비틀어 열고는 보석함을 꺼내다가 열쇠구멍에 열쇠를 갖다 꽂고 함을 연 다음, 그걸 도로 서랍에 집어넣고 다시 그 서랍을 닫았다. 그의 동작은 번개 같았다.

「자, 헤이스팅스?」
그가 숨도 안 쉬고 나에게 물었다.

「56초인데요.」
내가 대답했다.
「아시겠어요?」
그가 주위를 둘러보았다.
「객실 담당 하녀가 목걸이를 꺼낼 시간조차도 모자라요, 그런데 하물며 숨긴다니요.」
「그렇다면 셀레스틴 쪽이로군요.」
경감이 만족한 듯이 말하며 다시 수색에 들어갔다. 그는 옆방인 하녀 침실로 들어갔다.
포와로는 생각에 잠긴 채로 인상을 찌푸렸다. 느닷없이 그가 오팔센 씨에게 질문을 했다.
「그 목걸이는 보험에 든 게 확실한 거죠?」
그 질문에 오팔센 씨는 약간 놀라는 것 같았다.
「예, 그런데요.」
그가 머뭇거리며 말했다.
「그런데 그게 무슨 상관이죠?」
오팔센 부인이 울먹이며 말을 꺼냈다.
「그건 제가 아끼는 목걸이예요. 독특하기도 하고요. 억만금을 준다 해도 바꿀 수 없어요.」
「이해합니다, 부인.」
포와로가 위로하며 말했다.
「전 백 퍼센트 이해합니다. 여자에겐 감수성이 전부죠. 그렇지 않습니까? 그렇지만, 무슈, 그같이 예민한 감수성을 갖지 못한 사람이라면 틀림없이 보험을 들었다는 사실에서 일말의 위로를 찾을 겁니다.」
「물론이지요, 물론입니다.」
오팔센 씨는 꽤나 불확실한 어조로 말했다.
「이걸 보십시오!」

경감이 의기양양하게 소리쳤다. 그는 손가락에 뭔가를 달랑거리며 들어왔다.

비명을 지르며 오팔센 부인이 의자에서 몸을 일으켰다. 그녀의 태도는 180도로 돌변했다.

「오, 오, 내 목걸이!」

그녀는 그것을 양손으로 받아들고 가슴에 꼭 품었다. 우리가 그 주위를 에워쌌다.

「그게 어디 있었습니까?」

오팔센 씨가 물었다.

「셀레스틴의 침대입니다. 철사로 엮은 매트리스에 있더군요. 객실 담당 하녀가 와서 그 장면을 목격하기 직전에 그녀가 그걸 거기다 감춰 놓은 게 분명해요.」

「제게 좀 주시겠습니까, 부인?」

포와로가 부드럽게 말했다. 그는 그녀에게서 목걸이를 받아든 다음, 그걸 세밀하게 살펴보았다. 그런 뒤 꾸벅 절을 하며 그것을 도로 돌려주었다.

「부인, 부득이하지만 이것을 당분간 우리한테 넘겨주셔야 되겠는데요.」

경감이 말했다.

「입건시키는 데 필요해서 그런 겁니다. 하지만 되는 대로 빨리 되돌려 드리겠습니다.」

오팔센 씨가 얼굴을 찡그렸다.

「이게 꼭 필요합니까?」

「물론입니다, 선생님. 형식상으로요.」

「오, 가져가시라고 해요, 에드!」

그의 부인이 외쳤다.

「이분이 가져가시면 더욱 안전할 것 같아요. 누군가가 이걸 훔쳐간다는 생각만 해도 난 한숨도 못 잘 거예요. 저 가증스런 애 좀 봐!

그런데도 난 한 번도 저 애 짓이라곤 상상도 못 해봤잖아.」
 나는 내 팔을 지그시 누르는 손길을 느꼈다. 포와로였다.
「우리, 살짝 빠져나가는 게 어떨까? 우리가 더 이상은 필요 없다고 느껴지네.」
 막상 나와서는 그는 머뭇거리며 깜짝 놀랄 말을 했다.
「옆 아파트 방을 구경했으면 좋겠는데.」
 다행히 문이 잠겨 있지 않아서 우리는 안으로 들어갔다. 큰 방 두 개가 하나로 되어 있는 그 방은 아무도 들지 않았다. 먼지가 눈에 띌 정도로 쌓여 있었는데, 내 예민한 친구는 창가에 놓인 테이블 가장자리에다 손가락으로 사각무늬를 그리며 특유의 우거지상을 지었다.
「할 일이 남아 있으면 좋겠는데.」
 그가 딱딱하게 말했다.
 그가 골똘히 창 밖을 응시하는 것을 보니 깊은 생각에 잠긴 모양이었다.
「무슨 일이죠?」
 내가 참지 못하고 물었다.
「뭣 때문에 이리로 들어온 거죠?」
 그가 빤히 쳐다보았다.
「용서해 주게, 헤이스팅스. 나는 이쪽 문도 마찬가지로 잠겨 있는지 확인하고 싶었어.」
「그런데 잠겨 있군요.」
 나는 우리가 방금 나온 방과 연결된 문을 쳐다보며 말했다.
 포와로가 머리를 끄덕였다. 그는 아직도 생각에 잠겨 있는 눈치였다.
「그건 그렇고 그게 무슨 상관인데요? 이 일은 끝났어요. 난 당신이 유명해질 기회를 더 많이 가졌으면 좋겠습니다. 하지만 이번 일은 저 우둔한 경감까지도 해결할 수 있는 일이었어요.」
 내가 계속해서 말했다.

포와로가 머리를 흔들었다.
「사건은 끝나지 않았어, 헤이스팅스. 우리가 그 진주를 누가 훔쳤는지 발견해내기 전까진 끝낼 수가 없는 일이야.」
「셀레스틴이 그랬잖아요!」
「어째서 그렇다고 단정하는 거지?」
「저 그들이 발견했잖아요. 그녀의 침대 매트리스에서요.」
내가 더듬거리며 말했다.
「쯧쯧쯧!」
포와로가 참지 못하고 혀를 찼다.
「그건 진주가 아니었어.」
「뭐라고요?」
「가짜야, 헤이스팅스.」
그 말에 나는 숨을 들이마셨다. 포와로는 조용하게 미소지었다.
「저 선량한 경감은 보석에 대해서는 아무것도 모르는 게 분명해. 그렇지만 곧 한바탕 야단법석이 벌어질걸!」
「가시죠!」
내가 그의 팔을 끌며 외쳤다.
「어디로?」
「당장 오팔센 부부에게 말해야 되잖아요.」
「난 그렇게 생각지 않아.」
「그래도 그 가엾은 부인이…….」
「뭘 그래. 자네가 그녀를 칭하는 대로 그 가엾은 부인은 그 보석이 안전하게 잘 있다고 믿고 잠드는 편이 더 나을거야.」
「그러다가 도둑이 그걸 갖고 도망치면 어떻게 해요!」
「여느 때와 다름없이 자넨 생각도 안 해보고 말부터 꺼내는군 그래. 오늘 저녁에 오팔센 부인이 그토록이나 용의주도하게 잠가 놓고 간 그 진주가 가짜가 아니라는 것을 자네가 어떻게 알지? 그리고 진짜 도둑질이 훨씬 전에 일어나지 않았다는 것도?」

「오!」
나는 당황해서 소리쳤다.
「바로 그렇다니까.」
포와로가 얼굴을 빛내며 말했다.
「다시 시작하자고.」
그는 앞장서서 방을 나가더니 생각에 골몰한 듯 잠시 멈춰 섰다가, 각각의 복도가 갈려 나가는 복도 맨 끝까지 걸어갔다. 그는 객실 담당 하녀와 잔심부름을 하는 하인들이 거처하는 조그맣고 후미진 방 앞에 멈춰 섰다. 객실 하녀가 거기서 조그만 법정을 열어놓고 조금 전 자기가 겪은 경험담을 청중들에게 퍼뜨리고 있었다. 그녀는 말을 중도에서 멈췄다. 포와로가 평소의 예절대로 꾸벅 절을 했다.
「방해해서 미안합니다만, 오팔센 씨의 방문을 열어 주시면 더없이 감사하겠습니다.」
여자가 마지못해 일어나자, 우리는 그녀를 대동하고 다시 통로를 끼고 걸어갔다. 오팔센 씨의 방은 복도의 반대편에 있었는데, 그 방문은 자기 부인의 방문과 마주 보고 있었다. 객실 하녀가 자기가 갖고 있는 마스터 키로 문을 따자 우리가 들어갔다.
그녀가 떠나려 하자 포와로가 그녀를 붙들었다.
「잠시만요. 오팔센 씨의 물건 중에서 이와 같은 카드를 본 적이 없습니까?」
그는 평범한 흰 카드를 꺼내서는 귀중한 것을 보는 듯이 행동했다. 하녀가 그것을 받아다가 면밀히 살펴보았다.
「아뇨, 선생님, 본 적이 없다고 말씀드려야겠는데요. 오팔센 씨의 방은 보이들이 관리하고 있으니까요.」
「그렇군요. 감사합니다.」
포와로는 그 카드를 도로 집어넣었다. 하녀가 떠났다. 포와로는 잠시 생각에 잠긴 눈치였다. 그러더니 그는 재빠르게 고개를 끄덕였다.
「벨을 울려 주게나, 헤이스팅스. 세 번만. 보이를 부르게 말야.」

나는 궁금해서 몸살이 났지만 시키는 대로 했다. 그동안 포와로는 바닥에 쓰레기통을 엎고는 재빠르게 그 내용물을 조사했다.

잠시 뒤에 보이가 왔다. 그에게 포와로는 똑같은 질문을 하고서, 그가 카드를 볼 수 있도록 건네주었다. 하지만 대답은 매한가지였다. 보이는 오팔센 씨의 물건 중에서 그같이 특이한 재질의 카드를 본 적이 없다는 것이었다. 포와로는 그에게 감사를 표하고서 카드를 도로 건네 받더니, 다소 내키지 않는 듯이 뒤집혀진 쓰레기를 물끄러미 바라보았다. 보이는 찢어진 종이를 다시 쓸어모으느라 포와로의 의미심장한 말을 엿들을 수 없었다.

「목걸이가 큰 보험에 들어 있다던데……」

「포와로, 알았어요!」

내가 외쳤다.

「알긴 뭘 알아, 이 친구야.」

그가 재빨리 말했다.

「평소대로 아무것도 모르면서! 믿을 수 없는 일이지. 그렇지만 그런 일이 있다니까. 이젠 아파트로 돌아가세.」

우리는 말없이 그렇게 했다. 방에서 나는 포와로가 잽싸게 옷을 갈아입는 걸 보고 기절할 듯이 놀랐다.

「오늘 밤 런던에 가야겠어. 급해.」

그가 설명했다.

「뭐라고요?」

「그렇다니까. 진짜로 머리를 써야 되는 (아, 그 잘나빠진 조그만 회색의 뇌세포!) 일이야. 가서 확인해 봐야겠어. 해내고 말 거야! 에르퀼 포와로를 속일 순 없다고!」

「이러다가 조만간에 곤두박질할 날이 있을 겁니다.」

나는 그의 잘난 체에 메스꺼워져서 쏘아붙였다.

「화내지 마. 부탁이야, 헤이스팅스. 내가 자네한테 원하는 것은 우정이라고.」

「물론 그렇겠지요.」

나는 나의 옹졸함을 부끄럽게 여기며 열정적으로 말했다.

「내가 벗어놓은 옷의 소매 부분을 손질 좀 해주겠나? 이것 좀 봐, 하얀 가루가 묻어 있지. 자네는 틀림없이 내가 화장대 서랍을 손가락으로 쓰는 걸 보았겠지?」

「아뇨, 못 봤는데요.」

「내 행동을 놓치지 말아야 해, 이 친구야. 그러니까 내가 손가락에 파우더를 묻히고는 좀 흥분해서 그걸 옷소매에 쓱 문질렀지. 원칙을 세워놓지 않은 행동은 내 모든 원리에 위배된다고.」

「그런데 그 가루는 뭡니까?」

나는 포와로의 원칙에 이렇다 할 흥미를 보이지 않고 물었다.

「보르지아 집안(이탈리아 천주교의 장로인 체잘레 보르지아 집안. 이 장로와 누이가 친족 살인에 관계했음)에서 쓰던 독은 아니야.」

포와로가 눈동자를 빛내며 대답했다.

「자네의 상상력이 나래를 펴는 게 보이는데. 이건 프렌치 초크라고 말할 수 있겠어.」

「프렌치 초크라뇨?」

「그래, 옷장 만드는 사람이 서랍이 잘 여닫히도록 하기 위해서 사용하는 거야.」

내가 웃었다.

「이런 배신자! 난 또 무슨 굉장한 거나 준비한 줄 알았잖아요.」

「잘 있게나, 헤이스팅스. 나는 일하러 떠나네!」

문이 닫혔다. 나는 반은 비웃음조로, 반은 애정조로 미소를 머금으며 코트를 집어다가 옷솔에 손을 뻗었다.

다음 날 아침 포와로에게서 아무런 소식이 없자 나는 산책삼아 밖에 나갔다가 옛 친구들을 만나서 그들이 투숙하고 있는 호텔에서 점심을 들었다. 오후에 나는 차로 드라이브를 나갔다가 타이어에 펑크가 나는 바람에 지체하게 되었다. 내가 그랜드 메트로폴리턴 호텔에 도착했을 때는 저녁 8시가 넘어 있었다.

맨 처음 내 눈에 들어온 것은 포와로였는데, 평소보다 훨씬 더 왜소해 보였다. 그는 오팔센 부부 사이에 끼어 앉아 평온한 만족을 나타내며 환한 표정을 띠고 있었다.

「헤이스팅스!」

그가 외치며 벌떡 일어나 나를 맞이했다.

「날 안아 주게, 이 친구야. 모든 일이 눈부시게 풀려 나갔다네!」

다행스럽게도 그 포옹이란 단지 제스처에 불과했다. 그것만큼은 포와로에게서 언제나 예측을 불허하는 것이었다.

「무슨 뜻인가요?」

내가 말을 꺼냈다.

「정말이지 근사해요!」

오팔센 부인이 만면에 미소를 띠고서 말했다.

「내가 얘기했잖아요, 에드, 이분말고는 아무도 제 진주를 되찾아줄 사람이 없다고요!」

「그랬지, 그랬고말고. 당신이 옳았어.」

내가 어쩔 줄 모르고 포와로만 빤히 바라보고 서 있는데, 그가 재치 있게 대꾸했다.

「제 친구 헤이스팅스는 영국인들 표현대로 바닷가에 나가 있었습니다. 이리와 앉게. 내가 자네한테 모든 일이 멋들어지게 끝나게 된 그 전말을 다시 들려줄 테니.」

「끝났다고요?」

「그렇다니까, 그들은 체포됐어.」

「누가 체포됐는데요?」

「객실 담당 하녀와 보이 말이야, 아무렴! 자넨 의심하지 않았지? 내가 마지막에 프렌치 초크라고 힌트를 남겼는데도 몰랐지?」

「옷장 만드는 사람들이 쓰는 거라고 했잖아요..」

「그거야 확실히 그렇지. 서랍이 쉽게 여닫히도록 말이야. 개중에는 서랍이 소리 안 나게 여닫히기를 원하는 사람도 있지. 누가 그렇게 할 수 있겠나? 물어 보나마나 객실 하녀뿐이야. 그 범행이 하도 교묘해서 처음엔 내 눈에 띄질 않았어. 날고 기는 이 에르퀼 포와로의 눈에마저 띄지 않았다고.

들어 봐, 이 일이 어떻게 일어났는지를 말이야. 객실 보이가 비어 있는 옆방에서 기다리고 있었어. 프랑스 인 하녀가 방을 나갔지. 번개처럼 잽싸게 객실 하녀가 서랍을 열어서는 보석함을 꺼내다가 자물쇠를 풀고는 문으로 그걸 밀어 넣었지. 보이가 준비해 놓은 복제 열쇠로 간단히 그걸 열고는 목걸이를 빼고서 자기 시간이 오기만을 기다린 거지. 셀레스틴이 다시 방을 나가자—휙!—번개같이 보석함이 다시 넘겨지고, 그녀가 서랍 속에 도로 갖다 넣었던 거야.

부인이 도착하자 도둑질이 발각났어. 객실 하녀는 한없이 분개하며 몸수색을 해달라고 당당히 요구하고는 방을 나갔어. 그들이 사전에 준비한 가짜 목걸이는 그 날 아침에 객실 하녀가 프랑스 하녀 침대에 숨겨 놓았고—끝내 주게 한 방 먹인 거지!」

「그런데 런던에는 왜 가셨어요?」

「그 카드 기억나나?」

「예. 뭐가 뭔지 모르겠더군요. 아직도 뭐가 뭔지 모르겠고요. 내 생각에…….」

나는 오팔센 부인을 응시하며 계속 머뭇거렸다.

포와로가 호탕하게 웃었다.

「일부러 그랬어! 객실 하인을 골탕 먹이려고. 그 카드는 특별하게 표면 처리가 되어 있었어. 지문이 나타나도록 말이야. 나는 곧장 런던 경시청에 가서 우리의 오랜 친구 잽 경감을 만나서는, 그에게 증거를 제시했지. 내가 의심한 대로 그 지문은 한동안 '지명 수배'가 되어 있던 그 유명한 보석 절도범들 것으로 밝혀졌다네. 잽이 나하고 함께 이리로 와서 그 도둑들을 체포했는데, 목걸이는 객실 하인의 소지품 중에 들어 있더군. 영악한 한 쌍이긴 했지만 '원칙'에서 망했어. 헤이스팅스, 내가 자네한테 적어도 서른여섯 번은 얘기하질 않았나, 원칙 없이는…….」

「못 했어도 3만 6천 번은 했을 겁니다!」

내가 말 사이에 끼여들며 말했다.

「그런데, 그들이 어디에서 그 '원칙'에 망했습니까?」

「헤이스팅스, 객실 담당 하녀나 하인으로 변장하는 것은 좋은 계획이었어. 그러나 의당 할 일을 게을리 하면 안 되지. 그들은 빈 방에 먼지 자국을 없애지 않고 나왔어. 그래서 남자가 옆 아파트로 통하는 문 가까이에 놓여 있는 조그만 테이블에 보석함을 내려놓았을 때 사각형 표시가 남았던 거지.」

「기억나요!」

내가 외쳤다.

「그전엔 왜 그랬는지 알 수가 없었어. 그런데 결국 알아낸 거야!」

잠시 침묵이 감돌았다.

「난 저녁이나 좀 들어야겠는데요.」

내가 말했다.

포와로가 나를 따라왔다.

「이건 정말 당신의 승리입니다.」

내가 말했다.

「뭘 그만한 일에.」

포와로가 기분 좋게 답했다.

「잽과 이 지역 경찰간에 분란이 일겠는데. 그건 그렇고 여기 수표가 들어 있네, 오팔센 씨가 준 건데, 어때, 헤이스팅스? 이번 주말을 계획대로 보내질 못했잖나. 우리, 다음 주말에 다시 오는 게……. 이번에는 내 비용으로 말이야.」

그가 주머니를 툭툭 쳤다.

납치된 수상

The Kidnapped Prime Minister

 그 전쟁도, 또 전쟁의 비밀도 지금은 모두 과거의 일이 되었기 때문에 나의 친구 포와로가 한 나라가 위기에 처했을 때 맡았던 사건을 세상에 발표해도 괜찮으리라 생각한다. 그 비밀은 충분히 지켜질 수 있었다. 신문사에도 전연 누설되지 않았다. 하지만 이제 그것을 새삼스레 비밀로 할 필요가 없어졌기 때문에, 나는 영국이 그 무서운 파멸에서 구출될 수 있었던 것을 모두에게 알려도 된다고 생각한다. 영국은 오로지 내 친구인 그 유별나고 경탄할 만한 두뇌의 소유자 덕분에 구출될 수 있었다.
 어느 날 밤, 저녁식사를 마치고 나서―그 해 몇 월 며칠이었는지를 새삼스레 들추는 것은 여기에선 그만두기로 한다. '평화 외교'가 영국의 적국에 대한 암호였을 무렵이라고만 하면 충분할 것이다. 포와로와 나는 그의 방에 앉아 있었다. 상이군인으로서 군대의 소집에서 제외된 나는 징병검사의 임무만이 주어졌기 때문에, 저녁식사 뒤에 포와로를 찾아가 그가 직접 다루고 있는 재미있는 사건에 대해 이야기를 나누는 것이 습관이 되어 있었다.
 그 날 밤 내가 화제로 삼을 작정이었던 얘기는 그 날 센세이셔널한 화제를 일으킨 뉴스―즉, 영국 수상 데이비드 매커덤 씨 암살 미수 사건이었다. 신문기사는 엄중한 검열을 받았다. 탄환이 수상의 볼을 스쳐서 기적적으로 수상이 목숨을 건졌다고 하는 보도 이외에는 어떠한 내용도 전연 발표되지 않았다.
 나는 경찰이 방심하고 있었기 때문에 이러한 테러 행위가 일어났다고 생각했다. 영국에 있는 독일 스파이라면 이러한 흉내쯤은 주저하지 않고 해내리라는 것은 충분히 추측할 수 있는 일이었다. 여당으로부터 '싸우는 맥'이라는 별명까지 얻은 매커덤 수상은 당시 일반적으로 퍼져 있었던 평화 공세에 대해 꾸준하게 의연한 자세로 대처했다.

그는 영국의 수상일 뿐만 아니라 영국 그 자체였다. 따라서 그를 그 세력권으로부터 빼내어 버리면 대영제국에 기능마비라는 치명적인 타격을 줄 것이 틀림없었다.

포와로는 작은 스폰지로 열심히 회색 양복을 문지르고 있었다. 에르큘 포와로만큼 멋을 부리는 사람은 아마 없을 것이다. 완벽할 정도로 옷매무새가 좋다. 그는 지금 벤젠 냄새를 풀풀 풍기면서, 조금도 내 이야기에 귀를 기울이는 체를 하지 않고 있었다.

「잠깐만 기다려 주게. 이제 곧 끝나니까. 기름 얼룩이…… 좀처럼 지워지지 않아서…… 이 녀석을 빼내야만…… 에잇!」

그는 스폰지를 열심히 움직였다.

나는 담뱃불을 붙이면서 미소를 지었다.

「뭔가 재미있는 일이 없을까요?」

1~2분 정도 지나고 나서 내가 물었다.

「나는 말일세…… 뭐라 하면 좋을까……. 청소하는 여자의 남편을 찾는 일을 도와주고 있는 셈이지. 꽤 정교함을 요하는 까다로운 사건이야. 남편이 발견되더라도, 그녀는 아마 좋은 얼굴을 하지 않을 것이라고 생각하네. 자네라면 어떻게 할 건가? 나는 말일세, 남편을 동정하고 있는 거라네. 행방을 감추다니, 정말 분별이 있는 남자야.」

나는 웃었다.

「이제 겨우 끝났군! 기름 얼룩이 겨우 지워졌어! 이제 무엇이든지 들어주지.」

「오늘 발생한 매커덤 수상 암살 미수 사건에 대해 당신의 의견을 묻지 않았습니까?」

「빤히 들여다보이는 천박한 짓이야!」

포와로는 즉시 대답했다.
「그렇게 해서 성공을 할 수 있다고 믿는 사람은 하나도 없을 걸세. 라이플 총으로 쏘다니…… 제대로 맞을 리가 없지. 너무 낡은 수법이야.」
「그러나 이번에는 꽤 성공할 뻔하지 않았습니까?」
나는 보채듯이 말했다.
포와로는 안타까운 듯이 고개를 가로저었다. 그가 막 대답하려고 했을 때 하숙집 주인 아주머니가 문을 열고 얼굴을 내밀며, 그를 만나려고 두 사람이 밑에 와 있다고 말했다.
「이름도 밝히지 않고, 아주 중대한 용건이라고만 말씀하시는데요.」
「위로 올라오라고 하시죠.」
포와로는 회색 양복 바지를 조심스럽게 개며 말했다.
3~4분 정도 지나서 두 사람의 손님이 안내를 받아 올라왔는데, 처음 내가 본 사람이 누군가 하면 바로 하원의장 에스테어 경이었다. 나는 가슴이 마구 뛰었다. 게다가 그와 동행한 버나드 다지 씨 또한 전쟁시 내각의 일원으로, 내가 아는 바로는 수상과 아주 친한 친구였다.
「포와로 씨는?」
에스테어 경은 미심쩍은 듯이 말했다. 포와로가 머리를 숙였다. 이 고관은 나를 보고 주저했다.
「내 용건은 대내외적인 비밀이기 때문에…….」
「헤이스팅스 대위 앞이라면 무엇을 말씀하셔도 괜찮습니다.」
포와로는 나에게 그대로 있도록 눈짓을 보내면서 말했다.
「이 사람이 모든 일에 뛰어난 재능을 가졌다고는 말씀드리지 않겠습니다. 그러나 분명히 입이 무겁다는 것만은 제가 보증하겠습니다.」
에스테어 경은 아직도 주저하고 있었다. 다지 씨가 갑자기 입을 열었다.
「자, 자. 너무 깊게 파고드는 일은 없겠죠. 우리들의 괴로운 입장도 이제 나라 전체에 알려질 테니까. 시간이 문젭니다.」
「자, 앉으시지요.」
포와로는 정중하게 말했다.
「저 커다란 의자에 앉으십시오, 경.」
에스테어 경은 약간 흠칫했다.
「나를 알아보겠소?」
포와로는 미소를 지었다.
「물론 알고 있다마다요. 사진이 실려 있는 신문 정도는 읽고 있으니까요. 경을 모를 리가 있겠습니까?」
「포와로 씨, 나는 아주 대단히 긴급한 용건으로 상담하러 왔습니다. 절대 비밀을 지켜 주실 수 있겠소?」
「에르큘 포와로를 믿어 주십시오. 말씀드릴 것은 그것뿐입니다.」
포와로는 큰소리로 말했다.
「수상에 관계된 일이라서. 우리들은 아주 곤란한 지경에 처해 있습니다.」
「어찌할 바를 모르겠습니다.」
다지 씨도 말을 거들었다.
「그럼, 부상이 대단한가 보죠?」
내가 물었다.
「무슨 부상?」
「탄환에 의한 부상 말이죠.」
「아, 그거!」
다지 씨가 비웃듯이 외쳤다.
「그건 이미 지나간 이야기입니다.」
「이 사람이 말했듯이, 그 사건은 이미 끝나고 정리가 되었지요.」
에스테어 경이 계속 말했다.

납치된 수상

「다행히도 그것은 실패로 끝났기 때문입니다. 두 번째 것도 그렇게 말할 수 있다면 얼마나 좋겠습니까.」

「그러면 두 번째가 있었단 말씀이십니까?」

「그렇습니다. 똑같지는 않지만. 포와로 씨, 수상이 행방불명되었습니다.」

「뭐라고요?」

「납치당했어요!」

「설마. 그런!」

나는 어이가 없어서 큰소리를 질렀다.

포와로가 그 매서운 눈초리로 바라보았기 때문에, 나는 잠자코 있어야 한다는 것을 눈치챘다.

「설마라고 생각하겠지만, 유감스럽게도 사실입니다.」

포와로는 다지 씨를 보며 말했다.

「바로 방금 전에 당신은 시간이 문제라고 말씀하셨지요. 도대체 무슨 의미입니까?」

두 사람의 손님은 서로 마주 보더니 이윽고 에스테어 경이 말했다.

「포와로 씨, 당신도 연합국 회의에 대한 일은 들으셨겠지요?」

포와로는 고개를 끄덕였다.

「이유는 알겠지만, 언제 어디서 행해지는가에 대해 상세한 것은 일체 발표되지 않습니다. 신문에는 나와 있지 않지만, 물론 그 날짜는 외교관들 사이에서는 널리 알려져 있습니다. 회의는 내일…… 목요일 밤, 베르사유에서 개최될 예정이지요. 이렇게까지 말한다면 사태의 중대한 심각성도 짐작할 수 있겠죠?

숨김없이 말씀드리는데, 이 회의에 수상의 참석은 반드시 필요한 일입니다. 현재, 우리 나라에서 암약하고 있는 독일 스파이들의 반전(反戰) 사상의 선전활동이 꽤 활발해요. 이번 회의의 분기점은 수상의 강한 인품에 달려 있습니다. 그분이 빠지게 되면 지극히 중대한 결과…… 아마 시기상조적인, 볼품 없는 평화를 초래할지도 모릅니다.

더구나 우리들 중 그분의 대리로 파견될 수 있는 사람도 없고요. 영국을 대표할 수 있는 이는 오로지 그분밖에는 없습니다.」

포와로의 얼굴은 너무나 심각해져 있었다.

「그러면 수상의 납치는 그분을 회의에 참석시키지 않으려는 직접적인 행동이라고 보고 계시는 거군요.」

「사실, 그때 그분은 프랑스로 가는 도중이었기 때문이었소.」

「그럼, 회의는 열리는 것이로군요?」

「내일 밤 9시입니다.」

포와로는 주머니에서 아주 커다란 회중시계를 꺼냈다.

「지금은 9시 15분 전입니다.」

「앞으로 24시간 남았소.」

다지 씨가 심각하게 말했다.

「그리고 15분입니다.」

포와로가 고쳐서 말했다.

「15분을 잊지 마십시오. 이것이 의미가 있을지도 모르니까요. 그런데 한 가지 자세한 것을…… 납치 말입니다만, 그것은 국내에서였습니까? 그렇지 않으면 프랑스에서?」

「프랑스에서였소. 매커덤 수상은 오늘 아침 프랑스로 건너갔습니다. 오늘 밤은 총사령관에게 초대를 받아 거기서 묵고, 내일 파리로 가기로 되어 있었지요. 영국에서 구축함으로 건너갔는데, 불로뉴(도버 해협 연안의 프랑스 도시)에서 총사령관의 차와 장관에게 딸린 부관의 차로 영접을 받았습니다.」

「그리고요?」

「그리고 불로뉴에서 모두들 함께 출발했는데…… 목적지에는 도착하지 않았습니다.」

「뭐라고요?」

「포와로 씨, 그 차는 진짜가 아니었습니다. 부관이라는 녀석도 가짜였고. 진짜 운전사는 부관과 함께 수건으로 재갈을 물려 두 손이 묶인 채로 길바닥에서 발견되었죠.」

「그럼, 그 가짜 차의 행방은?」

「지금까지도 찾지 못하고 있습니다.」

포와로는 무척 초조한 몸짓을 해보였다.

「너무나 믿을 수 없는 일이군요. 그렇게까지 오랫동안 찾지 못했을 리가 없을 텐데요?」

「사실, 우리들도 그렇게 생각했습니다. 철저하게 수색만 한다면 찾아낼 수 있을 거라고요. 프랑스의 그 지역은 계엄령이 선포되어 있기 때문에, 차가 발견되지 않고 멀리까지 갈 수는 없을 거라고 확신하고 있었죠. 프랑스 경찰과 런던 경시청과 군대가 철저히 수색하고 있기 때문에 말입니다. 그런데 당신 말처럼 정말 믿기지 않게도 무엇 하나 발견되지 않은 겁니다.」

그때, 노크 소리가 들리고 젊은 장교가 엄중하게 봉한 편지를 갖고 들어오더니, 그것을 에스테어 경에게 건네주었다.

「방금 전에 프랑스에서 도착한 것입니다. 명령대로 갖고 왔습니다.」

하원의장은 성급하고 당황한 손동작으로 봉투를 뜯었다. 뜻밖에도 그는 편지를 보고 소리를 질렀다. 장교가 물러났다.

「드디어 정보가 입수되었군요! 이 암호 전보는 방금 전에 해독된 것인데, 문제의 그 차가 발견되었답니다. 비서인 대니얼스도 함께……. 그는 'C' 근처 빈 집의 농가 안에서 클로로포름에 마취당해 묶여 있었다는군요. 등 뒤에서 입과 코에 무언가가 들이대어진 것과, 그것을 물리치려고 몸부림쳤던 것밖에는 아무것도 기억하고 있지 못한다 합니다. 그의 진술에 거짓은 없다고 경찰은 인정하고 있습니다.」

「그리고 그 밖에는 아무것도 발견되지 않았습니까?」

「수상의 시체는 없다고 하니, 그렇다면 희망이 없는 것도 아닙니다. 그러나 그것 참 묘한데요. 오늘 아침에는 그분을 사살하려고 해

놓고는, 이번에는 일부러 살려 두는 이유가 뭘까요?」
 다지는 고개를 가로저었다.
「확실한 것이 한 가지 있는데, 그것은 그 녀석들이 어떻게 해서라도 수상을 회의에 내보내서는 안 된다고 작정한 것이지요.」
「인력(人力)으로 가능하다면 수상이 회의에 참석하도록 해야 할 텐데요. 시간에 맞출 수만 있다면 더 바랄 것도 없고요. 그런데 여러분, 무엇이든지 말씀을 해주시죠. 처음의 암살 미수 사건도 역시 알아두지 않으면 안 됩니다.」
「수상은 어젯밤 비서 한 사람, 즉 대니얼스 대위를 데리고…….」
「프랑스에 수행한 사람과 동일 인물이겠죠?」
「그렇소, 지금도 말했듯이 차로 윈저 궁으로 가서 폐하를 알현하고 오늘 아침 일찍 런던으로 돌아왔는데, 그 암살 미수사건이 일어난 것은 그 도중에서였습니다.」
「죄송합니다만, 잠깐만요. 그 대니얼스 대위란 사람은 어떤 인물입니까? 그의 이력서는 갖고 계시겠죠?」
 에스테어 경은 미소를 지었다.
「그런 걸 물으리라 생각했습니다. 그다지 자세히는 알고 있지 못하지만, 이렇다할 가문 출신은 아닙니다. 영국 육군으로 군 복무를 했습니다. 그는 유능한 비서로, 특히 뛰어난 어학 재능이 있습니다. 아마 7개 국어에 능통할 겁니다. 수상이 그를 프랑스로 데리고 가기로 한 것도 그 이유에서이지요.」
「영국에 친지는 있습니까?」
「숙모가 두 사람. 햄스테드에 사는 에버라드 부인이라는 사람과 애스콧 근처에 있는 대니얼스 양이 있지요.」
「애스콧이라면? 그러면 윈저 궁 근처가 아닙니까?」
「그 점에 대해서는 빠짐없이 조사했습니다. 하지만 특별히 주목할 만한 사항은 없더군요.」
「그러면 대니얼스 대위는 깨끗하다고 생각하시는 거로군요?」

에스테어 경은 약간은 빈정거리는 듯한 어조로 대답했다.
「아니, 포와로 씨, 다른 사람을 보면 모두 의심스러운가 보죠?」
「음, 알겠습니다, 경. 당연히 수상은 철두철미하게 경찰의 경호를 받고 있기 때문에 어떠한 습격도 불가능할 것이라는 말씀이군요.」
에스테어 경은 고개를 끄덕였다.
「그렇소. 수상의 차 바로 뒤에는 사복 형사들이 탄 승용차가 뒤따르고 있었지요. 매커덤 수상은 호위에 대한 것은 전연 알지 못합니다. 그분은 대단히 대담한 인물이기 때문에, 그런 사실을 알게 되면 그 사람을 즉시 쫓아 버릴 겁니다. 그렇다고 해도 물론 경찰은 경찰 나름대로 경호를 할 테지만요. 수상의 운전사인 오머피도 범죄 수사과 형사거든요.」
「오머피? 그 이름을 보면 아일랜드 인이군요?」
「그렇소. 아일랜드 인입니다.」
「아일랜드의 어디입니까?」
「아마 크레어 군일 겁니다.」
「흠, 아니지. 이야기를 계속하시지요, 경.」
「수상은 런던을 향해 출발했습니다. 차는 세단이었죠. 그분과 대니얼스 대위가 타고 있었고요. 평소와 같이 호위하는 차도 그 뒤를 따르고 있었습니다. 그런데 무슨 이유에서인지 수상의 차가 큰길가에서 옆길로 벗어나더니……」
「도로의 커브가 심한 곳 부근이겠군요?」
포와로가 끼여들었다.
「그렇소. 그런데 어떻게 그것을 알았습니까?」
「그야 알 수 있는 것이 아닙니까? 그 다음을 계속해 주시지요.」
「무슨 이유에서인지 수상의 차가 큰길가에서 벗어났습니다.」
에스테어 경은 계속했다.
「경관이 탄 차는 그것을 눈치채지 못하고 그대로 큰길가를 달렸지요. 인적이 드문 좁은 길에서 약간 들어간 곳에서 수상의 차는 갑자기 복면을 한 무리들에게 붙잡혔습니다. 운전사는……」

「바로 그 용감한 오머피겠군!」 하고 포와로가 중얼거렸다.

「운전사는 순간 깜짝 놀라 급브레이크를 밟았고, 수상이 창으로 고개를 내민 순간 총성이 울렸지요. 이어서 또 한 발. 처음 한 발은 그분의 볼을 스쳤는데, 다음 것은 다행히도 표적이 꽤 어긋났어요. 이렇게 되니 운전사도 위험하다고 느끼고서 곧바로 그 무리를 벗어나 달려나갔습니다.」

「무척 위험한 상황이었군요.」

나는 부르르 떨면서 외쳤다.

「매커덤 씨는 자신이 입은 가벼운 부상으로 법석을 떨어서는 안 된다고 말씀하셨죠. 아주 약간의 찰과상이라 하며, 그 부근의 진료소에 들러 붕대를 감았는데…… 물론 신분 등은 밝히지 않았습니다. 그것이 끝나자 예정대로 채링 크로스 역으로 직행했지요. 거기에는 도버행 특별 열차가 기다리고 있었기 때문에, 걱정하고 있었던 경찰들에게 대니얼스 대위가 간단히 사정을 설명하고는, 수상은 지체하지 않고서 프랑스로 향해 떠났던 겁니다. 도버 항에 도착하자 대기하고 있던 구축함에 올라탔는데, 아시는 바대로 불로뉴에서 영국 국기를 단 진짜와 똑같은 가짜 차가 대기하고 있었던 겁니다.」

「그것으로 끝입니까?」

「그렇소.」

「설명을 생략하신 것은 없겠죠, 경?」

「그렇소. 그런데 약간 묘한 부분이 한 군데 있는데요.」

「말씀해 주시지요.」

「채링 크로스 역에서 수상이 내린 뒤, 그분의 차가 돌아오지 않았다는 겁니다. 경찰은 사건의 진상을 캐기 위해 오머피를 만나려 했으나, 찾을 수가 없었지요. 차는 독일 스파이들의 집합 장소로 알려진 소호 구(區)의 작은 레스토랑 앞에 버려져 있었지요.」

「그럼, 운전사는?」

「운전사는 어느 곳에도 없었소. 그도 행방불명이오.」
「그러면 행방불명이 두 사람이군요. 프랑스에서는 수상이, 런던에서는 오머피가.」
포와로는 생각을 거듭한 끝에 말했다.
그가 날카로운 눈으로 에스테어 경을 바라보자, 경은 실망한 듯한 몸짓을 해보였다.
「포와로 씨, 지금 말할 수 있는 것은 어제 만일 누군가가 오머피를 배반자라고 말하는 이가 있었다면 나는 그를 바라보며 웃어 주었을 거라는 것뿐입니다.」
「그럼, 오늘은?」
「오늘은 어찌 생각해야 할지 모르겠군요.」
포와로는 무겁게 고개를 끄덕였다. 그리고는 한 번 더 시계를 꺼내어 보았다.
「제가 백지위임장을 받았다는 것은 알겠습니다. 전면적으로 말이죠! 이로써 저는 어디에 가더라도 제가 원하는 방법으로 행동할 수 있습니다. 맞습니까?」
「그렇고말고요. 앞으로 한 시간이 지나면 경시청으로부터 추가 요원이 도버행 특별 열차를 타고 살 겁니다. 헌병과 범죄수사과 사람을 한 명씩 붙여 드리기로 했으니, 그들이 모든 일에 당신의 수족이 되어 움직일 겁니다. 이제 됐습니까?」
「물론입니다. 돌아가시기 전에 한 가지 더 물어 보고 싶은 것이 있습니다. 어째서 당신들은 저한테 찾아오셨습니까? 이 넓디넓은 런던에서는 저 같은 사람은 이름도 없는 미미한 존재인데.」
「당신 나라의 대단히 훌륭한 분의 특별한 추천과 희망으로 당신을 찾게 된 겁니다.」
「뭐라고요? 지사를 지내고 있는 제 옛 친구의……?」
에스테어 경은 고개를 가로저었다.
「지사보다 한 단계 높은 분입니다. 그분의 말 한마디는 옛날에는 벨기에의 법률이었던 적도 있고…… 앞으로도 그렇게 되는 일이 있을 것이오. 영국은 그것을 굳게 믿고 있소.」

포와로는 한 손을 재빨리 움직이더니 연극과 같은 몸짓으로 경례를 붙였다.

「그랬습니까! 아, 폐하는 잊지 않으시는 분이시구나! 여러분, 불초 에르큘 포와로는 분골쇄신 전심전력을 다하겠습니다. 꼭 그 시간에 댈 수 있도록 기도드릴 뿐입니다. 그러나 앞은 깜깜 절벽…… 어두운 밤중…… 아무것도 보이질 않으니.」

「자, 포와로.」

고관들이 방에서 나가고 문이 닫히자 나는 기다림에 지친 듯이 말했다.

「어떻게 생각하고 있습니까?」

포와로는 재빠른 동작으로 작은 여행 가방에 소지품을 넣다가, 걱정스러운 듯이 고개를 흔들었다.

「어찌 생각해야 할지 도통 모르겠어. 이 놈의 머리가 통제대로 움직이질 않아.」

「그러나 당신이 말했듯이 총으로 한 발 쏘면 그것으로 끝나는데, 어째서 납치 같은 걸 한 것일까요?」

나는 생각하면서 물었다.

「아, 잠깐, 잠깐. 그렇게 분명히 말하지 않았어. 계획적인 납치라 보는 편이 타당성이 있다고 말했지.」

「그러나, 어째서……?」

「생사불명인 상태가 더욱 공포심과 당황함을 불러일으키기 때문이지. 그것이 이유 중의 하나일세. 수상이 죽으면 참혹한 불행은 있어도, 곧 사태에 대한 수습책을 세울 수가 있지. 그러나 지금과 같은 상태라면 아무런 방책도 쓸 수 없지 않은가? 수상이 또다시 나타날 것인가 아닌가, 죽은 것인가 살아 있는 것인가를 아무도 모를 뿐더러, 그것을 알 때까지는 확실한 조처를 취하기가 곤란하지. 지금도 말했듯이 생사불명의 상태가 되면 공황(恐慌)을 불러일으키게 되고, 바로 그 점이 독일인들이 겨냥하는 바일 걸세. 게다가 또한 납치범들이 수상을 어딘가에 숨겨 두면 적군과 아군 양편 모두와 홍정이 용이하지. 대개 독일 정부는 구두쇠지만, 이번과 같은 경우엔 상당한 돈을 내야 할 거야.

그 녀석들은 살인 같은 건 흉내도 내지 않을 걸세. 그래, 절대로. 그 녀석들은 납치만을 노리고 있는 거야.」

「그럼, 만일 그렇다면 어째서 맨 처음에 암살을 시도했을까요?」

포와로는 지긋지긋하다는 몸짓을 했다.

「응, 바로 그 점을 잘 모르겠어! 전연…… 아이고, 이 멍청이! 그 녀석들은 정확하게 납치할 계획을 준비했어! 더구나 아주 훌륭한 사전 준비로……. 그러면서도 영화나 소설에 나올 듯한 완전히 현실과는 동떨어진, 마치 연극과도 같은 습격을 가하여 모든 것을 뒤엎을 듯한 흉내를 내기도 했어. 런던에서 20마일도 떨어지지 않은 곳에서 복면을 한 무리들이 나타나다니 도저히 믿을 수가 없어!」

「이것은 그 범죄가 서로 관계없이 일어난 전연 별개의 계획일지도 몰라요.」

나는 내 의견을 말했다.

「아니, 아니, 만일 그렇다면 그 사전 준비가 너무 완벽해. 그리고…… 배반자는 누구인가? 배반자가 있다는 것이 뻔한 이치인데…… 적어도 처음의 사건에서는 말이야. 그러나 그것이 누굴까…… 대니얼스일까, 오머피일까? 두 사람 중 한 사람이 분명해. 만일 그렇지 않다면, 어째서 차가 큰길가에서 벗어났는지가 문제야. 수상이 자신의 암살을 묵과하고 있었다고는 생각할 수 없지 않은가! 오머피가 자기 멋대로 돌렸단 말인가? 그렇지 않으면, 대니얼스가 명령했을까?」

「오머피가 한 게 틀림없어요.」

「응, 대니얼스의 짓이라면 그 명령이 수상의 귀에 들어가 그 이유를 물었을 것이기 때문이지. 그러나 이 사건엔 '왜'라는 것이 너무 많아. 그리고 그것이 서로 모순되어 있어. 만일 오머피가 정직한 사람이라면 '왜' 큰길에서 벗어났는가? 만일 정직한 사람이 아니라고 하면, '왜' 그는 두 발밖에 쏘지 않았는데 차를 달리게 하고…… 그렇게 함으로써 수상의 목숨을 구하려는 흉내를 냈는가? 그리고 또, 만일 정직한 사람이라면 '왜' 그는 채링 크로스 역을 떠나서 곧바로 그 소문난 독일 스파이들의 집합 장소로 차를 몰았는가?」

「그 어느 것도 제대로 잡히지 않는군요.」

내가 말했다.

「하나의 순서로 이 사건을 보세. 이 두 남자에 대한 데이터인데 말야. 우선 오머피. 오머피가 의심스러운 점은 그가 클레어 군 출생의 아일랜드 인이라는 점과 미심쩍게 실종되었다는 점이야. 그리고 큰길에서 빠져나간 행동이 수상해. 하지만 재빨리 차를 빼내어 수상의 목숨을 구했다는 점. 그리고 런던 경시청 형사로서 그에게 부과된 임무로 보아 그가 명백하게 신뢰받는 형사라는 점이 그를 의심할 수 없도록 하고 있어. 다음은 대니얼스인데. 그를 의심할 만한 것은 대수롭지 않아. 단지 태생이 분명치 않다는 점과 영국인으로서는 여러 가지 외국어를 지나치게 잘 구사한다는 점뿐이지. 이런 말을 하기에는 좀 미안하지만 외국어에 관한 한 자네들 영국인은 좀 서투르거든. 그런데 그가 발견되었을 때 결박을 당한 채 재갈을 물리고, 또한 클로로포름을 마셨다는 사실이 있지. 이렇게 되면 그는 사건과는 무관한 것처럼 보인단 말이야.」

「혐의를 피하기 위해서 스스로 재갈을 물고 끈으로 자기를 묶었을지도 모르잖습니까.」

포와로는 고개를 옆으로 흔들었다.

「프랑스 경찰이 그런 정도의 속임수에 넘어가겠는가. 더더군다나 목적을 달성하여 수상이 감쪽같이 납치된 이상, 그가 나중에 남았다

해도 대단한 영향은 미치지 않을 것이 아닌가? 발견 당시의 모습으로 봐서는 그의 패거리들 중 어느 녀석이 그에게 재갈을 물리고 클로로포름을 마시게 했다고도 충분히 볼 수 있어. 하지만 그런 일을 한댔자 무슨 소용이 있는지 나는 잘 모르겠군. 이제 그 녀석들에게 있어서 그는 무용지물과도 같아서, 수상의 상황이 밝혀질 때까지 엄중히 감시해야 할 것이기 때문이지.」

「경찰의 수사망을 속이려고 그런 것은 아닐까요?」

「그렇다면 왜 그렇게 하지 않지? 그는 코와 입에 무언가가 대어졌다는 것만 기억할 뿐, 그 이상은 아무것도 기억하지 못한다고 했어. 수사의 초점을 어지럽히려는 흔적은 전연 찾아볼 수 없어. 너무나도 진실 같아.」

「그것은 그렇다 치고, 이제 역으로 가야 하지 않을까요?」

나는 시계에 눈을 돌리며 말했다.

「프랑스로 가면 좀더 감이 잡힐지도 모르잖습니까?」

「그런데 어떤가? 나는 그토록 좁고 한정된 지역에서 수상이 발견되지 않고 있다는 것이 지금도 불가사의하게 생각된다네. 그를 숨겨두는 고생은 이만저만이 아닐 테니까. 2개국의 군대와 경찰이 찾아낼 수 없다면 나라도 별 뾰족한 수가 없지 않을까?」

채링 크로스 역에 가니 다지 씨가 기다리고 있었다.

「이쪽이 경시청의 반스 형사이고, 이쪽은 노먼 소령입니다. 두 사람은 모두 당신의 손발이 되어 움직일 겁니다. 행운을 빕니다. 좋지 않은 일이긴 하지만 저는 희망을 버리지 않습니다. 자, 그럼, 이만.」

그렇게 말하더니 다지 씨는 급한 발걸음으로 사라졌다.

우리들은 노먼 소령과 잡담을 했다. 그러는 동안 플랫폼의 몇몇 사람들이 웅성거리며 모여 있는 한가운데에서, 키가 큰 금발의 남자에게 말을 걸고 있는 족제비 같은 얼굴을 한 작은 남자가 눈에 띄었다. 포와로가 오래 전부터 알고 있는 잽 경감인데, 런던 경시청의 경찰중에서도 가장 민첩한 사람으로 알려진 인물이다. 그는 이쪽으로 다가오더니 포와로에게 기운차게 말을 걸었다.
「당신도 이 사건을 다루는군요. 까다로운 사건입니다. 지금 그 녀석들은 감쪽같이 일을 저질러 놓고 사라져 버렸더군요. 하지만 언제까지나 감춰 둘 수는 없겠죠. 우리들이 프랑스 전체를 이 잡듯이 샅샅이 수색하고 있고, 프랑스 쪽에서도 그렇게 하고 있으니 말입니다. 그 뒤는 시간 문제일 뿐이라는 기분이 들지 않습니까?」
「그렇죠. 아직 살아 있다면.」
키가 큰 형사가 우울한 목소리로 말했다.
잽의 얼굴에 그늘이 졌다.
「홈……, 그러나 나는 그분이 살아 있을 것 같은 기분이 든단 말이야.」
포와로는 고개를 끄덕였다.
「그렇고말고. 나도 그렇게 생각한다네. 살아 있을 거야. 그러나 시간에 맞추어 발견할 수 있을까가 문제지. 나도 자네와 마찬가지로 그렇게 언제까지나 감추어 둘 수는 없을 것이라 생각하네.」
기적이 울렸기 때문에 모두 풀먼식 기차(침대 설비가 갖추어져 있는 기차)에 올라탔다. 이윽고 덜커덕하고 천천히 한번 흔들리더니 열차는 역을 벗어났다.
그것은 묘한 여행이었다. 경시청 형사들은 한곳에 고정 배치되었다. 북프랑스의 지도가 펼쳐지고 긴장된 둘째손가락들이 도로와 마을의 선을 더듬는다. 한 사람 한 사람이 각각 자신 있는 지론을 내놓았다. 포와로는 평상시의 기세 좋은 웅변을 조금도 하지 않고, 가만히 앉은 채로 어찌할 바를 모르는 어린아이를 연상케 하는 표정을 지으며 물끄러미 앞만 바라보고 있었다. 나는 노먼에게 말을 걸어 보았는데, 이야기를 해보니 무척 재미있는 남자였다.
도버 항에 도착했을 때 나는 포와로의 모습을 보며 너무나 이상하다고 느꼈다. 그 자그마한 남자는 배에 올라타자마자 내 팔을 꼭 붙잡았다. 바람이 아주 세차게 불고 있었다.
「아이고! 이거 미칠 지경이군!」
그가 중얼거렸다.
「힘을 내요, 포와로.」
나는 큰소리로 말했다.
「잘 될 겁니다. 수상을 찾아낼 수 있을 겁니다. 분명해요.」
「이봐, 자네는 내 기분을 오해하고 있어. 내가 아무 말 않고 있는 것은 이 지긋지긋한 바다 때문이야! 뱃멀미를 할 때면…… 견딜 수 없을 정도로 괴롭단 말야!」
「아, 그런가요!」
나는 약간 놀라며 말했다.
엔진의 진동이 전달되어 올 때마다 포와로는 욱 하는 소리를 내며 그대로 눈을 감았다.
「조사 좀 해보았습니까? 노먼 소령이 북프랑스의 지도를 갖고 있죠?」
포와로는 안절부절못하며 고개를 가로저었다.
「됐네, 됐어! 가만히 잠자코 있어. 자네, 알겠지? 무엇을 생각하는 데는 위와 뇌의 조화가 이루어지지 않으면 안 되는 거야. 라베르기에는 뱃멀미를 예방할 수 있는 아주 멋진 방법을 개발해냈어. 숨을 들이마시고…… 내쉬고…… 천천히. 그렇게 하고선 머리를 왼쪽에서 오른쪽으로 돌리면서 한 호흡 간격마다 여섯을 세는 거지.」
열심히 체조를 하고 있는 그를 남겨두고 나는 갑판으로 올라왔다.
배가 천천히 불로뉴 항에 들어설 시간이 되자 단정하게 옷을 입은 포와로가 싱글싱글 웃으면서 모습을 나타내고서는, 라베르기에 방법은 놀랄 만큼 효력이 있었다고 작은 소리로 속삭였다.
잽의 둘째손가락은 변함 없이 지도상의 유력한 길을 더듬고 있었다.
「차는 불로뉴를 떠났지. 한데 여기에서 녀석들은 헤어진 거야. 그렇게 되면 나는 수상을 다른 차로 옮긴 것이라 생각하는데, 어때?」
 「저……, 저는 항구에 남아 있겠습니다. 십중팔구 녀석들은 그분을 배로 데리고 갔을 테니까요.」
 키가 큰 형사가 말했다.
 우리들이 육지에 상륙했을 때 점차 날이 새기 시작했다. 노먼 소령은 포와로의 팔에 손을 댔다.
 「군대에서 보낸 차가 대기하고 있습니다.」
 「고맙소. 그러나 나는 좀더 불로뉴에 있고 싶은데.」
 「뭐라고요?」
 「아니, 이 부두 옆의 호텔에 들어가겠소.」
 그는 그렇게 말하며 호텔로 들어가 프런트에 가서 얘기를 하더니 방 하나를 얻었다. 우리 세 사람은 뭐가 뭔지 모르는 채로 그의 뒤를 따랐다.
 그는 흘끗 우리들을 쳐다보았다.
 「유능한 탐정은 이런 짓을 하지 않는다고요? 여러분의 기분은 잘 알겠소. 명탐정이라면 원기 왕성하고, 여기저기 날아다니는 거라고 말들 하시겠지. 모래 투성이의 길에 납작 엎드려서 조그만 확대경으로 타이어 자국을 찾으면서, 담배꽁초나 떨어져 있는 성냥개비를 모으거나…… 어때요? 그렇게 생각지 않습니까?」
 그렇게 말하더니 그는 덤벼들 듯한 눈으로 우리들을 둘러보았다.
 「하지만 불초…… 에르큘 포와로는…… 그렇지 않소! 사건 해결의 실마리는 바로 이 속에 있어요. 여기에…….」
 그는 이마를 때려 보았다.
 「알겠소? 아무래도 런던에서 빠져 나올 필요까지는 없었는데. 나는 런던의 내 방에 잠자코 앉아 있는 것만으로도 충분해요. 문제는 모두 이 속의 작은 회색 뇌세포에 달려 있단 말이오. 이 뇌세포는 아무도 몰래 살짝 일을 진행해 나가거든. 그러면 그러는 동안 갑자기 나는 지도를 꺼내어 손가락을 어떤 지점에 놓는 겁니다. 그래……, 그리고 이렇게 말하게 되지요. '수상은 바로 여기에 있소.' 하고. 사실 그대로요! 순서대로, 논리적으로 하면 무언가 잘 될 수 있을 게요. 총알처럼 프랑스로 달려온 것은 실수요. 이렇게 되면 어린애들 숨바꼭질하는 것과 같아지지. 벌써 한 발 늦었는지도 모르지만, 지금부터 머릿속으로 본격적인 일을 착수할 테니까. 미안하지만 조용히 있어 주길 바랄 뿐입니다.」

그리고는 장장 다섯 시간을 그는 눈썹을 고양이처럼 곤두세울 뿐, 잠자코 앉은 그대로 조금도 움직이지 않았다. 그의 초록색 눈은 반짝반짝 빛을 내며 조금씩 그 빛을 더해 가고 있었다. 반스 형사는 경멸의 빛을 역력하게 띠었고, 노먼 소령은 지루해서 어쩔 줄 몰라 했다. 나 역시 시간이 흐르는 것이 황소걸음처럼 지루해서 못 견딜 지경이었다.

마침내 나는 일어나서 가능한 한 발소리를 죽이면서 창가로 다가섰다. 포와로가 하고 있는 짓이 마치 연극 같아 보였기 때문이다. 나는 내심으론 그 때문에 걱정이 되어 안절부절못하고 있었다. 실패를 한다 해도 좀더 우스꽝스럽지 않은 실패 방법을 택하게 하고 싶었던 것이다. 부두 옆에 주저앉은 채로 몇 줄기 연기를 내뿜고 있는 정기 여객선을 나는 창문을 통해 멍하니 바라보았다.

갑자기 바로 곁에서 포와로의 목소리가 들려 와 나는 깜짝 놀랐다.
「여러분, 자, 출발합시다!」
나는 얼른 돌아보았다. 포와로의 모습은 완전히 뒤바뀌어 있었다. 눈은 흥분으로 반짝반짝 빛나며 가슴은 크게 부풀어 있었다.
「나는 멍텅구리였소, 여러분, 그러나 이제 빛이 보이는군요.」
노먼 소령은 황급히 문 쪽으로 다가갔다.
「차를 불러야죠?」
「그럴 필요까진 없습니다. 차는 타지 않을 테니까. 고맙게도 바람도 가라앉았구먼.」
「그렇다면 걸어갑니까?」

「아니오. 나는 베드로가 아니니까. 바다는 배로 건너는 편이 낫지요.」
「바다를 건너요?」
「그렇소. 순서에 맞추어 일을 하기 위해서는 처음부터 다시 시작하지 않으면 안 되지. 그런데 이 사건이 일어난 것은 영국이기 때문에, 영국으로 돌아가야 한다는 말이오.」

3시에 우리들은 다시 한 번 채링 크로스 역의 플랫폼에 섰다. 모두가 뭐라고 권해도 포와로는 전연 들으려 하지 않고, 출발점에서 시작한다는 것은 시간의 낭비가 아니라 이것밖에는 다른 방법이 없기 때문이라고 거듭거듭 말하는 것이었다. 돌아오는 도중에 그는 작은 소리로 노먼에게 무언가를 말했다. 노먼은 도버 항에서 전보를 한 통 쳤다.

노먼이 갖고 있는 특별 통행증 덕분에 우리들은 아주 빨리 어느 곳이든 갈 수 있었다. 런던에서는 몇 명의 사복경찰들이 탄 대형 경찰차가 기다리고 있었고, 그 중 한 사람이 타자로 친 종이쪽지를 포와로에게 건네주었다. 나의 궁금한 듯한 눈짓을 보고서 그가 대답했다.

「런던에서 서쪽으로 일정한 반경 내에 있는 진료소 명단이야. 도버 항에서 전보로 부탁해 놓은 것이지.」

우리들은 화살처럼 런던 시내를 달려서 배스 로(路)로 나왔다. 그리고 해머스미스, 치즈윅, 브렌트퍼드를 계속해서 달렸다. 그제야 나는 행선지를 알 것 같았다. 차는 윈저를 지나 애스콧으로 갔다. 나는 가슴이 마구 뛰었다. 애스콧은 대니얼스의 숙모가 살고 있는 곳이다. 그러면 우리들이 쫓고 있는 것은 오머피가 아니라 대니얼스란 말인가?

차는 예정대로 어느 멋진 별장 문 앞에서 멈춰 섰다. 포와로는 차에서 뛰어내려 벨을 눌렀다. 언뜻 보니 유쾌한 그의 얼굴에는 엷은 당혹감이 엿보였다. 마음에 들지 않는 것이 있었던 모양이었다. 벨에 응답이 있고 그는 안으로 들어갔다. 2~3분 정도 지나자 그가 나오면서 획 고개를 흔들더니 차에 올라탔다. 나의 희망은 무너지기 시작했다. 벌써 4시가 지나고 있었다. 설령 대니얼스를 체포할 수 있는 증거를 포착했다 하더라도 경찰이 프랑스에서 수상을 감금한 정확한 장소를 찾아낼 수 없는 한 아무짝에도 쓸모가 없는 것이다.

런던으로 돌아오는 도중에 여러 차례 이곳저곳을 들렀다. 차는 여러 차례 큰길을 벗어나 작은 건물 앞에 멈춰 섰는데, 한눈에 진료소라는 것을 알 수 있었다. 가는 곳마다 2~3분밖에 걸리지 않았는데, 그때마다 그의 자신에 찬 표정은 더욱 환해져 갔다.

그가 노먼에게 뭐라 속삭이자 노먼이 대답했다.

「예, 왼쪽으로 돌면 다리 옆에서 모두가 기다리고 있습니다.」

차가 옆길로 돌자 길에서 기다리고 있었던 차 한 대가 땅거미 속에서 보였다. 거기에는 사복형사가 두 사람 타고 있었다. 포와로는 차에서 내려 그들과 이야기를 한 뒤, 이윽고 우리들은 북쪽을 향해 출발했고, 다른 한 대의 차도 곧바로 뒤를 따랐다.

차는 잠시 동안 계속 달렸는데, 행선지는 분명히 런던의 북쪽 근교였다. 마침내 우리들은 주택단지 내의 도로에서 조금 안으로 들어가 있는 건물 앞의 현관에 차를 세웠다.

노먼과 나는 차에 남아 있었다. 포와로와 형사 한 명이 입구로 다가가 벨을 누르자, 깔끔한 차림의 하녀가 문을 열었다. 형사가 말을 했다.

「경찰인데, 이 집을 좀 조사해도 되겠소?」

하녀가 낮은 비명을 지르자 그녀의 등 뒤 홀 쪽에서 키가 큰 중년의 미인이 모습을 나타냈다.

「문을 닫아라, 에디스. 분명히 도둑일 거야.」

그러나 포와로는 얼른 문에 한쪽 발을 들이밀더니 동시에 획 휘파람을 불었다. 갑자기 다른 형사들이 뛰어들더니 집 안으로 뛰어들어가 입구의 문을 잠갔다.

노먼과 나는 차 안에서 꼼짝 말고 있어야 했기 때문에, 투덜거리면서 5분 정도 기다렸다. 마침내 현관문이 한 번 더 열리더니 경관들이 세 사람을 포박해서 데리고 나왔다. 여자가 한 명, 남자가 두 명이었다. 여자와 한 남자는 다른 차에 실리고, 또 한 명의 남자는 포와로가 우리 차에 태웠다.

「나는 저쪽 일행과 함께 가지 않으면 안 되는데, 이분을 잘 돌봐 주게나. 이 사람이 누군지 알겠나, 모르겠나? 그럼, 소개하지. 오머피 씨야!」

오머피였단 말인가! 차가 달리기 시작했을 때 나는 입을 멍청히 벌린 채 그를 바라보았다. 수갑은 채워져 있지 않았지만 나는 그가 도망치려 한다고는 생각지 않았다. 그는 가만히 앉아서 멍하니 앞만 바라보고 있었다. 어쨌든 노먼과 함께 둘이라면 그에게 당하지는 않을 것이다.

놀랍게도 차는 여전히 북으로 북으로 계속해서 달렸다. 그러면 런던을 향하고 있는 것이 아니다. 나는 크게 당황했다. 갑자기 속도가 떨어져서 살펴보니까 헨던 비행장 근처에 와 있는 것이었다. 나는 즉시 포와로의 생각을 알 수 있었다. 비행기를 타고 프랑스로 가려는 것이다.

아주 재치 있는 생각이다. 하지만 분명히 실행하긴 어려운 일이다. 전보를 치는 쪽이 훨씬 빠르기 때문이다. 촌각을 다투는 이 시점에서 그런 일을 한다는 것은 수상 구출의 공적을 다른 이에게 양보하는 거나 마찬가지였다.

차가 멈추자 노먼 소령이 뛰어내려 저쪽 차의 사복경찰과 자리를 바꾸었다. 그리고는 포와로와 2~3분 정도 이야기하는가 싶더니 즉시 어디론가 가버렸다.

나도 뛰어 내려가 포와로의 팔을 붙잡았다.

「축하해요, 포와로! 수상이 붙잡혀 있는 장소를 알아냈나 보죠? 하지만 곧바로 프랑스로 전보를 쳐야 되잖아요. 당신이 간다면 시간에 댈 수가 없어요.」

 포와로는 잠시 동안 의아한 듯이 나를 바라보았다.

「공교롭게도 전보로는 보낼 수 없는 것도 있는 법이라네.」

 마침 그때 노먼 소령이 공군 군복을 입은 젊은 장교를 데리고 돌아왔다.

「이쪽은 라이얼 대위인데, 프랑스에 태워다 준다 합니다. 지금 곧 출발할 수 있습니다.」

「옷을 많이 껴입으십시오. 괜찮으시다면 제 코트를 빌려 드리겠습니다.」

 젊은 조종사가 말했다.

 포와로는 커다란 시계를 들여다보고 있었다. 그리고 혼잣말로 중얼거렸다.

「흠, 과연 시간에 댈 수 있을까? 겨우겨우 가능할 것 같기도 한데…….」

 그리고는 눈을 들어 젊은 장교에게 정중하게 감사의 말을 했다.

「고맙소. 그러나 비행기를 타는 사람은 내가 아니오. 여기에 있는 분이오.」

 그렇게 말하면서 그가 약간 옆으로 비켜서자 어둠 속에서 한 사람이 나타났다. 그 사람은 아까 포박당하여 또 다른 차에 태워진 남자였는데, 그의 얼굴에 빛이 비추어졌을 때 나는 너무나도 놀란 나머지 숨이 막힐 것만 같았다.

 그는 다름 아닌 바로 수상이었던 것이다!

「제발 부탁이니 전부 이야기해 주시죠.」

 포와로와 노먼과 셋이서 런던으로 돌아오는 차 안에서 나는 천천히, 그러나 확실하게 말했다.

「도대체 어떻게 해서 그처럼 보기좋게 그분을 영국으로 되돌려왔단 말입니까?」

「되돌려오는 등의 수고는 아무것도 할 필요가 없었지.」

포와로는 멋대가리 없이 대답했다.

「수상은 영국을 떠나지 않았기 때문이야. 그분은 윈저에서 런던으로 돌아오는 도중에 납치된 것이네.」

「아니, 뭐라고요?」

「모두 자세히 설명해 주지. 수상이 차에 타자 비서는 그분 옆에 앉았어. 그러다가 갑자기 클로로포름을 가득 먹인 헝겊을 수상의 얼굴에 들이대고…….」

「아니, 누가?」

「어학에 능통한 자는 바로 대니얼스 대위야. 수상이 의식을 잃은 것을 보고 대니얼스는 곧바로 전성관(항공기·기선·열차 따위의 소음이 심한 곳에서, 관(管)의 한끝에서 한 말소리가 다른 한끝에서 들리게 한 장치)을 통해 오머피에게 오른쪽으로 차를 돌리라고 했지. 그러자 운전사는 조금도 의심하지 않고 명령대로 한 거야. 인적이 드문 길의 5~6야드(1야드는 91.44cm. 즉, 약 4.5~5.5m) 앞에는 대형차가 한 대 고장난 것처럼 서 있었어. 그 운전사가 오머피에게 멈추라고 신호하지. 오머피는 조금씩 속도를 줄여 나갔지. 그러자 알지 못하는 한 남자가 가까이 다가왔어. 대니얼스는 아마도 염화에틸 같은 마취약으로 방금 전 클로로포름을 썼던 방법과 똑같이 운전사를 마취시키지. 5~6초 사이에 의식을 잃은 두 남자는 끌려나와 다른 차에 옮겨지고, 그 뒤에 두 사람의 대역이 타는 거야.」

「그런 터무니없는 일이!」

「터무니없지 않아! 자네는 쇼 등에서 놀랄 만큼이나 꼭 닮은 가짜 유명인을 본 적이 없었나? 가짜 유명인을 만드는 것만큼 쉬운 일도 아마 없을 걸세. 영국의 수상도 예를 들면 클래펌의 존 스미스보다도 훨씬 대역이 쉬울 거야. 오머피 대역은 수상이 영국을 출발할 때까지 크게 신경 쓰는 사람이 없었기 때문에, 도중에 도망쳐 버렸을 거네. 채링 크로스 역에서부터 곧바로 자기네 동료들이 있는 집합 장소로 차를 몰아가는 거지. 들어갈 때는 오머피이지만 나왔을 때는 전연 다른 사람이 되어, 가짜 오머피는 능숙하게 혐의점을 남기고 모습을 감추었네.」
「그러나 수상은 모든 사람들에게 모습을 나타냈잖아요.」
「그를 개인적으로 알고 있는 사람이나 친한 동료와는 전연 만나지 않았었지. 게다가 대니얼스가 가능한 한 다른 사람과 접촉하지 않도록 해주었어. 더구나 수상의 얼굴은 붕대로 칭칭 감겨 있어서 평상시의 모습과는 약간 다른 곳이 있더라도 그것은 암살당할 뻔했을 때 입은 쇼크 탓이라고 설명할 수 있지. 매커덤 수상은 목이 약해서 중요한 연설을 하기 전에는 항상 목소리를 가능한 한 보호하잖나. 프랑스에 도착할 때까지 속인다는 것은 유치할 정도로 간단해. 하지만 도착하고 난 뒤에는 그렇게 순조롭게는 될 수 없겠지. 그래서 수상의 실종을 꾸민 거야. 영국의 경관들은 당황하여 허겁지겁 도버 해협을 건넜고, 누구 하나 처음의 습격 사건을 일일이 조사하는 사람은 없었지. 납치는 프랑스에서 당했다고 하는 착각을 더욱 확고히 하기 위해 대니얼스가 그럴 듯하게 포박을 당하고서 클로로포름을 마신 체한 거야.」
「그럼, 수상의 대역을 맡은 녀석은?」
「변장을 뜯어버리면 그것으로 끝이지. 그 녀석이나 가짜 운전사가 나중에 용의자로 체포될지도 모르지만, 그 거대한 연극에서 녀석들이 진짜의 역할을 연출했다고 의심을 품을 사람이 없을 테니까, 결국에는 증거 불충분으로 석방되는 것이 당연지사일 테지.」
「그리고 진짜 수상은?」
「수상과 오머피는, 대니얼스가 숙모라고 한 햄스테드의 에버라드 부인의 집으로 곧바로 끌려갔지. 그 여자는 사실은 베로타 에벤탈 부인이라는 독일 여인인데, 얼마 전부터 경찰이 지명수배를 하고 있었던 사람이야. 그 때문에 나는 경찰에 귀중한 선물을 한 셈이 되었지. 대니얼스에 대해서는 말할 필요도 없겠지만. 아니, 너무나도 훌륭한 계획이었지만, 제 아무리 영리한 녀석이라도 이 에르큘 포와로의 두

뇌 회전에는 따라올 수가 없지.」
　나는 그가 이렇게 뽐내는 것도 지당하다고 생각했다.
「이 사건의 조작을 알아차리기 시작한 것은 언제부터죠?」
「본격적으로 일을 시작했을 때부터지. 머릿속으로 말이야. 그 총격 사건이 아무래도 석연치 않았어. 하지만 그 사건의 결과 수상이 얼굴에 붕대를 감고 프랑스로 갔다는 것을 듣고선, 아하 하고 감이 잡히기 시작했지. 그리고 윈저와 런던간의 진료소를 처음부터 끝까지 뒤져서 그 날 아침 내가 말하는 인상에 해당하는 인물이 얼굴에 붕대를 감거나 치료를 받은 사람이 하나도 없었다는 것을 알았을 때, 나는 완전히 자신이 생긴 거야. 그리고 그 뒤는 나 같은 사람에게 있어서는 그야말로 유치한 수법으로밖에는 보이지 않은 것이지.」

　다음 날 아침 포와로는 막 받아 쥔 전보를 나에게 보여 주었다. 전보에는 발신지도 없을뿐더러, 발신인의 이름도 없었다. 내용은 다음과 같았다.

　'시간 내에 무사히 도착했음.'

　그 날 저녁 각 신문은 연합국 회의에 관한 기사를 실었다. 그리고 매커덤 수상이 열렬한 환영을 받았으며, 그의 힘에 찬 연설은 영원히 기억에 남을 깊은 감명을 주었다고 대서특필되었다.

데이븐하임 씨의 실종

The Disappearance of Mr.Davenheim

포와로와 나의 초대로 경시청의 잽 경감이 차를 마시러 오게 되어 있었다. 우리들은 테이블 앞에 앉아 그가 오기를 기다리고 있었다. 포와로는 하숙집 주인 아주머니가 평소처럼 테이블 위에 그냥 내던져 둔 컵이나 접시들을 정성스레 진열해 놓았다. 그는 금속제 찻주전자도 입김을 불어가며 헝겊으로 닦아내고 또 닦아냈다. 물은 끓고 있었고, 그 옆의 작은 법랑 냄비에는 진하고 달콤한 초콜릿이 들어 있었는데, 이것이 그가 말하는 소위 영국인이 좋아하는 그 '가공할 만한 독약'이었다.

커다란 소리를 내며 문을 노크하는 소리가 계단 아래에서 들리고, 2~3분이 지나자 잽이 기세등등하게 들어왔다.

「너무 많이 기다리게 한 것이 아닌지 모르겠군요.」 하고 그는 인사를 하면서 말했다.

「실은 데이븐하임 사건을 담당하고 있는 밀러와 이야기 좀 하고 오느라고요.」

나는 귀를 곤두세웠다. 최근 사흘 동안 신문은 온통 그 유명한 금융기관인 데이븐하임 서몬 은행의 은행장 데이븐하임 씨의 실종사건을 떠들어대고 있었기 때문이다. 지난주 토요일에 산책 나간 채로 그는 행방불명되었다. 나는 잽으로부터 뭔가 재미있는 얘기를 들을 수 있겠다고 생각했다.

「요즘 세상에 '증발' 같은 건 도저히 있을 수 없는 일이라는 느낌이 드는데……」 하고 내가 말했다.

포와로는 버터를 바른 빵 접시를 약간 밀면서 몹시 나무라듯이 말했다.

「확실하게 말해, 헤이스팅스. '증발'이라는 것이 무슨 의미인가? 어떤 증발을 말하는 거지?」

「증발에도 구분이나 종류가 있습니까?」

나는 웃으면서 말했다.

잽도 미소를 지었다. 포와로는 우리 두 사람을 보고 얼굴을 찌푸렸다.

「그야, 있고말고! 세 종류로 나뉘지. 그 첫째는 극히 빈번히 일어날 수 있는 것으로, 스스로 행방을 감추어 버린 것. 두 번째는 악성 '기억상실증'의 경우인데…… 이것은 극히 드문 일이지만 개중에는 진짜도 있지. 세 번째는 죽여 버리고서 어떻게 해서든 그 시체를 처리한 경우야. 자네는 이 세 가지 모두가 실행 불가능하다고 말한 건가?」

「아니, 대체로 그렇다는 거죠. 그야 기억을 상실하는 일이 있을지도 모르지만, 결국엔 그가 누구인지 확인하는 사람이 나타날 테죠. 특히, 데이븐하임과 같은 유명인사인 경우에는 말예요. 그리고 시체를 흔적도 없이 없애 버린다는 것은 있을 수 없는 일이죠. 어스름한 저녁 인적이 드문 곳에 파묻거나, 트렁크에 넣거나 하는 것은 금세 발각이 나 버리니까요.

그리고 살인이라는 것이 명백히 드러나지 않습니까. 그와 마찬가지로, 증발한 회사원이라든가 국내의 납치범 등도 오늘날의 무전 시대에서는 결국 꼼짝달싹도 할 수 없게 되어 붙잡히는 것이 뻔한 결과 아닐까요? 외국으로부터는 추방당할 것이며, 항구나 역은 철저히 감시될 테고요. 국내에서 숨어 지낸다 해도 신문을 매일 보는 사람들이 인상이나 체격 등을 전부 알아 버리죠. 결국 범인은 문명과 싸워야 하는 겁니다.」

「이봐, 이봐.」

포와로가 말했다.

「지금 자네는 오류를 한 가지 범하고 있어. 다른 사람을 죽이려고 마음먹은 자는…… 아니, 이것은 예를 든 것이지만, 자기 자신을 죽이려고 한 경우도 마찬가지이지. 아무튼 그러한 자는 요즘 세상에는 드물게 머리가 좋은 인간일지도 모른다는 사실을 자네는 계산에 넣지 않은 것이 아닌가? 이러한 녀석은 그 일에 온갖 꾀와 재능을 다 살려서 세세한 부분까지 면밀한 계산을 세울 텐데, 그러한 인물이 어떻게 경찰의 의표를 찌르지 못하겠는가? 바로 그 부분이 내가 이해하지 못하는 부분일세.」

「그러나 그것은 당신의 경우라도 마찬가지겠죠?」

잽이 나에게 눈을 깜박여 보이면서 애교 있게 말했다.

「당신의 의표는 찌를 수 없겠죠, 포와로?」

포와로는 겸손한 체해 보이려 했지만, 그것이 잘 되지 않았다.

「분명히 나는 과학적이고 수학적인 정확함으로 문제에 부딪치기 때문에, 감히 내 의표를 찌를 수 없지. 하지만 나라고 해서 당하지 말란 법이 있나? 이런 과학적인 자세는 현대 탐정들에게는 좀 드문 것 같네만.」

잽은 점점 더 비아냥거렸다.

「그거야 알 수 없죠. 이 사건을 담당하고 있는 밀러는 대단히 똑똑한 친굽니다. 발자국이나 담뱃재나 빵 부스러기 하나라도 빠뜨리지 않고 조사를 한다는 것을 내가 보증하지요. 무엇 하나 빠뜨리지 않는 눈을 갖고 있다니까요.」

「그럼, 자네, 런던의 참새도 마찬가지란 말인가?」

포와로가 말했다.

「그러나 나라면 역시 그런 갈색의 조그만 새에게 데이븐하임 사건의 해결을 맡기지는 않을 거야.」

「잠깐만요, 포와로, 설마 당신은 사소한 단서들이 사건의 실마리로서 무가치하다고 말하려는 것은 아니겠죠?」

「천만의 말씀. 그러한 것도 그 나름대로 가치가 있기는 하지. 단지 그런 것들을 필요 이상으로 중요시하는 것이 위험하다는 걸세. 사소한 단서들이라는 것은 대부분 그리 대단치 않기 때문이야. 정말로 중요한 것은 한 가지나 두 가지뿐이지. 바로 이 머리…… 작은 회색의 뇌세포.」

그는 톡톡 자기 이마를 두드려 보였다.

「……의지가 된다는 말일세. 오감의 작용 같은 건 그다지 믿을 만하지 못하지. 머릿속으로 진실을 쫓지 않으면 아무 쓸모 없어. 머리 밖으로가 아닌 바로 머릿속으로 말이야.」

「포와로, 설마 당신은 거기에 앉은 채로 사건을 해결해 보겠다는 말은 아니겠죠?」

「아니, 바로 그 말이야. 정보만 잘 들려준다면. 나는 카운슬러라도 된 것 같은 기분으로 임하겠네.」

잽은 무릎을 쳤다.

「좋습니다, 정말이지! 당신이 1주일 이내에, 생사에 관계없이 데이븐하임 씨가 있는 곳을 알아낸다면…… 아니, 어디에 가면 발견할 수 있는지만 알아낸다면 내가 5파운드 드리겠습니다.」

포와로는 잠시 생각한 뒤, 「좋아. 걸어 보지. 이건 마치 사냥하는 것 같군. 자네들 영국인이 무척이나 좋아하는 것 말이야. 자, 그럼 빨리 정보를 알려주시지.」 하고 말했다.

「평상시와 같이 저번주 토요일 데이븐하임 씨는 빅토리아 역(런던 남쪽으로 가는 열차는 이곳에서 출발한다.)에서 12시 40분발 열차로 칭사이드로 갔습니다. 거기에는 시더스 별장이라고 하는 그의 호화로운 저택이 있죠. 점심식사 뒤 그는 정원을 어슬렁어슬렁 걸으며 정원사에게 무엇인가를 지시했습니다. 모든 사람들이 증언한 바에 의하면 그의 모습에는 전연 다른 점이란 없었고, 그저 보통 때와 같았다고 합니다. 차를 마시고 나서 잠시 동안 아내의 방에 얼굴을 내밀고는, 산책도 할 겸해서 마을로 편지를 부치러 갔다 오겠다고 했습니다. 그리고는 로웬이라는 남자가 찾아올 테니까 만일 자기가 돌아오기 전에 오면 서재에서 기다리게 하라고 말해 놓았죠. 그런 뒤에 현관을 나서서 천천히 별장 안의 찻길을 한 바퀴 돌고는 문을 나섰습니다. 한데…… 그리고서는 그만 모습을 보이지 않는 겁니다. 그때를 시점으로 해서 행방이 묘연해진 것이지요.」

「좋아……. 아주 좋아……. 흠, 아주 재미있는 문제로군.」

포와로가 중얼거렸다.

「자, 그리고 나서 어떻게 되었지?」

「15분 정도 지나고 나서 새까맣게 수염을 기른 키가 크고 까만 피부의 남자가 벨을 누르고는, 데이븐하임 씨와 약속이 있다고 하더랍니다. 그는 로웬이라고 밝혔기 때문에 데이븐하임 씨 말대로 서재로 안내되었죠. 그러나 한 시간 가까이 시간이 흘렀지만 데이븐하임 씨는 돌아오지 않았습니다. 이윽고 로웬 씨는 벨을 눌러, 예정된 열차로 런던에 돌아가야 하므로 더 이상 기다릴 수 없다고 말했죠. 데이븐 하임 부인은 남편이 돌아오지 않은 것을 사과했지만, 남편이 손님을 기다리고 있었다는 것만 알고 있을 뿐, 어째서 돌아오지 않는가를 설명할 수가 없었습니다. 로웬 씨는 계속 섭섭해하면서 돌아갔고요.

그런데 모두가 알고 있듯이 결국 데이븐하임 씨는 돌아오지 않았습니다. 일요일 아침에 경찰은 신고를 받았지만 확실한 단서를 잡지 못했고, 데이븐하임 씨는 글자 그대로 흔적도 없이 사라져 버린 것으로밖에는 생각되지 않았습니다. 우체국에도 가지 않았고, 마을 한가운데를 가로지르는 모습을 본 사람도 없고 말이죠. 열차를 타고 떠나지 않았다는 것은 역원들에 의해서 확인되었습니다. 차고에서 승용차를 끌어낸 흔적은 없으나, 다른 사람을 사서 어딘가 먼 곳으로 갔을 수도 있을 것 같아서, 정보를 제공하는 사람에게는 막대한 사례를 하겠다고 했으니 만일 그를 태웠다면 그 운전사가 자신이 알고 있는 것을 말해 주러 올 겁니다. 사실 5마일 앞의 엔트필드에는 작은 경마장이 있기 때문에, 그가 그곳 역까지 걸어갔다면 많은 사람들 틈 속으로 섞여 들어가서 눈에 띄지 않았을지도 모릅니다. 그러나 그 뒤 그의 사진이나 상세한 인상 등이 모든 신문에 실렸는데도 그에 대해 이렇다 할 만한 이야기를 듣고 온 사람이 아무도 없었습니다. 물론 경찰서에는 전국에서 많은 편지가 날아왔지만, 현 시점까지는 아무런 단서도 잡지 못하고 있는 실정입니다.

그런데 월요일 아침이 되어 더욱 센세이셔널한 일이 발견되었습니다. 데이븐하임 씨의 서재의 커튼 뒤쪽에는 금고가 있었는데, 그것이 부서져 있었던 겁니다. 창문은 안쪽에서 단단히 잠겨져 있었기 때문에 강도의 침입이라고 생각하기에는 뭔가 석연치 않은 점이 있었지요. 물론, 내부에 공범자가 있어서 나중에 다시 문을 걸어 잠갔다면 별 문제지만 말입니다. 아무튼 그 사이에 일요일이 끼어 있었다는 것과, 집 안도 꽤 혼잡했다는 것으로 미루어 보아 실제 범행은 토요일에 이루어졌으나 월요일까지 발견되지 않은 채 있었다는 것으로 생각됩니다.」

「흠, 알겠네.」

포와로는 쌀쌀맞게 대꾸했다.

「그런데 그는 체포되었나? 그 애석해하며 떠났다는 로웬 씨 말이야.」

잽은 빙긋이 웃었다.

「아직요. 하지만 엄중한 감시를 받고 있죠.」

포와로는 고개를 끄덕였다.

「금고에서 무언가를 도둑맞았겠지? 그건 알고 있나?」

「은행의 부행장과 데이븐하임 부인이 함께 조사해 보았지만, 정확한 내용은 모르고 있습니다. 하지만 상당액의 무기명 채권과 막대한 지폐가 들어 있었던 것이 틀림없는 것 같습니다. 그리고 재산이 될 만한 보석류도 약간 있었고요. 데이븐하임 부인의 보석은 전부 그 금고에 들어 있었답니다. 최근에 그녀의 남편은 보석을 사모으는 것이 고질병처럼 되어, 거의 매달 무언가 진귀한 고가품의 보석을 그녀에게 사다 주곤 했다는 겁니다.」

「허, 그거 꽤 큰 수확인걸.」

포와로는 생각에 잠긴 얼굴로 말했다.
「그런데 로웬은 어찌 된 거지? 그 날 저녁 데이븐하임에게 무슨 용건이 있었는지 알고 있나?」
「글쎄요, 아무래도 그 두 사람은 그다지 친한 사이는 아니었던 것 같아요. 로웬이라는 사람은 아주 조그만 거래처 사람이더군요. 그래도 한두 번은 거래 시장에서 크게 성공하여 데이븐하임의 코를 납작하게 한 적이 있답니다. 하지만 두 사람은 거의…… 아니, 그보다는 사실은 한 번도 얼굴을 마주 대한 적이 없는 것 같아요. 데이븐하임과 만나 이야기하려던 것은 어떤 남미의 주식에 관한 거랍니다.」
「그러면 데이븐하임은 남미에 흥미를 갖고 있었단 말인가?」
「아마도 그렇겠죠. 어떤 이야기 끝에 데이븐하임의 부인이 말했는데, 그는 작년 가을을 부에노스 아이레스에서 보냈다고 하니까요.」
「가정생활에 트러블은 없었는가? 부인과의 사이는 좋았고?」
「그의 가정생활은 더할 나위 없이 평온해서 바람 한 점 부는 적이 없었다고 해도 좋을 정도입니다. 부인은 다른 사람에게 주는 인상은 괜찮지만, 머리가 좋은 편은 아닌 것 같아요. 그러니 전연 싸움이 되지 않았을 겁니다.」
「그럼, 그쪽으로 사건의 실마리를 풀어 나가려 해도 소용이 없겠군. 그에게 적은 없었는가?」
「금융상의 라이벌이라면 꽤 많겠죠. 그리고 그에게 골탕먹은 사람들 중에 그에 대해 좋지 않은 감정을 갖고 있는 사람들이라면 얼마든지 적이 될 수도 있지 않겠습니까. 그러나 그에게 살의(殺意)를 가질 만한 사람은 없었습니다. 그리고 만일 그를 죽였다면 시체가 어디에 있겠습니까?」
「하긴 그것도 그렇군. 헤이스팅스가 말하는 것처럼 시체라는 것은 진절머리가 날 정도로 끈질기게 발견되는 성질이 있지.」
「그건 그렇고, 정원사 한 사람이 집 옆에서 장미 정원 쪽으로 돌아가는 사람의 그림자를 보았다고 하는데, 서재의 프랑스식 창문—바닥까지 닿아 있어서 문 대신 사용할 수 있습니다. ―을 통해 그 장미 정원으로 나갈 수 있기 때문에 데이븐하임 씨는 곧잘 그런 식으로 드나들곤 했었다는군요. 그러나 그 정원사는 꽤 떨어진 곳에서 오이 울타리를 만들고 있었기 때문에, 그 그림자가 과연 주인의 모습이었는지 아닌지는 확실히 알 수 없다고 합니다. 또 시간도 정확히 알고 있지 않고요. 정원사가 일을 마치는 것은 6시이기 때문에, 그 이전인 것은 틀림없겠지만 말입니다.」

「그래, 데이븐하임 씨가 외출한 것은 몇 시였나?」

「5시 반경입니다.」

「장미 정원 건너편에는 무엇이 있지?」

「호수요.」

「보트를 두는 오두막도 있겠지?」

「그래요. 작은 배가 두 척 놓여 있더군요. 당신은 자살을 생각하고 있는 건가요, 포와로? 이런 거야 말해도 상관없겠지만, 밀러도 그 호수 밑을 뒤지러 내일 일부러 가겠답니다. 밀러는 바로 그런 사람이지요.」

포와로는 희미하게 미소를 띠고서 나를 바라보았다.

「헤이스팅스, 미안하지만 데일리 메가폰 지(紙)를 갖다 주지 않겠나. 내 기억이 틀리지 않다면 행방불명인 남자의 사진이 똑똑히 실려 있을 테니까.」

나는 일어서서 그 신문을 갖다 주었다. 포와로는 사진의 얼굴을 열심히 들여다보았다.

「흐음! 머리는 길게 흐트러져 있구먼. 짙은 수염과 구레나룻. 짙고 굵은 보기 흉한 눈썹에다, 눈은 검은 편이라고 할까…….」

「글쎄요.」

「머리칼과 턱수염이 하얗게 되기 시작했군, 응?」

경감은 고개를 끄덕였다.

「아니, 포와로, 무엇 때문에 일일이 그런 것까지 얘기하는 겁니까?

데이븐하임 씨의 실종 189

이미 다 알고 있는 사실인데요.」
「모두 알고 있기는커녕, 너무나도 애매모호하지.」
그것을 듣자 잽은 유쾌한 듯한 표정을 지었다.
그러나 포와로는 천연덕스럽게 말했다.
「바로 그래서 해결의 보람도 클 것 같다고 말하려는 걸세.」
「예?」
「내게는 말일세, 사건이 애매모호하다는 것은 오히려 좋은 징조란 말이야. 일목요연할 때는…… 그래도 그런 생각을 하면 안 되지! 그런 식으로 째째한 녀석이 되어서는 안 되겠지.」
불쌍하게도 포와로가 이렇게 말하고 있을 때 잽은 고개를 가로젓고 있었다.
「아니, 생각하는 것은 각자의 자유니까요 뭐. 당신의 안목을 구경하는 것도 나쁘지는 않죠.」
「나는 눈 같은 건 쓰지 않아.」
포와로가 말했다.
「나는 눈을 감고…… 생각하지.」
잽은 한숨을 쉬었다.
「흠, 아무래도 좋습니다. 1주일 동안은 충분히 생각할 만한 시간이 있으니까.」
「그럼, 자네는 새로운 정보가 생기면 나에게 알려줄 수 있겠나? 예를 들면, 자기 일에 열심이고 번뜩이는 눈을 가진 밀러 경감이 고심해서 얻은 결과 같은 것 말이야.」
「물론이죠. 그것은 계약 안에 들어 있는 것이니까요.」
나는 잽을 입구까지 배웅했다.
「이거 영 쓸쓸한데……. 이렇게 해서 5파운드를 주게 되면 어린애한테 당하는 것 같을 거요.」
잽이 말했다.
나는 동감의 미소를 지었다. 방으로 되돌아왔을 때도 여전히 그 미소는 지울 수가 없었다.
「이봐, 이봐!」
포와로는 즉시 나에게 말을 걸었다.
「자네는 이 파파 포와로를 바보 취급하는 겐가?」
포와로는 그렇게 말하더니, 손가락을 빙글빙글 돌렸다.
「나의 회색 뇌세포를 믿어 주지 않으려나? 아이고, 이 덜렁이 친구야! 이 사건을 한번 연구해 보잔 말이야. 아직 불충분하기는 하지만, 한두 가지는 재미있는 점이 보이고 있어.」
「호수겠죠!」
나는 의미심장하게 말했다.
「아니, 호수보다도 중요한 건 보트를 넣어두는 오두막집이야.」
나는 옆눈으로 포와로를 보았다. 그는 의미를 알 수 없는 묘한 미소를 띠고 있었다. 나는 그에게 그 이상은 말을 걸어도 소용이 없다는 것을 알고 있었다.
다음 날 저녁때까지 잽에게서는 아무런 소식도 없다가 9시경이 되어서야 그가 찾아왔다. 그의 표정을 보고 나는 그가 반가운 이야기를 하고 싶어서 좀이 쑤시고 있다는 것을 눈치챌 수 있었다.
「어떤가, 자네?」
포와로가 말했다.
「만사가 잘 되어가고 있는 것 같은데? 하지만 데이븐하임의 시체가 호수 속에서 떠올랐다는 따위의 말을 해서는 안 될 걸세. 그런 말은 믿지도 않을 테니까.」
「시체가 아니고, 옷이 발견되었습니다. 그 날 그가 입었던 옷 말예요. 이것에 대해 어찌 생각하시는지?」
「그 밖에 없어진 의류는 없는가?」
「그래요, 그 점은 집사가 장담하고 있습니다. 옷장 안의 것은 그대로 있다고 하더군요. 아직 또 있습니다. 경찰은 로웬을 체포했어요. 침실 창문 단속을 맡고 있는 하녀의 이야기에 의하면, 6시 15분경에

로웬이 정원을 통해 서재 쪽으로 오는 것을 보았다고 합니다. 그것은 그가 그 집에서 나가기 10분 정도 전에 해당하죠.」

「로웬은 그것에 대해 어떻게 말하고 있나?」

「맨 처음에는 서재에서 한 발자국도 나가지 않았다고 부정했죠. 그러나 하녀가 틀림없다고 주장하자 나중에는 진귀한 장미를 보러 프랑스식 창문으로 잠시 나갔다 들어온 것을 깜빡 잊고 있었노라고 둘러대더군요. 납득이 가지 않는 이야기죠! 그리고 그에게 불리한 증거가 나왔습니다. 데이븐하임 씨는 항상 오른손 새끼손가락에 다이아몬드를 한 개 박은 두꺼운 금반지를 끼고 있었는데, 토요일 밤 런던에서 빌리 켈렛이라는 남자가 그 반지를 저당잡혔습니다. 그는 이미 경찰의 블랙 리스트에 올라 있는 인물이었는데…… 작년 가을에 어느 노신사의 시계를 날치기해서 3개월 정도 감옥 신세를 진 적이 있었죠. 그는 그 반지를 저당잡히려고 다섯 군데 정도 흥정을 하고 다닌 끝에 겨우 마지막 전당포에 가서 저당잡히고는 그 돈으로 술을 잔뜩 마시고서 경관에게 폭행을 가했기 때문에 유치장에 갇혔죠. 나는 밀러와 함께 보 가(街)(런던의 코벤트 가든의 동네 이름. 중앙 경찰재판소가 있음.)에 가서 그 친구를 만났습니다. 이미 취기가 깨어 있더군요. 단도직입적으로, '자네는 살인범으로 체포될지도 몰라.' 하고 으름장을 놓았죠. 그러자 그 녀석이 묘한 이야기를 하는 겁니다.

그 녀석은 토요일에 엔트필드에 갔었는데, 진짜 목적은 경마로 돈을 버는 것이 아니고 넥타이핀을 소매치기하는 것이었던 모양입니다. 하지만 그 날은 운이 나빠서 좋은 징조가 보이지 않았다나요. 그래서 칭 사이드로 가는 길을 어슬렁어슬렁 걸어가다가, 마을 바로 앞에서 잠시 쉬려고 도랑에 걸터앉아 있었답니다. 한 5~6분 정도 지났는데, 어떤 남자가 마을로 들어가는 길로 다가오는 것이 보였다는군요. 그 녀석 말에 의하면 인상은 검고 멋있는 수염을 기른 까무잡잡한 얼굴의 남자로, 도시의 일류 멋쟁이 신사였다는 겁니다.

켈렛의 모습은 높은 바위더미 그늘에 가려 길에서는 보이지 않았답니다. 그 남자는 그의 바로 옆까지 오더니, 재빨리 길 양옆을 살피고 나서 사람이 없다는 것을 확인한 뒤 주머니에서 작은 물건을 꺼내어 울타리 너머로 집어던지고는 역 쪽으로 가버렸다는 겁니다. 그런데 그 남자가 던져버린 물건이 툭 하고 작은 소리를 내며 떨어졌기 때문에, 도랑에 걸터앉아 있었던 그 녀석은 호기심이 발동되었다는 거죠. 그래서 그것을 찾아나섰는데 글쎄 그 반지가 발견되더란 말입니다. 사실, 로웬이 범행을 부인하는 것도 지극히 당연한 일인 것이, 켈렛 같은 녀석의 말을 도통 믿을 수가 없기 때문이죠. 그 녀석이 길거리에서 데이븐하임을 만나서는 그를 죽여 버리고 그 반지를 빼앗을 수도 있음직한 일이기 때문입니다.」

포와로는 고개를 가로 저었다.

「그건 너무 무리가 있어. 첫째로, 시체 처리가 문제되지 않겠나? 만일 그렇다면 지금쯤 시체가 발견되었을 거야. 두 번째로, 당당하게 저당을 잡히려고 한 점을 보면 반지를 빼앗기 위해 살인을 범했다고는 생각되지 않지. 세 번째로, 좀도둑이 사람을 죽이는 경우는 좀처럼 없다네. 네 번째로, 그는 로웬의 인상을 정확히 말했네.」

잽은 고개를 끄덕였다.

「당신이 틀렸다고는 말하지 않겠습니다. 하지만 그렇더라도 배심원들에게 전과자의 증언을 믿게 할 수는 없죠. 내가 이상하다고 생각하는 것은 어째서 로웬이 좀더 반지를 제대로 처리할 수 없었는가 하는 점입니다.」

포와로는 어깨를 움츠렸다.

「요컨대 집 가까이에서 발견되었다면 데이븐하임이 직접 떨어뜨렸다고도 할 수 있을 테니까.」

「그렇다면 어째서 시체에서 반지를 빼낸 걸까요?」

나는 큰소리로 물었다.

「거기에는 다 이유가 있을 겁니다.」

잽이 말했다.

「알고 있는지 모르겠는데요, 그 호수 건너편에 산 쪽으로 나가는 조그마한 문이 있습니다. 거기에서 걸어서 3분도 채 안 되는 곳에 무엇이 있을 것 같습니까? 석회를 태우는 가마가 있더군요.」
「뭐라고요?」
내가 외쳤다.
「석회로는 시체를 없앨 수 있지만, 반지와 같은 금속은 녹일 수 없다고 말하려는 겁니까?」
「물론이오.」
「그것으로 모든 설명이 되는 것 같구먼. 너무도 무서운 범죄야!」
내가 말했다.
생각이 일치되었기 때문에 우리들은 뒤를 돌아 포와로를 보았다. 그는 정신을 집중시키려고 양미간을 찌푸리며 생각에 잠겨 있었다. 나는 드디어 그의 예리한 두뇌가 활동을 시작했다고 생각했다. 어떤 것부터 이야기할 것인가? 우리들의 그러한 의혹은 그렇게 오래 지속되지 않았다. 그는 한숨을 한번 쉬고 나더니 팽팽한 긴장을 풀었다. 그리고는 잽에게 이렇게 물었다.
「데이븐하임 부부가 함께 침실을 사용하고 있는지 알고 있는가?」
이 질문은 너무나 예상 밖이라는 느낌이 들었기 때문에, 잠시 동안 우리들은 눈이 휘둥그레져서 잠자코 있었다. 잽이 갑자기 웃음을 터뜨렸다.
「아니, 포와로, 무언가 깜짝 놀랄 만한 것을 이야기할 것이라고는 생각하고 있었지만……. 그런 문제는 도저히 알 수가 없죠.」
「확인할 마음만 있다면 알 수 있겠지?」
포와로는 묘하게도 끈질기게 물었다.
「뭐, 그런 거야 알 수 있고말고요. 정말 알고 싶다면 말입니다.」
「고마워. 그걸 확인해준다면 고맙겠네.」
잽은 2~3분 정도 질린 듯한 얼굴로 포와로를 바라보고 있었는데, 포와로는 이미 우리들의 존재 따위는 잊고 있는 것 같았다. 경감은 나에게 슬픈 듯이 고개를 흔들어 보이더니, 「안됐어요! 너무 깊이 생각하다 머리가 이상해져 버린 게 틀림없어요!」라고 중얼거리면서 조용히 방을 나갔다.

포와로가 변함없이 멍하니 무언가 깊은 생각에 잠겨 있는 것 같아, 나는 기분전환으로 종이쪽지를 한 장 들고 메모를 하기 시작했다. 그러다가 포와로가 부르는 소리가 들려 나는 번쩍 정신이 들었다. 그는 깊은 생각에서 깨어나 생동감 넘치는 얼굴을 하고 있었다.

「자네, 무얼 하고 있었지?」

「이번 사건에서 아주 중요하다고 생각되는 점을 메모하고 있었는데요.」

「자네도 이젠 재치가 번득이는군, 역시.」

포와로는 만족한 듯한 표정을 지었다.

나는 기뻤지만, 얼굴에는 드러내지 않았다.

「읽어볼까요?」

「부탁하네.」

나는 기침을 했다.

「1. 모든 증거가 로웬이 금고를 열었다는 것을 나타내고 있다.

2. 그는 데이븐하임에게 원한을 품고 있었다.

3. 최초의 진술에서 그는 한 번도 서재에서 나가지 않았었다는 거짓말을 했다.

4. 빌리 켈렛의 이야기를 사실이라고 보면, 로웬은 망설일 필요도 없이 범인이다.」

나는 잠시 입을 다물었다.

「어때요?」

내 손가락이 결정적인 사실을 하나하나 지적하고 있는 듯한 기분이 들었기 때문에, 나는 그런 투로 그에게 물었다.

포와로는 천천히 고개를 가로저으면서 불쌍히 여기는 듯한 눈으로 나를 바라보았다.

「미안하네! 그러나 자네에겐 재능이 없으니까 별수가 없지. 자네는 중요한 점을 하나같이 놓치고 있군. 게다가 자네의 추리는 틀렸어.」
「어째서요?」
「자네가 든 네 가지 점을 생각해 보지.

첫번째, 로웬은 금고를 열 기회가 자신에게 주어지리라고는 애당초부터 알 수가 없었어. 그는 다만 거래상의 문제로 데이븐하임을 만나러 갔던 거야. 데이븐하임이 편지를 부치러 나가서 집에 없었다는 점이나, 그것 때문에 서재에서 혼자 있게 되리라는 것도 미리 알 수가 없지!」
「절호의 기회라 생각하고 일을 저질렀을지도 모르잖습니까?」
「그러면 도구는? 보통 신사는 만일을 대비하여 도둑질하는 데 필요한 일곱 가지 도구를 갖고 다니지는 않네! 게다가 칼로는 금고를 부술 수 없지!」
「흠, 그럼 두 번째는요?」
「자네는 로웬이 데이븐하임에게 원한을 품고 있었다고 말했는데, 그것은 그가 한두 번 데이븐하임의 코를 납작하게 한 적이 있다는 것을 두고 말한 거겠지. 하지만 아마도 그러한 거래 결과 그가 돈을 벌게 되자 다른 사람들의 주목을 받게 된 정도라고 생각해. 그거야 어쨌든, 보통의 경우라면 자신이 코를 납작하게 만든 상대방에게 원한을 품는 일은 있을 수 없지. 그 반대라면 몰라도. 어떠한 원한이든 있었다고 하면, 그것은 데이븐하임 쪽이 아니겠는가?」
「하지만 그가 서재를 한 발자국도 나가지 않았었다고 거짓말을 한 것은 당신도 부정할 순 없겠죠?」
「응. 그거야 무서웠기 때문일지도 모르지. 자신의 생각을 정리해 보기도 전에 실종된 남자의 옷이 호수에서 발견되었기 때문에 말이야. 물론 평소라면 사실을 말했을 거야.」
「그럼, 네 번째 점은?」
「그것은 자네가 말한 대로일세. 켈렛의 이야기가 진실이라면, 로웬은 틀림없이 범인이야. 그래서 이 사건이 아주 재미있게 된 것이지.」
「그럼, 나도 중요한 점을 한 가지 정도는 포착한 셈이네요?」
「흠, 그러나 자네는 가장 중요한 점을 두 가지나 완전히 빠뜨리고 말았어. 어떻게 보더라도 이 사건 전체를 풀 수 있는 열쇠가 되는 점을 말이야.」
「그럼, 말해 주시죠. 도대체 어떤 것이죠?」
「첫번째는 데이븐하임이 최근 1~2년간 병적일 만큼 보석을 사모으고 있었다는 점. 두 번째는 그가 작년 가을에 부에노스 아이레스로 여행을 갔었다는 점이야.」
「농담이겠죠!」
「아니, 진심으로 말하는 거야. 그건 그렇고, 정말로 잽이 내 부탁을 잊지 말아 주었으면 좋으련만.」
잽 경감은 포와로의 농담 어린 말의 숨은 뜻을 잊지 않았다. 다음날 11시경 포와로의 앞으로 전보 한 통이 왔다. 포와로의 부탁대로 나는 전보를 펴서 소리를 내어 읽었다.
「그 부부는 작년 가을부터 별도로 방을 썼음.」
「흐음!」
포와로는 소리를 질렀다.
「그런데 지금은 유월 중순이란 말이야! 이로써 만사는 해결되었네!」
나는 깜짝 놀라 그를 쳐다보았다.
「자네는 데이븐하임 서먼 은행에 예금하진 않았겠지?」
「없어요. 그러나 그것이 어때서요?」
나는 의아해하며 물었다.
「예금이 있으면 인출하도록 권하려고……. 한 발 늦기 전에.」
「도대체 무슨 말이죠?」
「2~3일 안에…… 아니, 좀더 빠를지도 모르지만, 거대한 도산사건이 일어날 거야. 그래서 생각해낸 것인데, 잽에게 감사의 답장 전보를 쳐야겠어. 자네, 미안하지만 연필과 전보 용지를 한 장 가져다 주지 않겠나. '문제의 은행에 예금한 것이 있으면 꺼낼 것.' 어때? 잽이 이걸 보면 어리둥절하겠지! 그리고 눈을 부릅뜨겠지. 정말로 전연 뭐가 뭔지 모를 거야. 내일이나 모레가 될 때까지는 말이야.」

나는 반신반의했지만, 이튿날이 되자 포와로의 훌륭한 두뇌에 찬사를 보내지 않을 수 없었다. 모든 신문이 커다란 제목으로 데이븐하임 은행의 충격적인 도산을 보도하고 있었다. 이 은행의 금융상태가 적나라하게 드러나자 그 유명한 은행가의 증발사건도 양상이 뒤바뀌었다.

우리들이 한참 아침식사를 하고 있는데 문이 세차게 열리더니 잽이 뛰어들어왔다. 왼손에는 신문을, 오른손에는 포와로의 전보를 쥐고 있었는데, 그는 그 전보를 포와로 앞의 식탁 위에 거칠게 던져 놓았다.

「어떻게 해서 알았습니까, 포와로? 도대체 어떻게 해서 알았느냐 말입니다.」

포와로는 온화한 미소를 그에게 보냈다.

「그거야 자네의 그 전보 덕분에 내 나름대로 확신을 얻었지! 처음부터 그 금고가 부서진 것에 뭔가 이상한 점이 있다고 생각했거든. 보석, 현금, 무기명 채권…… 이것저것 모두 알맞게 준비가 되어 있는데…… 도대체 누구를 위한 것일까? 그런데 데이븐하임은 '자신을 아끼는' 남자일세! 그래서 우선 틀림없이 이것은…… 그 자신을 위해 준비된 것이라고 하는 느낌이 들었어. 그리고 최근 1~2년간 보석 사 모으기에 열을 올렸다면 그건 너무나 간단명료하지 않은가! 그가 써 버린 공금은 보석에 쏟아넣은 것인데, 아마 차례차례 모조 보석으로 바꿔치기 했을 테지. 그렇게 해두고서 다른 이름으로 안전한 장소에 감춘 뒤, 모든 이들의 주의가 다른 곳으로 쏠렸을 때 기회를 보아 막대한 재산을 감쪽같이 가로채려고 한 것이지. 준비가 다 되고 나서는 과거에 아니꼽게도 재계의 거물인 자기에게 한두 번 찬물을 먹였던 로웬과 약속을 한 거지. 그리고는 금고에 구멍을 뚫고, 손님을 서재에서 기다리게 하라고 말을 해놓고는 외출하는 거야. 자, 그럼, 그가 어디로 갔다고 생각하나?」

 포와로는 입을 꼭 다물더니 손을 펼쳐 삶은 달걀을 한 개 집어들었다. 그리고는 얼굴을 찌푸리며 중얼거렸다.

「암탉이 마구잡이로 크기가 다른 알을 낳는다는 것은 정말 참을 수 없는 일이야! 그러면 아침식사 때 테이블 위에서의 멋진 조화가 이루어지지 않거든. 적어도 가게 주인이 몇십 개씩은 똑같은 크기의 달걀을 갖추어 두면 좋을 텐데!」

「달걀 같은 거야 무슨 상관입니까?」

 잽은 마음이 조급해져서 재촉했다.

「낳고 싶기만 하다면 사각형의 달걀도 낳을 수 있지 않습니까. 그건 그렇고 시더스 별장을 나와서 그가 어디로 갔는지나 가르쳐 주시죠. 알고 있다면 말입니다!」

「좋아, 좋아. 그는 은신처로 간 거야. 그래, 그 데이븐하임 말이야. 그의 회색 뇌세포엔 아주 살짝 약한 부분이 있는 것 같기는 하지만, 그래도 어쨌든 일품이야.」

「어디에 숨어 있는지 알고 있습니까?」

「알고 있고말고! 참으로 멋지게 생각을 짜냈더군!」

「그럼, 빨리 가르쳐 주시죠!」

 포와로는 접시에 흐트러져 있는 달걀 껍질을 긁어모아 삶은 달걀용 컵에 넣더니, 그대로 컵을 거꾸로 뒤집었다. 그리고는 껍질이 동그랗게 모여 있자 싱글벙글 웃으면서 부드러운 미소를 나에게 지어 보였다.

「자, 그럼, 자네들도 꽤 머리가 좋잖나. 내가 묻는 것을 자네들도 스스로에게 물어 보게. 그것은 '내가 그 남자였다면 어디에 숨을까?' 하는 거야. 헤이스팅스, 어때?」

「글쎄요.」
내가 말했다.
「나라면 도망치지는 않을 겁니다. 그대로 런던에 있겠죠. 모든 것의 중심부에 있으면서 지하철이나 버스를 타고 돌아다닐 겁니다. 그렇게 하면 만에 하나라도 발견될 리가 없죠. 군중에 섞여 있으면 안전하기 때문입니다.」
포와로는, '자네는?' 하듯이 잽을 보았다.
「나는 그 반대입니다. 나라면 즉시 내뺄 겁니다. 그렇지 않으면 도망칠 기회가 없어지기 때문이죠. 도망칠 여유는 충분히 있었을 테니까요. 그리고 언제라도 출항할 수 있도록 요트를 대기시켜 놓고서 떠들썩해지기 전에 이 세상 어느 깊숙한 곳으로 도망가 버리는 겁니다.」
우리 둘은 포와로를 바라보았다.
「어떻습니까?」
잠시 동안 그는 잠자코 있었다. 그 사이에 아주 묘한 미소가 언뜻 그의 얼굴에 비쳤다.
「자네들, 만일 내가 숨는다면 어디에 숨으리라고 생각하나? 바로 교도소야, 교도소.」
「뭐라고요?」
「자네들은 데이븐하임을 교도소에 집어넣으려고 찾고 있는 것이기 때문에, 그가 거기에 들어가 있는지를 조사해 보려고는 꿈에도 생각지 않겠지?」
「그렇다면?」
「잽, 자네는 데이븐하임의 부인은 머리가 좋지 않은 것 같다고 말했었지. 그러나 그녀를 보 가(街)에 데리고 가서 그 빌리 켈렛이라는 남자와 만나게 하면, 그가 누구라는 것 정도는 금세 알 수 있을 걸세. 아무리 구레나룻이나 턱수염이나 그 더부룩한 눈썹을 깎거나, 머리를 짧게 잘라도 말이야. 세상 모든 사람들이 속을지라도, 여자는 자신의 남편만은 십중팔구 알아볼 수 있는 법이지.」
「빌리 켈렛이라뇨? 아니, 그 친구는 경찰이 잘 알고 있는 사람이잖습니까?」
「그렇기 때문에 데이븐하임은 똑똑한 사람이라고 말하지 않았었나? 그는 훨씬 전부터 알리바이를 준비하고 있었던 거야. 작년 가을 부에노스 아이레스로 갔다는 것도 거짓말이야. 드디어 때가 왔을 때에 경찰이 수상쩍게 여기지 못하도록 '징역 3개월'로 빌리 켈렛이라는 인물을 준비해 놓고 있었던 거지. 큰 손을 흔들며 걷는 것뿐만 아니라, 그 거대한 재산을 손에 넣기 위해 그는 거창한 연극을 꾸민 거야. 그런 연극 정도라면 그런 대로 괜찮지. 단지……」
「단지?」
「그래. 그 뒤에도 가짜 수염이나 가발을 쓰고 그전의 자신과 똑같은 모습을 하지 않으면 안 되었는데, 가짜 수염을 붙인 채로 잠잔다는 것은 별로 편치 않았을 테지. 꼬리를 잡힐 수도 있고 말이야! 그래서 도저히 아내와 같은 침실에서 잔다는 것은 생각할 수 없었던 거야. 이건 자네가 조사해 준 것인데, 최근 반년 동안이라는 것은 결국 부에노스 아이레스에서 돌아왔다고 보여진 때부터 지금까지야. 데이븐하임 부부는 침실을 별도로 쓰고 있었어. 그래서 나는 확신을 가지게 된 거지! 모든 것이 딱 들어맞네. 주인이 집 옆쪽으로 돌아가는 것을 본 것 같은 느낌이 든다고 했다던 정원사의 말은 틀림이 없던 거야. 그는 보트를 두는 조그마한 오두막집에 가서 집에서 입는 막옷으로 갈아입었어. 이 옷은 자네들도 그렇게 생각하겠지만, 집사의 눈에 띄지 않도록 잘 감추어 둔 게 틀림없지. 그리고 그때까지 입었던 옷은 호수에 집어던진 거야. 그리고는 계획대로 일에 착수하여 반지를 당당하게 저당잡히고 경관을 폭행한 뒤, 감쪽같이 보 가의 피난처로 도망을 친 것이지. 거기까지 그를 찾으러 가겠다고 생각하는 사람은 아무도 없을 테니까!」
「불가능합니다!」

잽이 중얼거렸다.
「데이븐하임 부인에게 물어 보게.」
포와로는 빙긋이 웃으면서 말했다.
이튿날 포와로의 음식 접시 옆에 등기 우편이 놓여졌다. 펼쳐 보니 5파운드짜리 지폐가 나왔다. 그는 양미간을 찌푸렸다.
「아이고, 이 친구! 이거 어떻게 하지? 그에게 미안한 일을 저질렀구먼! 불쌍하게도! 아, 좋은 생각이 났네! 함께 맛있는 식사를 하는 것이 어떤가? 셋이서 말이야! 그러면 나도 마음이 편할 것 같아. 그런 사건 정도는 누워서 떡먹기였는데. 참으로 미안한 일을 저질렀구먼. 나 같은 사람이 어린아이들을 우려먹는 일을 해서야……. 에잇! 이봐, 이봐, 왜 그래? 뭐가 그렇게 재미있다는 듯이 웃고 있는 거지?」

이탈리아 귀족의 모험

The Adventure of the Italian Nobleman

포와로와 나에게는 절친한 친구가 많이 있다. 호커 박사도 그 중 한 사람인데, 그는 가까이에 살고 있는 의사이다. 그는 때때로 저녁 어스름한 때에 찾아와서 포와로와 잡담을 나누곤 했다. 그는 포와로의 뛰어난 재능에 대한 열렬한 예찬자이다. 호커 박사는 솔직하고 다른 사람을 의심할 줄 모르는 사람이어서, 자신에게 없는 포와로의 재능에 감복하고 있었다.

6월초의 그 날 밤도 그는 8시 반경에 찾아오더니, 그냥 주저앉아 비소 중독 범죄가 늘어나고 있다는 재미있는 화제로 열심히 이야기꽃을 피웠다.

15분 정도 지났을 무렵이었다고 생각되는데, 우리들이 있는 방문이 벌컥 열리더니, 머리를 흐트러뜨린 여자가 황급하게 후닥닥 소리를 내며 뛰어들었다.

「아, 박사님, 여기 좀 있게 해주세요! 너무나 무서운 소리가 들렸습니다. 너무나 깜짝 놀라서요, 정말.」

나는 지금 들어온 여자가 호커 박사집의 가정부인 라이더 양이라는 것을 알았다. 이 의사는 독신으로 두세 골목 건너 저편의 어두컴컴한 옛날 집에서 살고 있었다. 항상 침착하던 라이더 양은 지금은 반쯤 광란에 가까운 모습이었다.

「어떤 무서운 소린데? 누가 그런 소리를 냈지? 도대체 뭐라고 하던가?」

「전화예요, 박사님. 제가 전화를 듣자 무슨 소리가 들리며 이런 말이 나오는 거예요. '도와 주십시오, 선생님. 도와 주십시오. 저 녀석들에게…… 죽을 것 같아요.'라고요. 그리고는 점점 목소리가 가늘어지더군요.

'당신은 누구세요? 누구신데요?'라고 제가 물었습니다. 그러자 대답을 하더군요. 하지만 마치 속삭이는 듯했어요. '포스카틴……'이라고 한 것 같아요. '리젠트 코트'라고도 하던데요.」

의사는 깜짝 놀라 외쳤다.

「포스카티니 백작이야! 그는 리젠트 코트에 플랫식 아파트를 가지고 있어. 빨리 가야겠는걸. 도대체 무슨 일이 일어났을까?」

「댁의 환자입니까?」

포와로가 물었다

「2~3주일 전에 몸의 상태가 좀 안 좋다고 하여 진찰을 한 적이 있었습니다. 이탈리아 인입니다만, 영어를 아주 능숙하게 합니다. 그럼, 포와로 씨, 만일…….」

그는 말을 꺼냈다가 얼른 입을 다물었다.

「말씀하시려는 것을 잘 알고 있습니다.」

포와로는 빙긋이 웃으면서 말했다.

「기꺼이 함께 가죠. 헤이스팅스, 한 발 먼저 나가 택시를 잡아 오지 않겠나?」

택시란 놈은 이쪽이 급할 때는 좀처럼 잡히지 않는 법이다. 하지만 간신히 한 대 잡을 수 있었다. 그리고 우리들은 곧바로 리젠트 코트 쪽으로 차를 달렸다. 리젠트 코트는 세인트 존스 우드 로(路)를 지나 금방 나타나는 곳에 있는, 아파트가 최신식의 공법으로 지어져 있는 지역이었다.

홀에는 아무도 없었다. 의사는 충분히 기다렸다는 듯이 엘리베이터의 벨을 눌렀다. 엘리베이터가 내려오자 그는 갑자기 제복을 입은 보이에게 물었다.

「11호실, 포스카티니 백작이 있는 곳인데, 떠들썩한 일이 있진 않았소?」

보이는 눈이 휘둥그레져서 그를 바라보았다.
「금시초문인데요. 포스카티니 백작님의 하인인 그레이브스가 30분 정도 전에 밖으로 나갔습니다만, 그때는 아무 말도 없었습니다.」
「그러면 방에는 백작 혼자만 계신단 말이오?」
「아닙니다. 저녁식사 때 손님이 두 분 오셨습니다.」
「어떤 모습이었소?」
나는 다그치듯이 물었다.
이것은 모두 11호실이 있는 3층을 향해 올라가는 엘리베이터 안에서의 이야기였다.
「제가 직접 확인한 것은 아니지만, 외국인이었다고 합니다.」
보이가 쇠문을 열어 주자 우리들은 복도로 나왔다. 11호실은 바로 맞은편에 있었다. 의사가 벨을 눌렀지만 아무런 대답도 없었고, 안에서는 아무 소리도 나지 않았다. 의사는 계속 벨을 눌렀다. 벨이 요란하게 울리고 있는데도 아무도 나오지 않았다.
「이건 아무래도 심상치 않은데.」 하고 의사가 중얼거렸다. 그리고는 엘리베이터 보이를 돌아보았다.
「이 문의 마스터 키는 없소?」
「밑의 수위실에 있습니다.」
「그럼, 갖고 오겠소? 그리고 가능하다면 경관도 부르는 편이 낫겠구먼.」
포와로도 그것이 좋겠다고 고개를 끄덕였다.
보이는 곧바로 되돌아왔는데, 지배인도 함께 왔다.
「말씀 좀 묻겠습니다. 도대체 어찌 된 일로?」
「포스카티니 백작으로부터 누군가에게 습격을 당해 죽을 것 같다고 하는 전화가 왔습니다. 한시도 지체할 수 없소, 빨리!」
지배인은 그대로 아무 말 없이 열쇠를 돌렸고, 우리들은 방으로 들어갔다.
처음에 들어간 곳은 작은 사각형의 응접실 겸용의 홀인데, 오른쪽

이탈리아 귀족의 모험　205

문이 반쯤 열려 있었다. 지배인은 그쪽을 턱으로 가리키며 말했다.
「식당입니다.」
호커 박사가 선두에 서고 우리들은 곧 그 뒤를 따랐다. 방에 들어가자 나는 갑자기 목이 확 막혔다. 한가운데의 둥근 테이블 위에는 식사하다 남은 것이 놓여져 있었고, 삼각 의자는 뒤로 밀려져 있어서 거기에 앉아 있었던 사람이 방금 자리에서 일어선 듯한 느낌이 들었다. 난로의 오른쪽 구석에 커다란 책상이 있고 한 사람이 아니, 사람이었던 물체가 그곳을 향해 앉아 있었다. 오른손을 전화기에 댄 채로 뒤통수를 얻어맞고 엎드려 있었다. 흉기는 찾을 필요조차도 없다. 대리석 상(像)이 황급하게 제자리에 놓인 듯한 상태로 되어 있고, 그 위에는 피로 얼룩져 있었다.
의사의 검진은 1분도 걸리지 않았다.
「완전히 숨이 끊겼소. 즉사에 가까웠을 것 같습니다. 용케도 전화를 걸었군. 경관이 올 때까지 움직이지 않는 것이 좋을 것 같소.」
지배인의 안내로 우리들은 각 방을 뒤졌지만, 역시 예상한 대로였다. 범인들은 부지런히 도망을 쳤을 테니, 어딘가 숨어 있을 리도 없었다.
그래서 우리들은 다시 식당으로 되돌아왔다. 포와로는 우리들과 함께 있지 않았다. 주위를 둘러보니 그는 방 한가운데의 테이블을 열심히 조사하고 있었다. 나는 그의 곁으로 갔다. 그것은 아주 멋진 빛깔을 띠고 있는 마호가니 둥근 테이블로서, 한가운데에는 화병에 꽂힌 장미가 놓여 있고 새하얀 레이스의 화병 받침이 번쩍번쩍하는 테이블 표면에 새초롬하게 놓여 있었다. 과일이 한 접시 나와 있었는데, 디저트는 세 접시 모두 손도 대지 않았다. 마시다 남은 커피 잔이 세 개—우유를 넣지 않은 것이 두 개며, 하나는 우유가 넣어져 있었다. 세 사람 모두 포도주를 마신 것 같고, 반쯤 들어 있는 병이 한가운데 접시 앞에 놓여져 있었다. 세 사람 중 한 사람은 궐련을 피웠고, 나머지 두 사람은 시가를 피웠다. 궐련과 시가가 들어 있던 담뱃갑은 은으로 된 쇠붙이를 붙인 상자였는데, 열린 채로 테이블 위에 놓여 있었다.

이렇게 하나하나 살펴보았지만, 유감스럽게도 나의 상황 판단에는 조금도 도움이 되지 않았다. 포와로는 무엇을 보며 그렇게 골똘해 있는지 궁금해져서 나는 그에게 물어 보았다.

포와로가 대답했다.

「헤이스팅스, 자네는 중요한 것을 빠뜨리고 있어. 나는 눈으로는 보이지 않는 것을 찾고 있는 거야.」

「무엇을요?」

「실수…… 아주 약간의 실수 말이야. 범인이 저지른 실수.」

그는 재빨리 옆의 좁은 부엌으로 가서 안을 들여다보더니, 이내 고개를 가로저었다.

「잠깐만!」

그는 지배인에게 말했다.

「미안합니다만, 이 아파트에서 식사를 제공해 주는 방식을 알고 싶습니다만.」

지배인은 벽에 붙어 있는 작은 해치식 문으로 걸어갔다.

「여기에 식사를 들어올리고 내리고 하는 장치가 있습니다. 옥상의 요리실로 연결되어 있지요. 이 전화로 주문하면 식사가 한 그릇씩 승강기로 내려집니다. 식사를 마친 식기류도 이것으로 들어 올려지지요. 보이들을 시키지 않아도 되고, 또 일일이 밖에 나가 레스토랑에서 식사를 해야 하는 번거로움도 줄일 수 있어서요.」

포와로는 고개를 끄덕였다.

「그러면 오늘 저녁에 사용한 식기류는 위의 요리실에 있겠군요. 거기에 가보아도 괜찮겠습니까?」

「예, 일이 있으시다면 물론이고말고요. 안내를 해서 그곳에 있는 사람들을 소개해 드릴 수 있도록 엘리베이터 보이인 로버트에게 일러 놓겠습니다. 그러나 도움이 될 만한 것을 찾아내실지 모르겠군요.」

거기에서는 몇백 개나 되는 식기류를 취급하고 있고, 또 모두 한꺼번에 정리해 두고 있어서요.」

그러나 포와로가 역시 가보겠다고 말했기 때문에 우리들은 모두 요리실로 가서 11호실에서 주문받은 남자를 만나 보았다.

「주문은 일품 요리 메뉴에서 고른 것이었으며 3인분이었습니다.」라고 그 남자가 설명했다.

「쥘리엔 수프(잘게 썬 당근, 파 등을 넣은 수프), 노르망디 넙치, 등심살 요리에 쌀을 넣은 수플레입니다. 시간 말입니까? 정각 8시경이었을 겁니다. 아니, 그 식기류는 이미 전부 씻어 버렸을 겁니다. 안됐군요. 지문이 문제겠죠?」

「꼭 그렇지는 않소.」

포와로는 미소를 띠고서 말했다.

「포스카티니 백작의 식욕이 문제라오. 자기 몫의 식사는 전부 끝냈는가요?」

「예. 하지만 한 접시 중 어느 정도 먹었는지를 물으신다면 확실하게 대답할 수 없습니다. 작은 접시는 조금 남아 있었고, 큰 접시의 요리도 전부 치워져 있었습니다. 쌀을 넣은 수플레만이 특이하게 꽤 많이 남아 있었지요.」

「흐음!」 하고 포와로가 말했다. 꽤나 만족한 얼굴이었다.

다시 백작의 방으로 내려가는 도중에 그가 작은 소리로 말했다.

「이번 상대는 상당히 머리가 좋은 녀석이야.」

「범인 말입니까? 아니면 포스카티니 백작 말입니까?」

「백작은 아주 꼼꼼한 신사였던 게 틀림없어. 도움을 요청하고 죽음이 임박한 것을 알린 뒤에도, 똑바로 수화기를 제자리에 돌려놓았을 정도니까 말이야.」

나는 깜짝 놀라 그를 보았다. 그의 지금 말도 그렇고, 아까 그가 요리실에서 물은 것도 그렇고, 나는 그저 무언가 어렴풋이 이해할 것 같은 기분이 들었다.

「독살이 아닌가 하고 생각하는군요?」
 나는 작은 소리로 말했다.
「머리를 내리친 것은 속임수였겠죠?」
 포와로는 미소를 지을 뿐이었다.
 백작의 방으로 돌아와 보니 그 동네 경찰의 경감이 형사를 둘 데리고 와 있었다. 경감은 우리들이 온 것을 보고 접근을 막으려 했지만, 포와로가 경시청 친구인 잽 경감의 이름을 들먹이며 설명했기 때문에, 우리들은 그대로 남아 있는 것을 겨우 승낙받았다. 어떻든 우리들에게 있어선 행운이었다. 그리고 나서 채 5분도 지나지 않아 당황한 중년 남자가 비탄과 경악으로 어쩔 줄 몰라 하는 모습으로 뛰어들어왔다.
 이 남자는 포스카티니 백작의 하인 겸 집사를 맡고 있는 그레이브스였다. 그의 이야기는 너무나 놀랄 만한 것이었다.
 전날 아침, 두 사람의 신사가 주인을 찾아왔다. 두 사람 모두 이탈리아 인으로, 연상의 남자는 40대 정도이며 아스카니오라는 이름을 가진 사람이고, 연하의 남자는 24세 정도에다 옷차림이 좋았다. 포스카티니 백작은 그들의 방문을 미리 알고 있었던 것 같았고, 곧이어 사소한 심부름으로 그레이브스를 내보냈다. 거기까지 이야기하더니, 그는 잠시 입을 다물었다. 하지만 이윽고 입을 다시 열어 이렇게 말했다. 그는 그 모임의 목적에 의심을 품었기 때문에 곧바로 심부름하러 나가지 않고, 이야기의 내용을 조금이라도 들으려고 꾸물거렸다는 것이다.
 대화는 아주 낮은 목소리로 진행되었기 때문에 생각만큼 들을 수는 없었지만 무언가 금전상의 이야기였으며, 더구나 그것이 협박이라는 것을 추측할 수 있었다. 대화하는 모습도 결코 온화한 분위기는 아니었다. 마지막에 백작이 약간 언성을 높였기 때문에, 다음과 같은 말이 확실하게 그레이브스의 귀에 들어왔다.
「이봐요, 지금 이 이상 이러쿵저러쿵 이야기할 시간이 없소. 내일 밤 8시에 식사를 하러 와서 한 번 더 이야기해 봅시다.」

더 이상 대화를 엿듣는 건 안 좋겠기에 그레이브스는 심부름을 마치기 위해 급히 외출했다. 오늘 밤 그 두 사람은 정확히 8시에 찾아왔다. 식사중 세 사람은 정치나 날씨나 극단 따위의 이야기만 주고받았다. 그레이브스가 포도주를 테이블 위에 놓고 커피를 다 나르자 주인은 그에게 오늘 밤은 쉬라고 말했다.

「손님이 오면 항상 그렇소?」 하고 경감이 물었다.

「아니오, 그런 일은 없습니다. 제 생각입니다만, 아주 중요한 일로 손님들과 나눌 이야기가 있었던 게 틀림없습니다.」

이것으로 그레이브스의 이야기는 끝났다. 그는 8시 반경 외출했다가 친구를 만나서는 함께 에지웨어 로(路)의 메트로폴리턴 뮤직 홀에 갔다고 했다.

두 손님이 돌아간 것은 확인되지 않았지만, 범행 시간은 분명히 8시 47분으로 단정되었다. 책상 위에 놓여 있었던 소형 탁상시계가 포스카티니의 팔에 의해 마루로 떨어지는 바람에 시간이 멈춰져 있었는데, 그 시간은 라이더 양이 전화를 받은 시간과도 일치되었다.

시체 부검이 끝났기 때문에 시체는 긴 의자에 눕혀지 있었다. 나는 그때 처음으로 시체의 얼굴을 보았다. 올리브 색의 얼굴, 긴 코, 짙고 검은 수염, 그리고 하얀 이가 반짝반짝 빛나고, 비뚤어진 새빨간 입술. 그다지 좋은 느낌을 주는 얼굴은 아니었다.

「좋아, 그럼.」

경감은 수첩을 닫고서 말했다.

「이 사건은 간단한 것 같군. 문제는 그 아스카니오라는 이탈리아인을 체포하는 거야. 설마 이 녀석의 주소가 피해자의 수첩에 적혀 있는 건 아니겠지?」

그런데 아까도 포와로가 말했듯이 포스카티니는 아주 꼼꼼한 남자였다. 작고 정확한 글자로 '파올로 아스카니오. 그로스브너 호텔' 이라고 정확히 적혀 있었던 것이다.

경감은 황급히 전화를 걸고서는, 싱글벙글거리면서 되돌아왔다.

「마침 시간이 딱 맞았군요. 그 녀석은 유럽 대륙으로 도망치려고 열차를 타러 막 나가는 참이었습니다. 자, 여러분, 이곳에서의 일은 대체로 끝난 것 같습니다. 대단한 사건이었습니다만, 간단히 끝날 것 같습니다. 아마도 이탈리아식 복수극일지도 모르겠군요.」

이러한 밝은 전망 속에 헤어져서 우리들은 계단 아래로 내려왔다. 호커 의사는 너무나 흥분해 있었다.

「마치 소설 제목 같군요. 너무나 가슴 두근거리는 사건입니다. 이런 것을 책으로 읽었다 해도 믿을 수 없을 것 같군요.」

포와로는 잠자코 계속 깊은 생각에 잠겨 있는 것 같았다. 그리고는 그 뒤로도 그 날 밤엔 별로 말을 하지 않았다.

「어떻게 된 겁니까, 명탐정 씨, 예?」

호커 의사는 포와로의 등을 치며 말했다.

「이번에는 당신의 회색 뇌세포를 일하게 할 필요도 없었나 보죠?」

「그렇게 생각하고 있나 보군요?」

「아니, 그렇지 않습니까?」

「글쎄요, 예를 들면 창문이 있죠.」

「창문? 하지만 그것은 닫혀 있었는데요. 아무도 그곳을 통해 드나들 수는 없습니다. 나는 창문에는 특히 신경을 쓰고 보았기 때문에 자신 있게 말씀드릴 수 있어요.」

「그러면 어째서 당신은 그곳에 신경을 쓰고 보게 되었습니까?」

의사가 당황한 듯한 표정을 지었기 때문에 포와로가 황급히 설명을 했다.

「내가 말하는 것은 커튼입니다. 커튼을 쳐놓지 않았어요. 그건 좀 이상하죠. 그리고 커피도 있었습니다. 너무나 진했어요.」

「그런데, 그것이?」

「너무나 진했습니다.」

이탈리아 귀족의 모험　211

포와로는 한 번 더 그렇게 말했다.
「동시에 쌀을 넣은 수플레엔 거의 손을 안 댔다는 것도 생각해 보십시다. 그러면 결국…… 어떻게 되리라 생각합니까?」
「정말 어처구니없군요.」 하고 의사는 웃었다.
「나를 놀리시는 겁니까?」
「절대로 놀리려는 생각은 없습니다. 내가 진심이라는 것은 이 헤이스팅스가 알고 있습니다.」
「나도 당신이 말하는 것을 잘 모르겠는데요.」
나는 솔직하게 말했다.
「설마 당신은 그 하인을 의심하고 있는 것은 아니겠죠? 그가 악당들과 짜고서 커피에 독을 넣었을지도 모른다고요. 하지만 경찰은 그의 알리바이를 조사하겠다고 했는데?」
「그건 물론이지. 내가 알고 싶은 것은 아스카니오의 알리바이야.」
「그에게 알리바이가 있다고 생각하는 겁니까?」
「그 점이 좀 성가신 문제지. 그러나 그 점도 이제 곧 알게 될 것이라고 생각하네.」

그 뒤의 일은 데일리 뉴스문거 기(紙)에 자세히 실렸다.
아스카니오는 체포되어 포스카티니 백작 살해범으로서 기소당했다. 경찰에 체포되자 그는 백작과는 일면식이 없고, 사건이 발생한 날 밤이나 그 전날 아침에도 리젠트 코트 근처에는 전연 간 적이 없노라고 주장했다. 한편, 나이 어린 남자 쪽은 도무지 행방을 알 수가 없었다. 아스카니오는 살인사건이 일어나기 이틀 전에 혼자 대륙에서 건너와 죽 그 호텔에 묵고 있었다. 또 한 남자의 소재는 전력을 기울여 수색했지만 결국 밝혀내지 못했다.
그러나 아스카니오는 재판에 회부되지 않았다. 경찰재판 수속중에 이탈리아 대사가 자진출두하여 아스카니오는 자신과 함께 사건 당일 날 밤 8시부터 9시까지 대사관에 있었다고 증언했기 때문이다. 아스카니오는 석방되었다. 당연한 일이지만, 세상 사람들은 이 범죄가 국제적인 것이기 때문에 그렇고 그렇게 무마된 것이라고 수군거렸다.
 이러한 점에 포와로는 비상한 관심을 보였다. 그러던 어느 날 아침, 그가 느닷없이 11시에 손님이 찾아올 텐데 그는 바로 다름아닌 아스카니오라고 말했다. 아무리 담력이 센 나라도 놀라지 않을 수 없었다.

「상담할 것이 있다고 하던가요?」
「천만의 말씀. 헤이스팅스, 상담하고자 하는 쪽은 바로 날세.」
「무슨 일로?」
「리젠트 코트의 살인사건이지.」
「그가 범인이라고 하는 증거를 잡으려는 건가요?」
「한 인간이 살인죄로 두 번이나 재판에 회부될 리는 없지. 상식적으로 생각해 보도록. 아, 벨이 울리는군.」

 2~3분이 지나자 아스카니오가 안내되어 왔다. 마른 체격의 작은 남자였는데, 무엇엔가 쫓기는 듯했고 내향적인 눈매를 갖고 있었다. 그는 우뚝 선 채로 수상쩍은 눈초리로 재빨리 우리들을 한 사람 한 사람 살펴보았다.

「포와로 씨는?」
 포와로는 가볍게 자신의 가슴을 두드렸다.
「앉으십시오, 아스카니오 씨. 내 편지는 읽으셨겠지요? 나는 이번 사건을 철저하게 씻어내려고 결심했습니다. 아주 조금만 협조해 주시길 부탁드리겠습니다.
 자, 이제부터 묻겠습니다. 당신은 친구분과 함께 9일 화요일 아침 포스카티니 백작을 찾아가셔서……」
 이탈리아 인은 분연히 말했다.
「그런 일은 없습니다. 재판정에서도 맹세했듯이……」
「흠. 아니, 나는 당신이 위증했다는 느낌이 좀 들어서 말이죠.」
「협박하는 겁니까? 어이가 없군요! 나는 당신에게서 그런 일을 당할 만한 게 없소. 나는 무죄로 석방되었단 말입니다.」

「그랬죠. 그리고 나 역시 공범자도 아니고 당신을 위협하려는 것도 아닙니다. 단지 공적인 일로 이러는 겁니다, 공적인 일로! 이 말은 당신의 마음에 들지 않을 겁니다. 적어도 내가 생각하기에는 말입니다. 그저 단순한 내 생각입니다만. 이러한 것이 내겐 아주 중요한 것들이죠. 자, 아스카니오 씨, 당신으로서는 솔직하게 말씀하시는 수밖에 도리가 없을 겁니다. 누구의 조종을 받고 영국에 오셨는지 따위의 질문은 하지 않겠습니다. 그 정도는 나도 알고 있으니까. 즉, 당신은 포스카티니 백작을 만나려는 특수한 목적으로 온 거지요.」
「그 녀석은 백작이 아니오.」
이탈리아 인은 신음하는 듯한 목소리로 말했다.
「아니, 그의 이름이 <고타 연감>(1763년이래 독일의 고타에서 발행되어 독일어, 불어 2개 국어로 된 연감. 유럽의 왕족 계보 등이 실려 있다.)에 실려 있지 않다는 것은 이미 알고 있습니다. 신경쓰지 마십시오. 공갈로 먹고 사는 친구들은 백작이라는 이름을 종종 사용하니까요.」
「솔직해지는 게 낫겠군. 당신은 꽤 알고 있는 것 같소.」
「나는 이 회색 뇌세포를 약간 움직였을 뿐입니다. 그런데 아스카니오 씨, 당신은 그 피해자를 찾아갔었습니다. 그렇죠?」
「그렇소. 그러나 다음 날 밤엔 절대로 가지 않았습니다. 그럴 필요가 없었기 때문이죠. 죄다 얘기하겠소. 이탈리아의 어느 신분 높은 분에 관련된 서류가 그 악당의 손에 들어간 겁니다. 그 녀석은 그 서류와의 교환조건으로 막대한 돈을 요구했습니다. 나는 그 문제를 처리하기 위해 영국으로 건너온 거지요. 그리고 그 날 아침 약속대로 그를 찾아갔습니다. 대사관의 젊은 서기관 한 명과 동행했죠. 그 엉터리 백작은 내가 예상한 것 이상으로 합리적인 사람이더군요. 하지만 그렇다 해도 내가 낸 금액은 막대한 것이었습니다.」
「실례지만 지불 방법은?」
「소액권 이탈리아 지폐로 지불했습니다. 바로 그 자리에서 주었지요. 그리고 그는 협박의 무기였던 서류를 건네주었지요. 그렇게 해서 그 뒤로는 다시 그를 만나지 않았습니다.」
「어째서 체포되었을 때 그 사실을 말하지 않았습니까?」
「나의 미묘한 입장에서 보아, 그 남자와는 전연 관계가 없는 것으로 해두지 않으면 안 되었기 때문입니다.」
「그러면 그 날 밤의 일은 어떻게 된 걸까요?」
「누군가가 내 흉내를 낸 것으로밖에는 생각할 수 없습니다. 경찰에선 그 방에는 현금은 전연 남아 있지 않았다고 하더군요.」
포와로는 상대방의 얼굴을 바라보며 머리를 흔들었다.
「정말 이상한데…….」
그는 중얼거렸다.
「작은 회색 뇌세포는 누구에게나 있는데, 그 사용 방법을 알고 있는 사람은 거의 없단 말이야. 아니, 이거 실례했습니다, 아스카니오 씨. 당신의 이야기는 사실이라고 생각합니다. 대개 내 상상대로였습니다. 하지만 일단 확인할 필요가 있어서 말이죠.」
정중하게 손님을 보내고 난 뒤, 포와로는 되돌아와서 싱글벙글 웃으면서 나에게 말했다.
「이 사건에 대한 헤이스팅스 대위의 의견을 들어 볼 수 있을까?」
「글쎄요. 나는 아스카니오의 이야기는 사실이라고 생각합니다. 누군가가 그 사람으로 변장한 걸 겁니다.」
「그런 식으로밖엔 생각 못 하나? 하나님께서 큰 맘 먹고 내려주신 머리가 울어요, 울어. 그 날 밤 아파트를 나온 뒤에 내가 한 말을 생각해 보게. 창문의 커튼이 쳐 있지 않았다고 말했었지? 지금은 유월이야. 8시에도 밖은 훤하지. 8시 반경이 되어야만 밖이 어두워진단 말이야. 어때? 뭔가 감이 잡히는가? 아무리 자네라도 언젠간 알게 되리라고 생각하지만, 내 이야기를 계속하지. 커피는 전에도 말했듯이 너무나 진했어. 그런데 포스카티니 백작의 이는 새하얗단 말이야. 커피는 이를 물들게 하는 거지. 그 점으로 보아, 포스카티니 백작은 커피는 전연 마시지 않았다고 생각하네. 그러나 컵에는 세 잔 모두 커피가 남아 있었어. 포스카티니 백작이 마시지 않은 것을 어째서 마신 것처럼 보이게 하려 했을까?」

나는 어찌할 바를 몰라 고개를 옆으로 흔들었다.

「그럼, 지혜의 힘을 빌려 볼까? 아스카니오와 그 친구가 또는, 그 두 사람으로 변장한 다른 두 남자가 그 날 밤 그 방에 찾아왔다고 하는 증거는 어디에 있지? 그들이 들어오는 것을 본 사람도 없을뿐더러, 나가는 것을 본 사람도 없어. 단지 한 사람과 많은 무생물의 증언이 있을 뿐이 아닌가?」

「무생물이라니?」

「나이프나 포크, 작은 접시, 그리고 요리를 다 비운 큰 접시. 아니, 그러나 훌륭한 생각이었어! 그레이브스라는 녀석은 도둑은 아니지만 아주 두뇌가 명석한 친구야! 그 날 아침, 주인의 대화 중 일부를 훔쳐 들은 것만으로도 아스카니오가 자신의 결백을 입증하려 해도 그럴 수 없는 입장에 놓인다는 것을 잘도 간파했기 때문이지. 다음 날 밤 8시경 그는 주인에게, '전화가 걸려 왔습니다.'라고 말하지. 포스카티니가 전화 앞에 앉아 수화기에 손을 댔을 때 등 뒤에서 대리석 상으로 내리치는 거야. 그리고 곧 구내 전화로 요리실에 식사를 3인분 시키지! 식사가 왔어. 그것을 식탁에 늘어놓고 접시나 나이프, 포크 등을 사용하는 거야. 그러나 음식물도 대충 처리하지 않으면 안 되겠지. 그 녀석은 머리가 좋을 뿐만 아니라, 위장도 튼튼하고 아주 큰 녀석이야. 하지만 아무리 그래도 등심살 요리를 3인분 대충 먹어 치운 뒤라면 제아무리 위가 크더라도 쌀을 넣은 수플레에는 항복할 수밖에 없겠지. 감쪽같이 속이기 위해 퀄렌을 한 대, 시가를 두 대 피워 놓았지. 그건 너무나도 철저했어! 그리고 시계바늘을 8시 47분으로 맞추고 나서 마구 두들겨서 시간을 멈추게 했지. 그 녀석이 하지 못한 일이라면 커튼을 치는 것을 잊은 일뿐이야. 정말로 만찬이 있었다면, 밖이 어두워지기 시작하게 되면 곧바로 커튼을 쳤겠지. 그리고 나서 그는 방을 뛰쳐 나와 손님이 온다는 것을 엘리베이터 보이에게 이야기해 두는 거야. 그리고는 공중 전화로 달려가서 8시 47분경 주인의 숨 넘어가는 목소리를 흉내내어 의사에게 전화를 거는 걸세. 그의 계획은 너무나도 기막히게 성공해서, 그 시간에 11호실에서 전화가 걸려 왔는지 아닌지조차 조사하는 사람이 없었단 말야.」
「에르큘 포와로를 제외하고 말이죠?」
나는 빈정거리듯이 말했다.
「아니, 에르큘 포와로조차도 그랬네.」
그는 빙긋이 웃으면서 말했다
「그 점은 지금부터 조사해 보려고 생각하는데, 그 전에 우선 자네에게 내 추리를 이야기해 두지 않으면 안 되겠어. 그러나 아마 맞을 걸세. 그리고 잽에게도 벌써 말해 두었네. 그 존경할 만한 그레이브스를 체포할 수 있을 거야. 돈은 어느 정도 써버렸을까?」
포와로의 추리는 정확했다. 화가 치밀어 오르지만, 언제나 그의 추리는 정확한 것이었다.

잃어버린 유언장 사건

The Case of the Missing Will

바이올렛 마쉬 양이 제공한 문제는 우리들의 틀에 박힌 매일매일의 생활에 오히려 쾌적한 기분전환을 갖다 주었다. 포와로는 이 여인으로부터 만나고 싶다고 하는 간단하고도 사무적인 편지를 받았기 때문에, 다음 날 11시에 기다리겠다는 답장을 해주었다.

그녀는 제시간에 왔다. 키가 큰 미인으로, 복장은 수수했지만 깨끗했으며, 매우 사무적인 태도였다. 어디를 보아도 혼자 힘으로 모든 일을 해나갈 것 같은 여자였다. 나는 소위 '신식 여자'의 예찬론자는 아니기 때문에, 그녀가 미인이라고는 생각했지만 전혀 호감을 가질 수 없었다.

그녀는 의자에 걸터앉자마자 말을 했다.

「포와로 씨, 저의 부탁은 좀 특이하기 때문에, 처음부터 전부 말씀드리는 편이 좋겠어요.」

「그럼, 어서 말씀해 보시지요.」

「저는 고아입니다. 아버지는 데븐셔 군(잉글랜드 남서부의 군)의 작은 자작농의 아들로 2형제였습니다. 농장은 초라했고, 형인 앤드루는 호주로 이주했는데, 그곳에서 다행히도 토지 매매가 잘 되는 바람에 큰 부자가 되었습니다. 동생인 로저 즉, 저의 아버지는 농부가 되는 게 싫어서 공부를 좀 하여 작은 가게의 지배인이 되었습니다. 그리고 자신보다는 좀 나은 가문의 딸과 결혼했는데, 저의 어머니는 가난한 화가의 딸이었습니다. 아버지는 제가 여섯 살 때 돌아가셨고, 이어서 열네 살 때 어머니도 돌아가셨습니다. 제가 의지할 사람이라고는 앤드루 큰아버지뿐이었는데, 큰아버지가 얼마 전에 호주에서 돌아오셨지요. 고향에 '크랩트리 매너(사과나무 장원)'라는 저택을 사서 말입니다. 그분은 매우 친절하셔서 동생의 자식인 저를 떠맡아, 마치 친자식처럼 귀여워해 주셨습니다.

'크랩트리 매너'라고 하면 듣기가 좋지만, 실은 오래된 농가(農家)입니다. 아마 농가의 핏줄을 숨길 수 없는 모양인지 큰아버지는 여러 가지 최신 농업상의 실험에 깊은 흥미를 가지고 있었습니다. 그리고 저에 대해서도 친절하게 해주었지만 여자의 교육에 대해서는 몹시 전근대적인 생각을 갖고 있었습니다. 그분은 거의 교육을 받지 못했지만, 뛰어난 재능을 갖고 있었기 때문에 소위 '책을 통한 지식'에는 별 가치를 두지 않았습니다. 그리고 특히 여자가 교육을 받는 것을 반대했습니다. 그분은 저에게 가사일이나 젖소의 젖짜는 일을 하면서 가정에 도움이 되는 일이나 하고, 책을 통한 공부는 가능한 한 하지 말라고 했습니다. 저도 그런 선에서 키우려고 하시기에 저는 몹시 실망했고, 또 난처해졌지요. 그래서 저는 반항했습니다. 저는 제가 머리는 좋으나 가정 일에는 별로 재주가 없다는 것을 알고 있었습니다. 큰아버지와 전 그 일로 자주 심한 말다툼을 했습니다. 우리는 서로에 대해 깊은 애정을 갖고 있었지만 둘 다 고집이 몹시 셌지요. 그런데 저는 운좋게도 장학금을 받을 수 있게 되었기 때문에 어느 정도는 그런 방자함이 통했습니다. 그러다가 마침내 제가 거튼에 가기로 결정했을 때 우리 두 사람 사이의 갈등은 보다 격렬해지고 말았습니다. 저는 어머니가 남겨 준 돈이 다소 있었으므로, 하나님이 내려주신 재능을 훌륭하게 살리려고 마음을 굳히고 있었죠. 그리고 큰아버지와 마지막으로 몇 시간 의논을 했습니다. 그분은 자신이 생각하고 있는 것을 솔직하게 말씀해 주시더군요. 달리 의지할 곳도 없으므로 저를 재산 상속자로 할 생각이라고 하셨습니다. 앞에서 이야기했듯이, 그분은 상당한 부자였습니다. 그러나 제가 계속 고집을 부린다면 아무 것도 물려주지 않겠다고 하셨습니다. 전 끝까지 예의바르게 행동했지만, 결심은 바꾸지 않았습니다.

큰아버지에 대한 애정은 일생 동안 변하지 않겠지만, 역시 제가 생각하고 있는 대로 살아갈 수밖에 없다고 말씀드렸지요. 그런 식으로 해서 우리는 헤어졌습니다. '너는 머리를 꽤나 믿는구나. 나는 책상 위의 학문은 전혀 배운 바 없지만, 언제 어디서고 너의 학문과 겨루어 보겠다. 어느 것이 진실인지 알게 될 것이다.' 큰아버지는 마지막으로 이렇게 말씀하셨습니다.

그것이 9년 전의 일입니다. 그리고 나서도 가끔 큰아버지 집에 갔었습니다. 큰아버지의 생각은 여전히 변함없었지만, 우리 두 사람 사이는 원만했죠. 그분은 제가 대학에 들어가는 것이나, 학사가 되는 것에도 전혀 간섭하지 않았습니다. 그러다가 3년 전부터 큰아버지는 건강이 나빠졌는데, 마침내 지난달에 돌아가셨습니다.

지금부터 찾아온 용건을 말씀드리겠습니다. 큰아버지는 매우 특이한 유언장을 남기고 돌아가셨습니다. 그 유언에 의하면, '크랩트리 매너'와 가재 도구는 자신의 사후 1년 동안은 제 소유로 해도 좋다고 되어 있더군요. '그 사이에 똑똑한 내 조카딸은 자신의 머리가 우수한 것을 증명할 것이다.' 이렇게 쓰여 있었습니다. 그 기간이 지나면, '내 머리가 조카딸의 머리보다 좋았다는 것이 증명될 것'이기 때문에 '크랩트리 매너'와 큰아버지의 막대한 재산은 여러 자선단체에 기부될 거라고 되어 있는 겁니다.」

「마쉬 씨의 핏줄이 당신뿐인데, 그것은 좀 심하군요.」

「별로 그렇게는 생각지 않습니다. 앤드루 큰아버지는 나쁜 마음으로 그런 것이 아니죠. 제가 하고 싶은 대로 했기 때문입니다. 제가 그분의 희망대로 하지 않았으므로 큰아버지가 재산을 자신이 좋아하는 사람에게 주는 것도 자신의 자유이지요.」

「유언장은 변호사가 정식으로 작성한 겁니까?」

「아뇨. 인쇄된 유언장 용지에 쓴 것인데, 그 저택에 살면서 큰아버지의 시중을 들어 주던 부부가 증인으로 서명했습니다.」

「그런 유언장이라면 무효화할 수 있을지도 모르겠군요.」

「그런 일은 하고 싶지 않습니다.」
「그러면 당신은 그 유언장을 큰아버지의 도전으로 보고 있군요?」
「실은 그렇습니다만.」
「분명히 그런 입장도 성립될 수 있지요.」 하고 포와로는 생각하면서 말했다.
「당신의 큰아버지께서는 그 초라한 저택 어딘가에 돈이나 두 번째 유언장을 감춰 놓고는 1년이라는 기간 내에 당신이 그걸 찾는지를 시험해 보시려는 거겠죠.」
「정말 그래요, 포와로 씨. 그래서 저는 선생님이 저보다 머리가 좋을 것이라 생각해서 이런 부탁을 드리는 겁니다.」
「호! 매우 좋은 말씀을 해주시는군요. 내 회색의 뇌세포로 도와 드리죠. 당신은 전혀 찾아보지 않았습니까?」
「딱 한 번요. 어쨌든 저는 큰아버지의 머리가 좋다는 것에는 마음으로부터 탄복했습니다. 하지만 이 일이 재미있다는 따위의 생각은 전혀 할 수가 없습니다.」
「그 유언장이나 사본을 가지고 있습니까?」
마쉬 양은 테이블 위에 서류를 얹어 놓았다. 포와로는 고개를 끄덕이면서 그것을 바라보았다.
「3년 전에 쓴 거로군요. 날짜는 3월 25일이고, 시간도 쓰여 있구먼. 오전 11시라……. 이것은 상당히 함축성이 있군요. 이것으로 추리의 범위가 좁아졌습니다. 우리가 찾아야 하는 것은 분명 유언장임에 틀림없어요. 이것보다 30분 뒤에 쓴 유언장이 있다면, 이것은 무효가 되는 겁니다. 그런데 당신이 꺼낸 문제는 꽤 재미있고 복잡하군요. 그 문제를 푸는 일은 상당히 재미있을 것 같습니다. 그러나 큰아버지가 머리가 좋은 분임엔 틀림없겠지만, 그분의 회색 뇌세포도 이 에르큘 포와로의 뇌세포와 비교한다면 조금 떨어질 것 같군요!」
포와로의 그 자신만만함에 나는 어떤 두려움까지도 느낄 정도였다.
「다행히 지금은 급한 볼일도 없습니다. 오늘 밤에라도 헤이스팅스와 '크랩트리 매너'에 가겠습니다. 큰아버지의 시중을 들었다는 부부는 아직 그곳에 있겠지요?」

「예. 그들의 이름은 베이커예요.」

다음 날 아침 우리는 본격적인 보물찾기에 착수했다. 우리는 그 전날 밤 늦게 그곳에 도착했다. 베이커 부부는 마쉬 양에게서 전보를 받았으므로 우리를 기다리고 있었다. 둘 다 착한 사람들로, 남편은 햇볕에 탄 얼굴에 깊은 주름이 패었고, 혈색이 좋은 뺨을 하고 있었다. 그의 아내는 전형적인 데븐셔의 너그러움을 가지고 있는 듯했다. 기차 여행과 역에서 자동차로 8마일이나 계속 달려온 피로 때문에, 로스트 치킨과 애플 파이와 데븐셔 크림으로 된 저녁식사를 마치자마자 우린 곧 잠자리에 들었다. 이튿날 아침 우리는 쾌적한 아침식사를 끝낸 후, 죽은 마쉬 씨의 서재 겸 거실이었던 작은 방에 앉아 있었다. 서류가 가득 들어찬, 접을 수 있는 뚜껑이 달린 책상이 벽 쪽에 있었다. 커다란 의자를 보니, 이 집의 노인이 언제나 그곳에서 쉬고 있었던 모습이 보이는 듯했다. 그리고 무명 사라사 천커버를 씌운 등받이용 긴 의자가 반대쪽 벽 앞에 놓여 있었고, 깊고 낮은 창의자도 색바랜 무명 사라사 천으로 만든 커버로 씌워서 있었다.

「그런데, 자네.」

포와로는 담배에 불을 붙이면서 말했다.

「우선 계획을 잘 세워야 해, 알겠나? 집의 구조도 하나하나 조사해 보았지만, 나는 이 방에 실마리가 있을 것 같은 기분이 들어. 저 책상 안의 서류는 주의해서 조사해볼 필요가 있지. 물론 그 안에 유언장이 있다고는 생각지 않지만, 별 의미 없는 서류가 이번 사건의 실마리로 등장할 수도 있거든. 그러나 우선은 그 부부의 이야기를 한번 들어 보는 거야. 미안하지만 종을 좀 울려 주겠나?」

나는 종을 울렸다. 베이커 부부가 오기를 기다리고 있는 동안, 포와로는 만족한 듯이 주위를 둘러보면서 방 안을 왔다갔다했다.

「이 마쉬 씨는 상당히 머리가 좋은 사람이로군. 이걸 봐. 이 서류

묶음의 정리 상태를. 자! 그리고 열쇠도……. 어느 서랍이나 깨끗하게 정리가 되어 있어. 벽 쪽의 중국제 장식장 열쇠도 그렇고. 이곳도 잘 봐. 이 안의 도기류들도 상당히 깨끗하게 진열되어 있지? 이런 것을 보면 기분이 좋다네. 무엇 하나 눈에 거슬리는 것이 없고…….」

그렇게 말을 하다가 책상의 열쇠를 본 순간 포와로는 입을 다물어 버렸다. 그 열쇠에는 더러운 봉투가 붙어 있었다. 포와로는 그것을 보자 얼굴을 찡그리며, 열쇠를 열쇠 구멍에서 빼냈다. 봉투에는, '접어서 세워 놓은 뚜껑이 있는 책상의 열쇠'라고 휘갈겨 쓰여져 있었는데, 그것은 다른 열쇠의 단정한 필적과는 전혀 다른 비뚤어진 글자로 쓰여 있었다.

「전혀 상태가 다른데.」

포와로는 얼굴을 찡그리며 말했다.

「마쉬를 알다가도 모르겠어. 달리 누가 이 집에 있었지? 마쉬 양뿐인데, 그녀는…… 내가 잘못 생각한 게 아니라면 이건 머리가 좋고 꼼꼼한 그녀의 짓이겠지.」

초인종 소리를 듣고 베이커가 찾아왔다.

「부인도 함께 오시면 좋겠는데요. 좀 물어 볼 것이 있어서.」

베이커는 나가서는 2~3분 지나서 부인을 데리고 되돌아왔다. 부인은 양손을 에이프런에 닦으면서 얼굴에 미소를 가득 띠고 있었다.

포와로가 간단히 용건을 말하자, 부인은 금방 동정적인 표정이 되었다.

「저희는 아가씨가 유산을 못 찾게 되는 걸 원치 않습니다.」

베이커 부인이 말했다.

「만일의 경우라도 자선단체에 기부하신다는 건 너무 지나치세요.」

포와로는 질문을 시작했다. 과연 베이커 부부는 유언장에 서명한 것을 잘 기억하고 있었다. 베이커는 유언장에 서명하기 전에 가까운 마을에, 인쇄한 유언장 용지를 사러 갔다 왔다고 말했다.

「두 장?」

포와로가 날카롭게 물었다.

「예, 잘못 썼을 때를 위해서였습니다. 그런데 주인님은 잘못 쓰시지 않았어요. 저희들도 한 장에만 서명을 했죠.」

「몇 시쯤이었소?」

베이커는 머리를 긁적거렸고, 부인이 대신 대답했다.

「아마, 코코아를 넣은 우유를 불에 얹어놓은 것이 11시였으니까…… 당신, 기억나지 않으세요? 우리가 부엌으로 돌아와 보니 벌써 완전히 넘쳐 흘러서…….」

「그리고는?」

「한 시간 정도 지나고 나서인데, 저희는 다시 한 번 방으로 불려갔습니다. '실수를 해서 쓸모 없게 되어 버렸어. 다시 한 번 서명해 주어야겠네.' 하고 말씀하셨기에 그렇게 했습니다. 서명이 끝나자 주인님은 우리 한 사람 한 사람에게 돈을 듬뿍 주셨습니다. '유언장에 당신들 몫은 적지 않았어. 그 대신 앞으로 내가 1년씩 더 살 때마다 내가 죽고 난 뒤에 대한 준비로 이만큼씩의 금액을 주겠네.'라고 말씀하셨지요. 그리고는 정말로 그렇게 해주셨습니다.」

포와로는 생각에 잠겼다.

「두 번째의 서명이 끝나고 나서 마쉬 씨가 어떻게 했는지 기억할 수 있겠소?」

「거래하시는 가게에 물건값을 지불하러 마을로 외출하셨습니다.」

그 방향은 그다지 희망이 없는 것 같았다. 포와로는 질문의 내용을 바꿔서 책상 열쇠를 끄집어냈다.

「이것은 주인님의 필적이오?」

나의 기분 탓이었는지도 모르지만, 베이커가 대답하기까지 잠시 시간이 흐른 것 같은 기분이 들었다.

「예, 그렇습니다.」

'거짓말이다. 하지만, 어째서 거짓말을 했을까?' 하고 나는 생각했다.

「주인님은 방을 빌려 준 일이 있지요? 여기 계신 3년 동안에 이 집 사람이 아닌 사람이 묵었던 적은 없습니까?」
「없습니다.」
「찾아온 이도 없나요?」
「바이올렛 양만.」
「다른 사람은 한 명도 이 방에 들어온 적이 없다는 겁니까?」
「예.」
「당신, 그 수리공들의 일 잊으셨어요, 짐?」 하고 아내가 남편에게 말했다.
「수리공?」
포와로는 그녀 쪽을 향해서 말했다.
「어떤 수리공입니까?」
그녀의 말에 의하면, 2년 반 정도 전에 무슨 수리인가 하는 것 때문에 수리공들이 들어왔었다고 했다. 무얼 고쳤는지는 그녀도 잘 모른다. 그녀는 그런 일을 모두 주인의 변덕에 지나지 않는다고 생각하고 있는 듯했다. 수리공이 들어와 있을 때 그들은 모두 서재에서 일을 한 적이 있는데, 무슨 일을 하고 있는지 일 도중에 주인 방에는 그 부부를 절대로 들여보내지 않았으므로 그녀로서는 알 수가 없었다. 어느 정도로 몰랐는가 하면, 두 사람 모두 일을 한 상점이 플리머스에 있다고 하는 것밖엔 상점 이름도 알지 못하고 있는 것이었다.
베이커 부부가 방을 나가자 포와로는 팔짱을 끼면서 말했다.
「조금 진전했어, 헤이스팅스. 그는 두 번째의 유언장을 만든 뒤, 플리머스의 수리공을 불러서 적당히 숨길 장소를 만들게 한 게 틀림없어. 마루를 뜯어내거나 벽을 두드리면서 돌아다니며 시간을 헛되이 보내는 일은 그만두고, 어서 플리머스로 가세.」
약간 문제가 있긴 했지만, 우리는 필요한 정보를 얻을 수가 있었다. 몇 집을 뒤진 끝에 마쉬 씨의 집에 수리공을 보낸 상점을 찾아냈다.

그 상점의 수리공들은 모두 오래 있었기 때문에 마쉬 씨의 지시대로 일을 한, 두 사람도 수월하게 찾을 수 있었다. 그들은 그때의 일을 잘 기억하고 있었다. 여러 가지 작은 일을 했는데, 그 중엔 오래된 난로의 벽돌을 한 장 빼내고 그 안에 속을 비운 구멍을 만든 다음, 벽돌은 나중에 이음새를 모르도록 잘라서 끼운 일도 있었다고 한다. 한쪽 끝에서 그 벽돌을 밀면 전체가 들어올려지는 장치도 만들었다. 상당히 번거로운 일이었으며, 마쉬 노인은 그 일에 대해서는 매우 잔소리가 많았다고 코건이라는 희끗희끗한 턱수염을 기른 남자가 말했다. 그는 덩치는 크지만 야윈 남자로, 머리도 꽤 좋은 것 같았다.

우리는 새로운 힘을 얻어서 '크랩트리 매너'로 되돌아왔다. 그리고는 서재의 문을 열고서 들은 지식을 그대로 활용하는 일에 착수했다. 어느 벽돌도 구별이 가지 않았지만, 들은 대로 오래된 난로 쪽의 벽돌을 밀어 보자 깊은 구멍이 보였다.

포와로는 힘차게 손을 집어넣었다. 그러나 그의 득의만만하던 얼굴에 금방 낭패의 빛이 떠올랐다. 그가 집어낸 것은 시커멓게 된 갱지 한 조각뿐이었다. 그 이외에 구멍 안에는 아무것도 들어 있지 않았다.

「빌어먹을!」

포와로는 몹시 화가 난 듯이 소리쳤다.

「뒤통수를 얻어맞았군.」

우리는 걱정스러운 마음으로 종이조각을 살펴보았다. 틀림없이 그것은 우리가 찾고 있는 것이었다. 베이커의 서명 일부는 남아 있었지만, 유언장의 문구 같은 것은 전혀 보이지 않았다.

포와로는 털썩 주저앉았다. 우리가 그렇게 실망하고 있을 때가 아니었다면, 난 틀림없이 그의 표정을 보고 웃지 않을 수 없었을 것이다.

「도무지 모르겠어.」

그는 신음하듯이 말했다.

「누가 유언장을 없앴을까? 왜? 무슨 목적으로 없앴을까?」
「베이커는 아닐까요?」 하고 내가 말했다.
「어째서? 어느 쪽 유언장에도 그들의 몫은 쓰여 있지 않을 것이고, 이 집이 자선단체의 것이 되기보다는 이대로 마쉬 양과 함께 있는 편이 훨씬 낫지 않을까? 유언장을 찢으면 누구에게 이득이 돌아갈까? 자선단체 입장에서는 사정이…… 흠, 그러나 그런 단체에 의혹을 가질 수는 없지.」
「갑자기 그 노인이 마음이 변해서, 직접 찢었을지도 모르죠.」 하고 내가 말했다.
포와로는 일어나서 꼼꼼하게 무릎의 먼지를 털었다.
「그럴지도 모르지. 자네로서는 충분히 그렇게 생각할 수 있어, 헤이스팅스. 자, 이젠 여기에는 볼일이 없는 것 같구먼. 힘닿는 데까지는 했어. 앤드루 마쉬와 지혜 겨루기를 해서 이기기는 했지만, 유감스럽게도 이 정도의 성공뿐이야. 그의 조카딸 입장은 조금도 좋아질 전망이 없군.」
그리고 나서 곧 역으로 차를 몰아 나갔기 때문에, 우리는 급행은 아니지만 런던행 열차를 탈 수 있었다. 포와로는 실망하여 풀죽은 얼굴을 하고 있었는데, 나도 꽤 지쳐 있었으므로 구석에 앉아서 자고 있었다. 그런데 열차가 마침 런던을 향해 턴튼을 출발하려고 했을 때 갑자기 포와로가 무지무지하게 큰 소리를 질렀다.
「서둘러. 헤이스팅스! 일어나, 뛰어내려! 뛰어내려야 해!」
나는 어디가 어디인지 몰랐지만, 어쨌든 우리는 모자와 트렁크도 못 꺼낸 채 플랫폼에 내려섰다. 열차는 어둠 속으로 사라져 가버렸다. 나는 몹시 화를 냈지만 포와로는 태연했다.
「나는 바보였어! 그것도 보통 사람보다 세 배는 더! 작은 회색 뇌세포의 자랑 따위는 이제 두 번 다시 하지 않겠어!」 하고 포와로는 외쳤다.
「그것 참 잘 됐군요.」

나는 아주 못마땅하게 말했다.

「그런데 도대체 어떻게 된 일이죠?」

깊이 생각에 잠겨 있는 동안 포와로는 나에게 눈길도 주지 않았다.

「상점의 계산서야. 나는 그것을 조금도 계산에 넣지 않았어! 그래, 어디에 있지? 어디지? 맞아, 틀림없어. 어서 돌아가야겠네.」

말은 쉽고, 가는 것은 어려웠다. 엑세터(데븐셔 군의 수도)행의 보통 열차를 간신히 탈 수 있었고, 그곳에서 자동차를 세냈다. '크랩트리 매너'에 도착한 것은 한밤중이 지나서였다. 간신히 베이커 부부를 깨웠을 때의 그들의 놀라움은 생략하겠다. 포와로는 그들을 쳐다보지도 않고 재빨리 서재로 갔다.

「나는 세 배 정도의 바보이기는커녕 36명 몫 정도나 되는 바보였어. 하지만, 괜찮아. 보라고!」

그는 자랑스러운 듯이 말했다. 그리고는 성큼성큼 책상 있는 곳으로 가서는 열쇠를 잡아빼고 봉투를 뜯었다. 나는 멍하니 서서 보고만 있었다. 저렇게 자그마한 봉투에 유언을 기록한 커다란 종이가 들어가 있다고 생각할 수 있을까? 조심스레 봉투를 뜯고 나서 그것을 평평하게 펼쳤다. 그리고는 불을 켜서 봉투의 아무것도 쓰여져 있지 않은 안쪽에 불을 쬐었다. 2~3분이 지나자 희미한 글자가 보이기 시작했다.

「봐, 자네!」

포와로는 승리를 뽐내면서 외쳤다.

나는 보았다. 거기에는 전재산을 조카딸인 바이올렛 마쉬에게 물려준다고 간단하게 쓴, 겨우 두세 줄의 문장이 있을 뿐이었다. 거기에는 3월 25일 오후 12시 30분이라는 날짜가 들어 있었고, 과자가게 앨버트 파이크 부부의 서명이 되어 있었다.

「그러나 이것이 법률적으로 유효할까?」 하고 내가 숨을 쉬면서 말했다.

「내가 알고 있는 한, 유언장을 불에 쬐었을 때 나타나는 잉크로 써서는 안 된다고 하는 법률은 없어. 더구나 유언장의 내용도 명확하고, 유산을 받을 사람이 단 한 명인 가족이잖아. 아무튼 앤드루 씨는 매우 현명했어! 이것을 찾는 사람이 밟아 올라갈 순서까지 이미 계산했으니까. 나같이 어리석은 사람이 걸려들도록 유언장 용지를 두 장 사용해서 하인들에게 두 번이나 서명시켜 놓고서 말이야. 그 사람은 지저분한 봉투의 안쪽에 또 하나의 유언장을 쓴 후 불에 쬐어야만 글씨가 나타나는 잉크가 들은 만년필을 갖고 외출해서 과자가게의 주인 부부에게 그럴 듯한 변명을 늘어놓고서는, 자신의 서명 아래에 과자가게 부부가 서명을 하도록 시킨 거야. 그리고는 그것을 책상의 열쇠에 붙여 놓고서 득의만면한 미소를 지은 거지. 만일 조카딸이 자기 계략을 알아차리면, 그녀는 자신이 선택한 길과 원하는 교육을 받을 정당성을 증명해 보이는 것이므로, 그의 재산을 마음대로 처분해도 좋게 되는 것이지.」

「그녀는 찾지 못했잖습니까?」

나는 천천히 말했다.

「그래서 좀 불공평한 기분이 드는군요. 사실은 그 노인의 승리이니까요.」

「아니, 그렇진 않아, 헤이스팅스! 눈치가 빠르지 못한 것은 자네 쪽일세. 마쉬 양은 이 문제를 나에게 맡김으로써 재치가 있다는 것을 증명했어. 또한 여자의 몸으로 고등교육을 받은 보람이 있었다는 것도 증명한 셈이 아닌가? 역시 모든 일에는 다 전문가가 있다네. 그녀는 이 재산을 받을 자격이 있다는 것을 훌륭하게 증명한 거야.」

나는 기가 막혔다. 정말로 어이가 없었다. 지하의 앤드루 마쉬 노인은 과연 어떤 기분일까!

베일에 싸인 여인

The Veiled Lady

 포와로가 얼마 전부터 점점 더 기분이 나빠서 안절부절못해했다. 요즘은 재미있는 사건이 하나도 없어서 포와로의 그 예리한 두뇌와 훌륭한 추리력을 발휘할 기회가 없기 때문이다.
 그 날 아침도 그는 안타까운 듯이, '에잇!' 하고 신문을 내던졌다. 이 '에잇!' 하는 소리는 재미가 없을 때에 그가 자주 내는 소리였다.
 「놈들은 나를 무서워하고 있어, 헤이스팅스. 영국 안의 모든 악당들이 나를 무서워하고 있지! 고양이가 오면 쥐들은 치즈가 있어도 접근하지 않는다네!」
 「대개의 악당은 당신의 존재를 모를 텐데요.」 하고 나는 웃으면서 말했다.
 포와로는 초조한 듯이 나를 보았다. 언제나 그는 전세계 사람들이 에르퀼 포와로를 생각하거나 이야기하고 있다고 생각하고 있었다. 틀림없이 런던에서는 가장 유명하지만, 그의 존재가 범죄자의 세계에서 공포의 대상이 되고 있다는 것은 도무지 믿을 수 없는 일이었다.
 「요즘 본드 가(街)(런던의 고급 상가)에서 일어난 백주의 보석강도는 어떻게 된 거죠?」
 내가 물었다.
 「그 정도야 간단한 일이지.」
 포와로는 재미있다는 듯이 말했다.
 「하지만, 그런 일은 내 적성엔 맞질 않아. 뛰어나지도 않고, 그저 대담하기만 하지. 연필 크기의 막대기를 가진 남자가 보석가게의 넓은 유리창을 부수고 많은 보석을 훔친 거야. 우연히 지나가던 훌륭한 신사들이 순식간에 그를 붙잡았고, 경찰이 오고, 범인은 보석을 쥔 손이 피투성이가 된 채 포박당하지. 경찰서로 끌려가지만, 그곳에서 그 보석이 모두 '가짜'라는 것이 판명되고. 진짜 물건은 공범자에게 건네주었겠지. 조금 전에 등장한 훌륭한 신사들 중 한 사람에게. 그 녀석은 교도소에 갇힐 거야. 틀림없지. 그러나 나중에 그곳을 나오면 많은 재산이 기다리고 있는 걸세. 그래, 나쁘지는 않지. 그러나 나라면 그것보다는 멋지게 할 수 있었을 텐데. 헤이스팅스, 나는 말일세, 가끔 내가 이런 착실한 성품이라는 것이 싫어질 때가 있어. 법률에 위반되는 일을 하는 것도 때로는 기분전환으로 재미있을 것 같은데 말이야.」

「정신차리세요, 포와로. 당신은 법률에 위반되는 일을 밝혀내는 데엔 천하무적이잖아요.」

「그러나 그래도 무슨 재미가 있어야 되지 않겠나?」

나는 신문을 들었다.

「여기에 네덜란드에서 의문의 죽음을 당한 영국인 이야기가 나와 있군요.」 하고 내가 말했다.

「신문이야 언제나 그렇지. 그리고 나중에서야 통조림 생선에 중독된 어처구니없는 자연사였다는 것을 알게 되기도 하지.」

「좋아요, 당신이 불만이라면야.」

「이봐, 이봐!」

어슬렁거리며 창 쪽으로 가고 있던 포와로가 말했다.

「소설 속에 나오는 듯한 깊은 베일을 쓴 여자가 이 길로 오고 있어. 계단을 올라왔어. 벨을 누르고 있구먼. 아아, 우리에게 곧 재미있는 일이 일어날 것 같네. 저렇게 젊고 아름다운 여자는 큰 사건이 없는 한, 얼굴에 베일을 쓰지는 않지.」

기다릴 것도 없이 손님이 곧 안내되어 왔다. 포와로가 말했듯이, 그 여인은 정말로 짙은 베일을 쓰고 있었다. 시커먼 스페인풍의 레이스 편물 베일을 들어올린 뒤에야 처음으로 나는 그녀의 얼굴을 볼 수 있었다. 역시 포와로의 직감대로 굉장한 미인이었고, 금발과 커다란 푸른 눈을 가지고 있었다. 수수하지만 고상하고 품위 있는 몸짓을 보고 나는 한눈에 그녀가 상류계층의 여자라고 생각했다.

「포와로 씨.」

그녀는 부드럽고 감미로운 목소리로 말했다.

「저는 정말로 난처한 입장에 빠져 있답니다. 과연 도움을 받을 수 있을지 자신은 없지만, 선생님의 훌륭한 솜씨를 여러 가지로 들은 터라 저는 글자 그대로 지푸라기라도 잡을 생각으로, 선생님께 불가능한 일을 부탁드리려고 이렇게 찾아왔습니다.」

「불가능한 일이라고요! 그거야말로 재미있는 것이죠.」 하고 포와로가 말했다.

「어서 이야기를 계속해 보십시오, 아가씨.」

아름다운 손님은 잠시 주저했다.

「그렇지만 솔직하게 이야기하셔야 합니다. 어떠한 일이라도 내가 모르는 것이 있으면 곤란하니까요.」

「그럼, 안심하고 이야기하겠습니다.」

여자는 불쑥 그렇게 말했다.

「레이디 '밀리슨트 캐슬 본'이라는 이름을 들어 보신 적이 있겠지요?」

나는 대단한 흥미를 느끼고 새삼스럽게 그녀를 바라보았다. 레이디 밀리슨트와 젊은 사우스셔 공작의 약혼이 약 4~5일 전에 발표되었던 것이다. 그녀는 에이레의 가난한 귀족의 다섯째 딸이었고, 사우스셔 공작이라면 사윗감으로서는 영국에서도 최고로 꼽히는 인물 중 한 사람이었다.

「제가 그 밀리슨트입니다.」

여자는 계속 말했다.

「저의 약혼 기사는 읽으셨겠지요? 저는 이 세상에서 가장 행복한 여자였습니다. 그런데 포와로 선생님, 저는 지금 매우 난처한 입장에

처하고 말았습니다! 그 무서운 남자…… 래빙턴…… 그 사람이…… 뭐라고 말씀드려야 좋을지 모르겠군요. 저는 편지를 한 통 쓴 적이 있습니다. 제가 열여섯 살이었을 때 쓴……. 그런데 그가…… 그……….」

「당신이 래빙턴 씨에게 보낸 편지로군요?」

「아녜요……. 그 사람에게는 보낸 적이 없어요! 어느 젊은 군인에게 보낸 거예요. 저는 그 사람을 매우 좋아했는데…… 그는 전사하고 말았어요.」

「저런.」 하고 포와로는 부드럽게 말했다.

「어리석고도 경솔한 편지였습니다. 하지만 정말로, 포와로 선생님, 그 이상은 아니었어요. 다만 그 속의 문구가…… 받아들이기 나름이지만, 다른 의미로 받아들일 수도 있어서 말이죠…….」

「알았습니다. 그 편지가 래빙턴의 손에 들어갔다는 말이군요?」

「예, 그리고서 저에게 막대한 돈을—저 같은 사람에게는 도저히 상상도 가지 않는 금액의 돈을 주지 않으면 그 편지를 사우스셔 공작에게 보내겠다고 협박했답니다.」

「나쁜 녀석 같으니라고!」

나는 생각 없이 그만 이렇게 소리치고 말았다.

「아니, 이것 정말 실례했습니다, 레이디 밀리슨트.」

「그런 사실은 남편되실 분에게 모두 얘기하시는 편이 현명하지 않을까요?」

「천만에요, 포와로 씨. 그분은 좀 이상한 성격이라서요. 질투도 많고 의심도 많으며, 무엇이나 나쁘게만 받아들이는 버릇이 있어요. 고백해야만 할 정도라면 지금 곧 약혼을 취소하는 편이 더 나을 거예요.」

「아이고, 맙소사.」

포와로는 과장해서 얼굴을 찡그리며 말했다.

「그러면 내가 어떻게 하기를 원하십니까?」

「래빙턴 씨에게 선생님을 만나라고 하면 어떨까 하고 생각합니다. 이 문제를 모두 선생님에게 맡기고 싶습니다. 그렇게 하면 선생님이 그가 요구하는 금액을 깎을 수가 있을지도 모른다고 생각해요.」

「어느 정도의 금액을 말하는 겁니까?」

「2만 파운드…… 말도 안 되는 금액이에요. 저에게는 1천 파운드라도 엄청난 액수인데…….」

「곧 결혼하신다는 이유로 돈을 빌릴 수는 있을지도 모르겠지만…… 그렇다 해도 그 금액의 절반도 만들기 어렵겠군요. 게다가…… 돈을 준다는 것도 어리석어요! 이 에르큘 포와로의 솜씨로 그 녀석을 해치우겠습니다! 그 래빙턴이라는 남자를 보내 주십시오. 한데 그가 편지를 갖고 올 것 같습니까?」

여자는 고개를 옆으로 흔들었다.

「갖고 오지 않을 거예요. 매우 조심성 있는 남자니까.」

「그가 그 편지를 갖고 있는 것은 틀림없겠지요?」

「네, 제가 그의 집에 갔을 때 보여 주더군요.」

「그의 집에 가셨습니까? 그거 매우 경솔했군요, 아가씨.」

「그런가요? 저는 그야말로 필사적이었기 때문에, 애원하면 돌려줄지도 모른다고 생각했어요.」

「이봐요! 이 세상에서 래빙턴 같은 놈들은 아무리 애원해도 소용없어요! 애원하면 오히려 더 그 편지가 중요한 증거라고 생각하면서 기뻐할 거요. 어디에 살고 있습니까? 그 훌륭한 신사 양반은?」

「윔블던의 부나 비스타예요. 저는 어두워진 뒤에 그곳에 갔습니다.」

포와로는 신음소리를 냈다.

「나중에 경찰에 신고하겠다고까지 했는데도, 그는 오싹한 비웃음만 짓더군요. '레이디 밀리슨트, 그렇게 하고 싶으면 해보시지요.'라고 말하면서요.」

「그렇겠죠. 그것은 경찰이 할 일이 아닌 것 같군요.」 하고 포와로는 한탄하듯이 말했다.
 「'아니, 당신은 그보다는 현명할 텐데.' 하고 그는 계속해서 말하더군요. '자, 이것이 당신의 편지요. 이 중국제 작은 마술 상자에 들어 있지.' 이렇게 말하며 그는 이것 보라는 듯이 편지를 꺼냈습니다. 저는 빼앗으려고 했지만 그는 잽싸게 음흉한 미소를 띠고서 편지를 접어서는 그 작은 나무 상자에 집어넣어 버렸습니다. '이렇게 해두면 아주 안심이지. 더구나 이 상자는 좀처럼 알아낼 수 없는 곳에 감춰 두니까 찾아낼 수도 없지.'라고 말하더군요. 제가 작은 벽 금고 쪽을 보자 그는 머리를 흔들며 웃었습니다. '그런 곳보다도 더 안전한 곳이지.' 정말 어찌나 증오스럽던지! 포와로 선생님, 도와 주시겠습니까?」
 「이 파파 포와로를 믿어 주십시오. 멋지게 해결해 드릴 겁니다.」
 포와로는 아름다운 의뢰인을 일부러 계단 아래까지 배웅해 주었다. 나는 꽤나 어려운 사건이라고 생각했다. 그가 돌아오자 나는 그렇게 말했다. 그는 기운 없이 고개를 끄덕였다.
 「그래. 전망이 전혀 보이질 않아. 그 녀석이 유리하니까. 그 래빙턴이라는 놈이……. 지금 당장은 그 녀석을 멋지게 넘어뜨릴 수 있는 방법이 떠오르질 않는군.」

 래빙턴은 그 날 오후에 서둘러 포와로를 찾아왔다. 레이디 밀리슨트가 증오스러운 남자라고 말했는데, 정말로 그런 것 같았다. 나는 그를 계단에서 밀어버리고 싶어서 구두 끝이 근질근질했다. 그는 어찌나 오만불손한지 포와로가 어설프게 이야기를 꺼내자 어리석다는 듯이 웃어 넘겼다. 철두철미하게 승리는 자신의 것이라고 하는 태도였다. 나는 포와로의 형세가 꽤나 좋지 않은 것 같은 기분이 들었지만 도리가 없었다. 그는 의기소침한 얼굴을 하고 있었다.
 「그러면, 여러분.」
 래빙턴은 모자를 집어들면서 말했다.

「이젠 더 이상 이야기해도 방법이 없을 것 같군요. 일단 문제를 정리해 볼까요? 레이디 밀리슨트는 대단한 미인이므로 조금 깎아 드리기로 하겠습니다. 1만 8천 파운드로 해드리죠. 나는 오늘 파리에 갑니다. 그쪽에 잠시 볼일이 있어서 말이죠. 화요일에는 돌아오는데, 그날 저녁까지 돈이 도착하지 않으면 편지를 사우스셔 공작에게 보내겠습니다. 레이디 밀리슨트의 능력으로 그 금액이 무리라고 해도 소용없습니다. 그 정도 미인이니까 그녀의 남자 친구 중에서 누군가가 기쁘게 돈을 빌려 줄 테지요. 그녀가 하겠다고 마음만 먹는다면 말입니다.」

나는 몹시 흥분해서 한 걸음 내디뎠지만, 래빙턴은 할 말만 하고 재빨리 방을 나가 버렸다.

「빌어먹을!」 하고 내가 외쳤다.

「무슨 일인가가 생길 것 같습니다. 당신도 이 일에는 끼여들지 마세요, 포와로.」

「자네는 정의감에 불타고 있긴 하지만…… 회색 뇌세포는 형편없어. 나는 래빙턴에게 내가 배짱이 좋다는 것을 보여주려는 생각은 없어. 그 녀석이 나를 겁쟁이라고 생각하면 할수록 이쪽이 유리해지니까.」

「어째서요?」

그러자 포와로는 감개무량한 모습으로 말했다.

「레이디 밀리슨트가 오기 바로 전에 나는 법률을 어기지 않는 일만 하는 것처럼 말했는데, 생각해 보면 참 이상해!」

「그 녀석이 없는 동안 녀석의 집 안에 몰래 들어가 볼까요?」

「이봐, 헤이스팅스, 자네도 때로는 머리 회전이 빠를 때가 있군.」

「편지를 갖고 갔다면 어떻게 하죠?」

포와로는 고개를 옆으로 흔들었다.

「그런 일은 없을 거야. 자신의 집 안에 쉽게 찾을 수 없는 장소를 만들어 둔 게 틀림없어.」

「언제…… 집에 들어가 보죠?」
「내일 밤이야. 11시 무렵에 출발하기로 하세.」

예정 시간에 나는 외출 준비를 했다. 검은 양복에 검은 모자. 포와로는 나를 보고서 재미있다는 듯이 싱글벙글 웃었다.
「꽤 멋있어 보이는데. 자, 윔블던까지 지하철로 가자고.」
「뭐 갖고 갈 것은 없습니까? 안에 들어갈 도구 같은 거라도?」
「이봐, 헤이스팅스, 에르큘 포와로는 그런 거추장스러운 방법은 쓰지 않아.」
나는 물러나서 묵살해 버렸지만, 호기심이 자꾸만 머리를 쳐들었다.
부나 비스타 교외에 있는 어느 저택의 작은 정원에 들어선 것은 한밤중이었다. 집은 캄캄했고 정적에 싸여 있었다. 포와로는 조심조심 뒤쪽 창가로 다가가서 내게 안으로 들어가라고 했다.
「어떻게 이 창문이 열리는 줄 알고 있었죠?」
나는 몹시 이상해서 작은 소리로 물었다.
「오늘 아침 이 창문의 자물쇠에 톱질을 해놓았거든.」
「어떻게?」
「그런 거야 간단하지. 여기 와서 내 가짜 명함과 잽 경감의 정식 명함을 내놓으며 래빙턴이 자기가 없는 동안에 설치해 놓고 싶다고 주문한 도둑 방지용 빗장을 설치하는데, 경찰서의 추천으로 방문했다고 말해 주었지. 가정부가 기쁘게 맞아들이더군. 최근에 그 집은 두 번씩이나 도둑이 들어온 모양이야. 그곳을 노린 도둑들도 우리와 같은 생각을 한 게 틀림없어. 그러나 중요한 것은 아무런 성과도 없이 끝났다는 거야. 나는 창문을 자세히 조사하고 잠시 손질을 한 뒤에, 하인들에게 창문에는 전류가 통하고 있으니까 내일까지 건드려서는 안 된다고 하고는 정중하게 인사를 하고서 돌아왔지.」
「정말 당신은 현명하군요, 포와로.」

「아니. 그런 정도야 식은 죽 먹기지 뭐. 자, 시작하세! 하인들은 맨 꼭대기에서 자고 있으니까 잠을 깰 염려는 전혀 없을 거야.」

「어딘가의 벽에 금고가 붙어 있다고 생각하진 않습니까?」

「금고? 어리석은 생각이야! 금고 같은 게 있겠나? 래빙턴은 머리가 좋은 녀석이야. 좋고말고. 이봐, 그놈은 금고보다 훨씬 더 멋진 숨길 장소를 연구해 놓았을 거야. 금고 같은 건 누구나 가장 먼저 찾는 것이니까.」

그래서 우리는 한쪽 끝에서부터 차근차근 조사하기 시작했다. 그러나 네다섯 시간이나 걸려서 찾아도 좀처럼 알 수가 없었다. 포와로의 얼굴에 짜증을 내는 듯한 빛이 떠올랐다.

「에잇, 빌어먹을 놈. 포와로가 진 건가? 빌어먹을! 마음이 진정되지 않는군. 잘 좀 생각해 보세. 음, 마지막으로 이 작은 회색 뇌세포를 작동시키는 거야.」

그는 잠시 동안 눈썹을 찡그리고 가만히 있었다. 이윽고 내가 잘 알고 있는 그 녹색의 번뜩임이 그의 눈에 떠올랐다.

「나는 바보였어! 부엌이다!」

「부엌이라고요!」

나는 생각지도 않게 소리를 질렀다.

「아니, 그런 곳에는 없을 겁니다. 언제나 하인들이 있으니까요!」

「그렇겠지. 100명 중 99명은 그렇게 말할 거야. 그러니까 바로 부엌이 적당해. 여러 가지 세간도구로 가득 차 있으니까. 가세, 부엌으로!」

나는 반신반의하며 그의 뒤를 따라가서 그가 빵 넣는 큰 상자로 기어들어가거나, 냄비를 두들기거나, 가스 오븐에 머리를 처박는 것을 지켜보았다. 나중엔 쳐다보는 것에 싫증이 나서 어슬렁어슬렁 서재로 되돌아왔다. 나는 숨길 장소는 서재밖엔 없다고 확신하고 있었다. 나는 그곳을 아까보다 더 주의 깊게 살폈다. 그러나 시간은 벌써 4시 15분을 지나고 있었다. 곧 날이 샐 것이었기 때문에 나는 또다시 부엌으로 되돌아갔다.

 포와로는 말쑥한 양복이 못 쓰게 되는 것에도 신경쓰지 않고 석탄 넣는 곳에 들어가 앉아 있었다. 나는 그 모습을 보고 뒤로 자빠질 뻔했다. 그는 떨떠름한 얼굴이었다.
 「이보게, 이런 차림은 내가 생각하기에도 끔찍해. 그건 그렇고, 자네는 어떻게 생각하나?」
 「래빙턴이 석탄더미에 그 상자를 묻을 리는 없잖습니까?」
 「좀더 눈을 돌려보면 내가 조사하고 있는 것이 석탄이 아니라는 것을 알 수 있을 걸세.」
 그 말을 듣고 다시 살펴보니, 정말 석탄 더미 뒤쪽의 선반에 장작이 쌓여 있었다. 포와로는 그 장작을 하나하나 열심히 내리고 있었다. 갑자기 그는 되었다는 듯이 낮은 소리를 질렀다.
 「헤이스팅스, 칼 좀 이리 주게나.」
 나는 칼을 건네주었다. 그는 칼을 장작에 찌르는 것 같았는데, 갑자기 그 장작이 두 개로 갈라졌다. 그 장작은 톱으로 절반을 잘 켜서 한가운데에 구멍이 뚫려 있었다. 그 구멍에서 포와로는 중국제의 나무 상자를 꺼냈다.
 「해냈군요!」
 나는 나도 모르게 외쳤다.
 「조용히 해, 헤이스팅스! 너무 큰소리를 내면 안 돼. 날이 밝기 전에 밖으로 나가세.」
 상자를 주머니에 집어넣고서 그는 날렵하게 석탄더미에서 뛰어나와 옷에 묻은 먼지를 가능한 한 깨끗하게 털었다. 그리고는 들어온 창문으로 나가서는 런던을 향해 급히 발걸음을 옮겼다.
 「정말로 너무나도 엉뚱한 곳에 숨겨 놓았어요!」 하고 내가 말했다. 「누군가가 장작으로 쓸지도 모르는데 말입니다.」
 「7월이야, 헤이스팅스. 더구나 장작더미의 가장 아래에 숨겨놓았네.

상자를 숨기기에 그보다 더 어울리는 곳은 찾기 어려워. 아, 택시가 오는군! 자, 이제부터는 집에 돌아가서 얼굴을 씻은 뒤 푹 쉬어야겠어.」

 전날 밤 상당히 신경을 썼기 때문에 긴장이 풀려 나는 깊이 잠이 들었다. 잠에서 깨어 곧장 거실에 들어가 보니, 놀랍게도 포와로는 넓은 의자에 기대어 바로 그 중국제 상자의 뚜껑을 연 채로 옆에 놓고, 안에서 꺼낸 편지를 느긋하게 읽고 있었다.
 그는 나를 보고서는 싱글벙글하면서 손에 든 편지를 가볍게 두드려 보였다.
「레이디 밀리슨트가 말한 대로야. 이 편지를 읽으면 사우스셔 공작은 절대로 용서하지 않을 걸세! 여기에 쓰여 있는 진한 사랑의 말은 나도 읽어 본 적이 없을 정도거든.」
「아니, 포와로!」
 나는 정나미가 떨어져서 말했다.
「그런 편지는 읽을 생각도 하지 마십시오. 그런 편지를 읽는다는 건 떳떳치 못해요.」
「하하, 바로 그런 일을 이 에르큘 포와로가 하고 있다네.」
 그는 태연하게 대답했다.
「그리고 또 하나 있어요. 어제 잽의 정식 명함을 사용했다고 말했는데, 그것도 정정당당한 게임의 규칙을 지켰다고는 생각되지 않는데요.」
「그러나 나는 게임을 하고 있지는 않았다네, 헤이스팅스. 범죄사건을 조사해 달라는 부탁을 받았으니까.」
 나는 어깨를 움츠렸다.
「계단에 발소리가 나는군. 틀림없이 레이디 밀리슨트일거야.」하고 포와로가 말했다.

아름다운 의뢰인은 걱정스러운 얼굴을 하고 들어왔지만, 그 표정은 포와로가 들고 있는 편지와 상자를 본 순간 기쁨으로 변했다.

「어머나, 포와로 선생님. 너무 멋져요! 어떻게 찾아내셨어요?」

「까놓고 얘기할 수는 없지요. 그래도 래빙턴은 하소연하지는 않을 겁니다. 이게 그 편지 맞죠?」

그녀는 흘끗 그것을 쳐다보았다.

「맞습니다. 뭐라고 감사의 말씀을 드려야 할지! 선생님은 멋있는…… 정말로 멋있는 분입니다! 어디에 숨겨 놓았던가요?」

포와로는 그녀에게 말해 주었다.

「선생님의 머리엔 정말 감탄을 했어요!」

그렇게 말하며 그녀는 테이블에서 작은 상자를 들어올렸다.

「이것은 기념으로 제가 보관하겠어요.」

「그건 내가 보관하고 싶은데요, 신부 아가씨. 나 역시 기념으로.」

「이것보다 훌륭한 기념품을 보내 드리겠어요. 제 결혼식 날에. 저는 절대로 은혜는 잊지 않으니까요.」

「난 수표보다는 당신을 도왔다는 보람이 더 큽니다. 그러니까 이 상자를 내게 주시죠.」

「아, 안 돼요. 선생님, 이것은 제가 가져가겠어요.」

그녀는 웃으면서 말하며 상자 쪽으로 손을 내밀었다. 그러나 포와로가 빨랐다. 그가 상자를 높이 들어올렸다.

「나는 그렇게 생각지 않습니다.」

그의 목소리는 변해 있었다.

「뭐라고요?」

그녀의 목소리도 아까보다 높아졌다.

「편지 외에 이 안에 들어 있는 것을 꺼내어 보겠습니다. 보십시오, 구멍은 위아래 두 곳에 나 있어요. 위의 구멍엔 협박용 편지가 들어 있었지요. 아래의 절반에는…….」

그는 상자에 손가락을 넣고 무언가를 꺼내서 손에 쥐고는 손을 폈다. 그 손바닥 위에는 반짝반짝 빛나는 커다란 보석이 네 개, 우윳빛을 띤 커다란 진주가 두 개 놓여 있었다.
「얼마 전에 본드 가에서 도둑맞은 보석이라고 생각됩니다.」
포와로가 말했다.
「잽에게 물어 보면 알겠지.」
이 말이 떨어지자마자 잽이 포와로의 침실에서 나왔다. 나는 깜짝 놀랐다.
「틀림없이 아가씨도 잘 알겠죠?」
포와로는 레이디 밀리슨트에게 은근한 목소리로 말했다.
「빌어먹을! 감쪽같이 속았잖아!」
레이디 밀리슨트가 갑자기 돌변한 태도로 말했다.
「이 교활하고 더러운 늙은이 같으니라고!」
그녀는 친근함과 두려움이 섞인 눈으로 포와로를 바라보았다.
「자, 자, 아가씨. 이번 승부는 결정된 겁니다.」
잽이 말했다.
「이렇게 빨리 만나 보리라고는 생각지도 못했소! 당신의 파트너도 잡았지. 전번에 래빙턴이라는 이름으로 이곳에 나타난 녀석 말이오. 래빙턴을…… 아니, 크로커도 되고 리시드도 되는……. 진짜 래빙턴을 네덜란드에서 찔러 죽인 것은 당신들이지? 당신들은 그 녀석이 이 물건을 갖고 있을 거라 생각했는데 그렇지가 않았어. 그 녀석은 당신들을 감쪽같이 속이고서 자기 집에 숨긴 거지. 당신은 두 남자에게 그 물건을 찾게 했소. 그리고 나서, 여기에서 나에게도 부탁을 한 거고. 게다가, 운 좋게도 내가 물건을 찾아냈지.」
「말이 많으시군요?」
가짜 레이디 밀리슨트가 말했다.
「이제 그만하시죠. 점잖게 처분에 따를 테니까. 자 그럼, 여러분, 안녕!」
나는 여전히 어안이벙벙해서 아무 말도 하지 못했다. 포와로가 기분 좋은 목소리로 말했다.

「구두가 가짜였어. 영국인을 잘 관찰해서 알고 있네만, 특히 숙녀들의 경우엔 어떠한 경우라도 구두에는 상당히 신경을 쓰더군. 복장은 초라해도 구두만은 좋은 것을 신는단 말이지. 그런데 저 레이디 밀리슨트는 상당히 비싼 옷차림을 하고는 있지만, 싸구려 구두를 신고 있더구먼. 그것 참. 자네나 나나 진짜 레이디 밀리슨트는 만난 적이 없잖나. 진짜 레이디 밀리슨트는 런던에 있었던 적이 거의 없네. 그 여자는 외형만큼은 진짜로 통할 정도로 비슷했지만, 방금도 말했듯이 우선 구두가 나에게 의혹을 불러일으켰고 다음으론 그녀가 한 이야기와 베일이 어쩐지 멜로드라마 같았지. 상자 위쪽에 가짜 협박 편지를 넣은 것을 동료들이 모두 알고 있는 게 틀림없어. 그러나 그 상자가 어디에 숨겨져 있는가는 진짜 래빙턴만이 알고 있었겠지. 이것이 이 사건의 전모일세, 헤이스팅스. 어제처럼 악당들이 내 이름을 과연 알고 있겠는가 하는 식의 얘기를 해서, 내 기분을 나쁘게 하지 말아 주었으면 좋겠네. 놈들은 자신들이 감당할 수 없게 되면 나를 이용할 정도니까 말이야!」

잃어버린 광산

The Lost Mine

나는 한숨을 쉬면서 은행통장을 내려놓았다.

「이상해요. 내 당좌대월(當座貸越; 은행이 일정 기간과 일정 금액을 한도로 하여, 당좌 예금 거래처에서 예금 잔고 이상으로 발행한 수표나 어음에 대해서도 지급에 응하는 일, 또는 그 초과분.)은 조금도 줄어들 것 같지 않거든요.」

「그래서 그렇게 놀라고 있는 겐가? 만일 나에게 당좌대월 같은 게 있다면, 밤중 내내 편안히 잠자지 못할 거야.」하고 포와로가 말했다.

「당신은 수입과 지출을 잘 맞출 테죠!」하고 나는 말했다.

「444파운드 4실링 4펜스야.」하고 포와로는 기분이 좋아서 말했다. 「질서정연한 숫자 아닌가?」

「당신이 거래하는 은행의 지배인은 빈틈없는 사람인 모양이죠? 그 사람은 당신이 쓸데없을 정도로 조화와 균형을 추구한다는 사실을 잘 알고 있는 것 같으니까 말입니다. 포큐파인 석유회사의 주식에 300파운드 정도 투자하면 어떨까요? 신문에 나와 있는 사업내역에 의하면 내년엔 100%의 배당을 받을 수 있을 거라고 하던데요.」

「나하고는 상관없어.」

포와로는 고개를 흔들면서 말했다.

「센세이셔널한 것은 싫어하니까. 나는 안전 제일의 투자가 좋아. 프랑스의 장기공채라든가, 콘솔 공채(1751년 각종 공채를 3푼 이자의 연금 형식으로 통합 정리한 영국의 정리 공채)라든가 그리고 뭐랄까…… 음, 갚은 뒤에 다시 빌리는 식이지.」

「한 번도 투기적인 투자를 한 적이 없나요?」
「없어.」
포와로는 내뱉듯이 대답했다.
「내가 갖고 있는 것은, 소위 우량주가 아니라 미얀마 광업주식회사의 1만 4천 주뿐이야.」
포와로는 나의 재촉을 기다리는 듯이 입을 다물었다.
「그래서요?」 하고 나는 재촉했다.
「그 주식을 사는 데는 한 푼도 돈을 들이지 않았어. 아니, 그것은 나의 작은 회색 뇌세포를 움직이게 한 보수였다네. 그 경위를 말해 볼까, 응?」
「그래요! 이야기해 보세요.」
「그 광산은 미얀마의 랭군에서 200마일 정도 들어간 지점에 있었어. 15세기에 중국인이 발견해서 회교도의 반란 당시까지 사업이 이어져 왔다가 1868년에 폐광이 된 거야. 중국인은 그 광맥의 상층부에서 납을 포함한 풍부한 은광을 발견하여, 은만 정련하고 납을 많이 함유한 대량의 슬래그(찌꺼기)는 버렸지. 미얀마에서 새로운 채굴 사업이 시작되었지. 이곳에 은이 많이 묻혀 있다는 사실은 알고 있었지만, 옛날의 광구는 무너진 토사에다 물이 잔뜩 괴어 있어서 광맥을 찾아내려는 시도가 모두 수포로 돌아가고 말았다네. 광업조합에서도 조사대를 몇 번이나 파견해서 광범위하게 발굴해 보았지만, 그 보물은 도저히 손에 넣을 수 없었어. 그러던 중 어느 광업조합의 대표가 그 광산의 위치를 나타낸 지도를 가졌다고 생각되는 중국인 일가를 찾아냈지. 그 일가의 가장(家長)이 우링이라는 남자야.」
「마치 무서운 소설에라도 나오는 듯한 이야기인데요!」
「그래? 좋아. 절세의 금발미인…… 잘못 말했군. 자네가 좋아하는 적갈색 머리의 미인이 나오지 않으면 소설이 되지 못한다고. 기억해 두게.」
「아, 알았습니다. 그 다음 이야기나 해주시죠.」

나는 당황해서 말했다.

「그런데 그 우링과 연락이 닿게 된 거네. 그는 대단한 장사꾼이었는데, 그가 살고 있는 지방에서는 꽤 잘 알려져 있었어. 그는 문제의 그 지도를 갖고 있음을 즉시 밝히고는, 기꺼이 거래 협상에 응하겠다고 했네. 그리고 거래 상대가 회사의 중역이 아니면 안 하겠다고 한 거네. 결국 그는 영국에 건너와서 어느 큰 회사의 중역들과 만나기로 되었지. 우링은 아순타 호로 영국으로 향했고, 그 배는 11월의 추위로 안개가 짙게 깔린 아침, 예정대로 사우댐프턴에 입항했어. 피어슨이라는 중역이 마중하러 사우댐프턴까지 갔는데, 짙은 안개 때문에 열차가 상당히 늦어졌지. 그가 도착했을 때에는 우링은 이미 임시열차로 런던으로 간 뒤였다네. 그 중국인이 어디서 묵을지를 몰랐기 때문에 피어슨은 자신의 어리석음을 탓하며 런던으로 되돌아왔지. 그런데 그 날 늦게 회사의 사무실에 전화가 걸려왔다네. 우링은 러셀 스퀘어 호텔에 머무르고 있다는 거야. 그는 뱃멀미 때문에 기분이 좀 안 좋긴 하지만, 다음 날 중역회의에는 꼭 참석하겠다고 말했지.

중역회의는 11시에 열렸는데, 우링은 오후가 되어도 나타나지 않았지. 호텔에서는 11시 반에 친구와 함께 나갔다고 하는 거야. 우링은 회의에 나올 생각으로 호텔을 출발한 것 같은데 말야. 물론 런던이 복잡하기 때문에 길을 헤맨다고도 생각할 수 있었어. 그런데 그 날 밤 늦게까지도 우링은 호텔로 돌아오지 않았지. 이렇게 되자 걱정이 안 될 수가 없었지. 피어슨 씨는 경찰에 신고를 했고, 다음 날이 되어도 실종된 남자의 실마리는 없었어. 그러다가 그 다음다음 날 저녁 무렵에 템스 강에서 어떤 시체가 발견되었는데, 그것은 운 나쁘게도 우링이었어. 하지만 그 시체에서나 호텔에 놓아둔 짐 속에서도 광산 관계의 지도는 발견되지 않았지.

사건이 이렇게 막다른 곳에 이르렀을 때 내가 개입하게 된 거야. 피어슨 씨가 날 찾아왔더군. 그는 우링의 죽음으로 심한 충격을 받고 있었지만, 그가 가장 걱정하고 있는 것은 그 중국인이 영국으로 가지고 온 문제의 지도를 손에 넣을 수 있겠는가 하는 것이었지. 경찰이 가장 몸달아 하는 것은 물론 범인의 체포였고. 경찰에게는 서류를 되찾는 것은 2차 문제였으니까. 피어슨 씨는 나에게 경찰과 협력하면서, 회사의 입장도 살펴가며 움직여 달라고 부탁했지.

나는 쾌히 승낙했네. 내가 할 수 있는 조사는 두 가지 방법이었어. 하나는 그 중국인이 영국에 온다는 사실을 알고 있는 회사 직원 중에서 용의자를 찾는 일이었고, 또 하나는 배의 승객 중에서 그에 관한 일을 알고 있는 사람을 찾는 것이었지. 조사 범위가 좁아지게 되자 나는 우선 두 번째 부분부터 손을 댔지. 그러는 도중에 밀러 경감을 만났다네. 그가 그 사건을 담당하고 있었어. 그는 잽하고는 아주 달라서, 이야기가 전혀 통하지 않았지. 우링은 항해 중에 다른 사람과는 전혀 이야기를 하지 않았다고 하더군. 배의 승객 중에서 우링이 만난 사람은 두 명밖에 없었다나. 한 사람은 다이어라는 유럽인 건달이었는데, 평판이 그다지 좋지 않은 남자였지. 다른 한 사람은 찰스 레스터라는 젊은 은행원인데, 홍콩에서 돌아오는 길이었지. 운좋게 이 두 사람의 사진을 입수할 수 있었다네. 그때는 이 두 사람 중에서 우선 다이어라는 사람에게서 무언가 냄새가 난다는 느낌이 들었지. 그는 중국인 범죄조직과 관계가 있었고, 사실 그 당시로서는 가장 혐의가 짙은 사람이었거든.

다음에는 러셀 스퀘어 호텔로 가보았지. 우링의 사진을 보여 주자, 호텔 직원들이 금방 그 사람을 확인해 주더군. 그래서 다음으로 다이어의 사진을 보여 주었지만 실망하고 말았지. 짐 나르는 포터는 사건이 나던 날 아침에 호텔에 온 사람은 그 남자가 아니라고 분명하게 잘라 말하더구먼. 혹시 참고가 될까 해서 레스터의 사진을 꺼내어 보여주자, 포터가 한눈에 바로 그 남자라고 말했지. 정말 깜짝 놀랐어. 그 포터는, '이 사람입니다, 선생님. 10시 반에 찾아와서 우링 씨를 만나서는 나중에 함께 나간 사람 말입니다.'라고 대답하는 거야.

그래서 수사는 더욱 빠르게 진척될 수 있었지. 찰스 레스터와 만나는 일은 그가 선뜻 응해 주었기에 문제가 없었지. 그는 우링의 변사 소식을 듣자 크게 낙심한 듯하더니, 도움이 되는 일이라면 뭐든지 하겠다고 말하더군. 그의 말에 의하면, 우링과 약속을 해놓았기 때문에 10시 반에 호텔을 찾아갔더니만, 우링은 보이지 않고 대신 하인이 나와서 주인은 부득이한 볼일로 외출했는데, 어떤 젊은 분이 찾아오면 자신이 있는 곳으로 데리고 오라고 일러두었다고 하더라는 거야. 그는 조금도 망설이지 않고 알았다고 했어. 그러자 하인은 택시를 불렀지. 택시는 강변의 선창 쪽으로 잠시 달려갔다는군. 그런데 어쩐지 불안해져서 레스터는 택시를 멈추라고 했어. 그리고 하인이 말리는 것도 뿌리친 채 레스터는 그냥 차에서 내렸기 때문에 아무것도 모른다는 거야.

일단 알았다고 하고는 우리는 그에게 인사를 하고 밖으로 나왔지. 그러나 그의 말에 거짓이 섞여 있음을 곧 알 수 있었지. 우선, 우링은 배 안에서나 호텔에서도 하인은 전혀 데리고 있지 않았거든. 둘째로 그 날 아침 레스터와 하인을 태운 택시 운전사가 신고를 해온 거야. 레스터는 도중에서 차에서 내리기는커녕 중국인과 함께 차이나타운의 중앙에 있는 라임하우스(런던 시내 동쪽 이스트 엔드의 한 지역. 하층민이나 중국인이 많고, 차이나타운이라고도 불리고 있다.) 주위에 있는 어떤 불쾌한 집으로 차를 갔다 댔다고 하는 거야. 이 문제의 집은 가장 저속하고 천박한 아편굴이라는 소문이 돌고 있었다더군. 그 두 사람은 그곳에 들어갔는데 한 시간 정도 지나서 영국인이 한 사람 나왔지. 그 영국인이 좀 전의 손님이었다는 사실을 운전사가 사진을 보고 증언했네. 그 남자는 매우 푸른 눈으로 기분이 나쁜 얼굴을 하고는 운전사에게 가장 가까운 지하철 역으로 가자고 했다는 거야.

찰스 레스터의 뒷조사를 해보니, 평판은 굉장히 좋지만 많은 빚이 있었고, 또 몰래 노름을 하고 있는 것을 알 수 있었어. 다이어도 물론 그냥 내버려둘 수는 없었지. 그가 레스터로 행세한 것은 아닐까 하는 생각도 들었지만, 우선 가능성도 매우 희박하며, 또 그렇게 생각할 만한 근거도 없다는 것을 알게 되었지. 당일날 그의 알리바이가 의심할 여지도 없이 완벽했기 때문이었어. 한편, 그 아편굴 주인은 동양인 특유의 무신경함으로 모든 걸 부인했지! 우링이나 레스터와는 만난 적이 한 번도 없으며, 그 날 아침 두 사람 모두 그곳에 오지 않았다고 하는 거야! 경찰이 실수한 거지! 그곳에선 실제로 아편을 복용한 일이 전혀 없었거든.

그러나 그의 부인(否認)이 아무리 유리해도 찰스 레스터를 도울 수는 없었지. 레스터는 우링 살해 용의자로 체포되었으니까. 그러나 그의 집과 소지품을 모두 조사했지만, 광산 관계의 서류는 전혀 나오지 않았어. 아편굴의 주인도 끌려왔지. 그리고는 샅샅이 집 안을 조사했지만 역시 아무것도 나오지 않은 거야. 경찰은 온갖 노력을 기울였지만, 힘만 빼고 막대기 모양의 아편 하나 발견하지 못했지.

한편, 피어슨 씨는 전혀 안정을 찾지 못하고 몹시 투덜거리면서 자신의 방 안을 왔다갔다하더군.

'그래도 뭔가 떠오르는 생각이 있지 않습니까, 포와로 씨! 확실히 뭔가 짚이는 데는 있는 거죠, 그렇죠?'라고 계속 재촉했네.

'그래요, 틀림없이 있습니다. 바로 그게 문제입니다. 너무 많아요. 게다가 그것들이 모두 다른 쪽을 가리키고 있어요.'

나는 조심스럽게 그렇게 대답했지.

'가령?' 하고 그가 물었네.

'가령…… 택시 운전사 말입니다. 첫째, 그는 손님 두 사람을 그 집까지 태워다 주었다고 말했지요. 둘째, 그 두 사람은 정말로 그 집에 들어갔을까요? 그곳에서 내렸다고 해도 집 안을 지나서 다른 출구로 나가 다른 곳으로 갔다면?' 하고 말했지.

피어슨 씨는 그 말을 듣고 깜짝 놀란 것 같더군.

'그러나 당신은 그냥 앉아서 생각만 하고 있지 않습니까? 좀 움직일 수는 없습니까?'

그 남자는 꽤나 조급해하는 듯이 보였지.

'피어슨 씨, 추잡하고 지저분한 라임하우스 같이 심한 냄새가 나는 거리를 돌아다니는 일은 에르큘 포와로에게는 어울리지 않습니다. 자, 좀 진정하시죠 형사들이 곧 움직일 테니.' 하고 나는 위엄 있게 말해 주었지.

그런데 그 다음 날, 사건에 대한 중요한 정보가 들어왔다네. 역시 그 두 사람은 정말로 라임하우스를 거쳐 나간 거였어. 진짜 목적지는 템스 강 가까이에 있는 작은 식당이었지. 그들이 들어가는 것을 본 사람이 있는데, 레스터는 그곳에서 혼자 나왔다고 해.

그런데, 헤이스팅스, 생각해 보게. 피어슨 그 친구가 터무니없는 일을 생각해낸 거야! 둘이서 그 식당에 가서 조사를 하면 어떻겠느냐고 말이야. 나는 말다툼도 했고, 가지 말라고 부탁도 했지만 듣지 않더군. 자신은 변장을 하겠다고까지 하는 거야. 더구나 나에게까지⋯⋯ 아니, 말로 하기에도 끔찍하게끔⋯⋯ 나에게 이 수염을 잘라내 버리라는 거야. 세상에 그런 바보 같은 소리가 어디 있나! 아주 말도 안 되는 엉뚱한 얘기며 당치도 않다고 공박을 해줬지. 어떻게 훌륭한 것을 멋대로 부수라고 할 수 있지? 게다가 수염을 기른 벨기에 신사가 수염이 없는 사람들과 마찬가지로 아편굴이나 기웃거리며 그곳 생활을 엿본다는 게 있을 법이나 한 말인가?

결국 그도 웬만큼은 양보했지만, 계획을 그만두겠다고는 하지 않더군. 그리고 그 날 저녁이 되었는데⋯⋯ 거 참, 그 꼴불견스러운 모습이라니. 그는 소위 말하는 선원 재킷을 입고, 턱에는 더러운 수염이 삐죽삐죽 나 있는 모습을 했더군. 게다가 목에는 냄새가 나서 코를 쳐들 수가 없을 정도로 더러운 스카프를 맸더라고. 더 웃기는 건, 본인은 그래도 기분 좋아하더란 말이야. 완전히 그 영국인은 미쳐 있었어! 내 모습도 바꾸어야 한다고 하기에 하고 싶은 대로 하라고 내버려 두었지. 미친 상대와 싸움을 할 수는 없잖나? 마침내 우리는 집을 나왔지. 나는 가장 행렬에 참가하는 듯한 옷차림을 한 어린애를 혼자 보낼 수 없어서 함께 나왔던 거야.」

「그래, 혼자 보낼 수야 없었겠죠.」

「얘길 계속하지. 어쨌든 우린 그곳에 도착했어. 그러자 피어슨이 너무나도 이상한 영어를 쓰는 거야. 진짜 선원이라기라도 한 듯이 말이야. 신출내기 선원이라든지, 선실이라든지에 대해서 주위 사람과 이야기를 하더라고. 그곳은 천장이 낮고 좁은 방인데, 중국인들이 많이 있었어. 우리는 특별요리를 먹었지. 속이 어찌나 부글거리고 이상했던지…….」

포와로는 잠시 말을 멈추고는 자기 배를 쿡쿡 찔렀다.

「그러고 있는데 어떤 노인이 그곳으로 찾아오더군. 얼굴에 몹시 끔찍한 웃음을 띤 중국인이었지.

'나리들, 이런 음식보다 좀더 좋은 것이 있으니 그것을 가져올갑쇼? 파이프, 괜찮습니까?' 하고 그 노인이 말하더군.

피어슨은 테이블 아래로 나를 세게 걷어찼지. 그는 선원용의 긴 장화까지 단정하게 신고 있었어. 그리고는 '좋아, 존, 일어서.' 하는 거야.

그러자 그 중국인은 히죽 웃으며 우리를 지하실로 데리고 갔지. 뚜껑을 열고 몇 계단인가 내려가니까 웬 방이 나오더라고. 그곳에는 쿠션이 달린, 누워서 잘 수 있는 편안한 의자가 죽 놓여 있었어. 우리가 눕자, 중국인 보이가 장화를 벗겨 주었지. 그때가 그 날 밤 중에서 제일 편안한 때였어. 그동안에 보이가 파이프를 가지고 와서 아편을 채워 주기에 우리는 아편을 피우는 체하고는 잠든 것처럼 하고 있었지. 그러나 우리끼리만 있게 되자 피어슨은 가만히 나를 부르더니, 마루를 살금살금 기어가기 시작한 거야. 다른 사람들이 잠자고 있는 방을 차례로 지나가는데, 어떤 두 남자가 이야기하는 소리가 들려 오더라고. 그래서 커튼 사이에 숨어서 귀를 기울였지. 두 사람은 우리의 관심사에 관해 이야기를 하고 있었어.

'지도는 어떻게 된 거야?' 하고 한 사람이 말하자, '레스터 씨가 갖고 있어요.'라고 다른 사람이 대답했는데, 억양을 들어 보니 중국인이

야. '안전한 곳에 숨겨 놓겠다고 했는데…… 경찰에서도 못 찾았죠.'

'흐음, 하지만 체포되었잖아.'

'석방됩니다. 증거가 있어야 잡아둘 거 아닙니까?'

계속 이런저런 이야기를 나누더니, 그들이 우리 있는 쪽으로 걸어오는 듯해서 우리는 서둘러 침대로 되돌아갔지.

'빨리 여길 빠져 나가야겠어요.' 하고 2~3분 지나자 피어슨이 말하더군.

'아주 공기가 탁해서.'

'그래요, 이제 연극은 충분히 했으니까.'

나도 찬성하면서 그렇게 말했지.

아편 값을 후하게 치르고 우린 무사히 빠져 나왔어. 라임하우스를 벗어나자 피어슨은 심호흡을 하더군.

'아아, 밖에 나오니 시원하군. 어쨌든 해답은 확실하게 나온 것 같군요.'

'정말입니다.' 나는 맞장구를 쳤지. '오늘 저녁엔 변장까지 했으니 쉽게 우리의 목적을 달성할 수 있었죠.'

정말로 아무런 힘도 들지 않았지.」

포와로는 갑자기 말을 맺었다. 너무 갑작스럽게 말을 맺기에 나는 어안이벙벙해져서 그의 얼굴을 바라보았다.

「그런데…… 지도는 어디에 있었죠?」 하고 내가 물었다.

「주머니 안에…… 아주 간단하지.」

「아니, 누구 주머니 안에요?」

「그야 당연히 피어슨의 주머니 안이지.」

새총에 맞은 비둘기처럼 멍청해진 내 얼굴을 바라보며 포와로는 부드럽게 설명했다.

「아직도 잘 모르겠나? 실은 피어슨이나 레스터 모두 빚 때문에 괴로워하고 있었지. 게다가 둘 다 노름에까지 빠져 있었던 거야. 그래서 피어슨은 우리의 서류를 훔치려는 생각을 한 거지. 그는 사우댐프턴에서 우링과 만나 함께 런던으로 올라왔지. 그리고 그는 그 길로 라임하우스로 데리고 갔어. 그 날은 안개가 많이 끼어 있어서, 우링이야 자기가 어디로 가는지 알 턱이 있었겠나? 내 추측이지만, 피어슨은 아편을 피우러 자주 그 가게에 갔었고, 그곳에서 친구를 몇 명 사귀었을 거야. 처음부터 우링을 죽일 생각이야 없었겠지. 그저 그 가게의 중국인 중 한 사람을 우링으로 꾸며서 지도를 팔아 돈을 챙길 생각이었겠지. 자, 거기까지는 계획대로 되었어. 그런데 그 중국인 친구가 그에게는 한마디 상의도 없이 중국식으로 우링을 죽이고서, 날이 새기 전에 시체를 강에 버리고 끝낸 거야. 이렇게 되니 피어슨이 얼마나 당황했겠나! 짐작이 가고도 남지. 누군가가 열차 안에서 자기와 우링이 함께 있는 것을 보았을지도 모르고 말이야. 살인은 납치와는 질적으로 틀린 범죄니까.

그는 궁여지책으로 러셀 스퀘어 호텔에 방을 잡고서 동료 중국인을 우링으로 꾸며 놓았지. 시체가 그렇게 빨리 발견되리라고는 생각지도 않았던 거야! 틀림없이 우링은 레스터와 호텔을 정한 뒤에 만나기로 약속을 했다고 피어슨에게 말을 했겠지. 피어슨은 그 사실에 주목하여 자신에게 혐의가 씌워지지 않도록 처리하려 했던 거고. 그러니까 마지막으로 우링과 함께 있었던 인물은 레스터가 되는 셈이지. 그의 계획대로라면 말이야. 호텔의 중국인은 우링의 심부름꾼으로 가장해서 레스터와 만나 가능한 한 빨리 라임하우스로 레스터를 데리고 오도록 지시를 받았지. 라임하우스에서 레스터는 아마 무엇인가 약을 적당히 섞은 음식을 먹었을 거야. 한 시간쯤 지나면 약효가 발효해 그때까지의 기억이 희미해지는 그런 약을 탄 음식 말이야. 사정이 사정이니만큼 레스터는 우링이 죽었다는 소식을 듣자 갑자기 무서워져서, 자신이 라임하우스에 간 사실을 부정했던 것이고.

물론 모든 일은 피어슨의 뜻대로 된 셈이지. 하지만 피어슨은 그것으로는 부족하다고 생각을 한 거야. 나라는 존재가 몹시 마음에 걸린 게지. 그래서 그 사건을 완전히 레스터에게 밀어 붙이려고 결심한 거야. 멋지게 변장까지 하고 말야. 나? 감쪽같이 속은 체했지. 조금 전에 그는 어린애가 가장무도회에 참석하는 듯한 모습이었다고 했지? 나 역시 내 역할을 충실하게 한번 해준 거라네. 똑같은 배우로. 그는 우울한 듯한 표정을 지으면서 집으로 돌아갔어. 그리고는 다음 날 아침, 밀러 경감의 방문을 받게 되었고, 지도는 피어슨의 몸에서 발견되었지. 이것으로 승부는 끝이야. 에르큘 포와로를 상대로 연극을 한 것을 몹시 후회해도 이미 늦은 셈이지! 하지만 그 사건 중 정말로 귀찮은 일은 단 하나밖에 없었어.」

「뭐가 귀찮았는데요?」

나는 호기심에 가득 차서 물었다.

「밀러 경감을 납득시키는 일이었어. 그 친구는 완고하고 어리석더군. 그런 주제에 결국 공적은 혼자 세운단 말이야!」

「그래요? 좀 너무했는데.」

「아니, 그래도 그 벌충은 한 셈이지. 미얀마 광업주식회사의 중역들이 내 활동에 대한 감사의 표시로 주식 1만 4천주를 주었으니까. 뭐 크게 나쁘지는 않지? 그러나 돈을 투자하려면, 헤이스팅스, 아무래도 조심하는 것이 좋아. 자네가 신문에서 본 기사도 거짓일지 몰라. 포큐파인 석유회사의 중역들도…… 피어슨과 같은 부류일지도 모르니까.」

초콜릿 상자

The Chocolate Box

 그 날 밤은 굉장히 험악했다. 밖에서는 바람이 윙윙 소리를 내면서 불었고, 비는 굉장한 기세로 창을 때리곤 했다.
 포와로와 나는 난로 앞에 앉아서 붉게 타오르는 불 쪽으로 발을 뻗고 있었다. 우리 사이에는 작은 테이블이 놓여 있었고, 내가 기댄 쪽에는 정성들여 만든 토디(위스키가 아닌 술에 뜨거운 물과 설탕, 레몬을 넣은 것)가 얹혀져 있었고, 포와로 쪽에는 나라면 100파운드를 준다 해도 마실 기분이 나지 않을 것 같은 진한 초콜릿이 들어 있는 컵이 놓여져 있었다. 그는 엷은 복숭아색을 한 도자기 컵에 든, 진한 갈색의 액체를 보면서 이상하게도 한숨을 쉬고 있었다.
 「아아, 참으로 멋진 세상이로군!」
 그가 중얼거렸다.
 「그래요, 정말로 재미있는 세상이죠.」 하고 나도 맞장구를 쳤다.
 「나는 건강하게 활동하고 있고…… 정말로 건강해요. 그리고 당신은 또 어떤가요, 그 명성 말입니다.」
 「이봐!」
 포와로는 못마땅하다는 듯이 말했다.
 「그렇지 않아요. 절대로 그렇지 않죠! 당신의 오랜 활약상을 뒤돌아보면 나는 놀라움을 금치 못해요. 틀림없이 당신은 실패한 적이 전혀 없을 겁니다.」
 「사람 좀 그만 웃기게. 그런 바보 같은 얘기가 어디 있나?」
 「아니, 진심입니다. 도대체 당신은 실패한 적이라도 있습니까?」
 「다 셀 수 없을 정도야. 행운이 언제나 나와 함께 하고 있다고는 말할 수 없기 때문이지. 사건의뢰를 너무 늦게 받아서 상대가 먼저 목적을 달성한 적도 꽤 있었고, '이제 한 걸음만 더' 하는 곳에서 병 때문에 물러나지 않을 수 없었던 일도 두 번이나 있었어. 인생에는 항상 굴곡이 있는 거야.」

「아니, 내가 말하는 것은 그런 게 아닙니다. 당신의 실수로 인해 완전히 진 적이 있는가 하고 물은 겁니다.」

「아, 알겠네! 지금 자네가 거듭 물었듯이 내가 어처구니없이 내 얼굴에 먹칠을 한 적이 있었는가 하는 거지? 흠, 한 번 있었지.」

그의 얼굴에 빙긋이 생각에 잠긴 듯한 미소가 떠올랐다.

「그래, 한 번뿐이었지만 너무나도 어이없게 체면을 잃은 일이 있었어.」

그렇게 말하며 그는 갑자기 똑바로 고쳐 앉았다.

「헤이스팅스, 자네는 내가 해결한 사건을 모두 기록하고 있지? 거기에 또 하나 덧붙여 쓰게나. 내 실패담을.」

그는 고개를 숙이더니 장작 하나를 불 속에 넣었다. 그리고 나서 난로 옆의 못에 걸려 있는 작은 수건에 꼼꼼히 손을 닦더니, 의자 등받이에 기대앉아 얘기를 시작했다.

「내가 지금부터 이야기하는 것은, 오래 전 벨기에에서 있었던 일이야. 마침 프랑스에서는 교회와 정부가 싸움을 하고 있었지. 폴 데룰라르 씨라고 프랑스의 유명한 변호사가 있었지. 그가 장관의 자리에 앉으리라는 것은 공공연한 비밀이었어. 그는 반(反) 카톨릭파의 대표자 중 한 사람이었기 때문에, 그가 유력한 지위에 오르게 되면 맹렬한 반발이 있을 것으로 예상되었지. 그는 여러 가지 면에서 이상한 남자였어. 술과 담배를 하지 않았지만, 다른 점에서는 그것만큼 깨끗하고 떳떳하지 못했어. 알겠나, 헤이스팅스? 여자…… 여자라면 사족을 못 쓰는 사람 있잖은가!

그 몇 년 전에 그는 브뤼셀의 어느 젊은 여자와 결혼했는데, 그 여자에게는 상당한 지참금이 있었어. 그에게는 남작이라는 직위가 있었지만 본래 그의 집은 부자가 아니었으므로, 그의 출세에 아내의 돈이 도움이 된 것은 당연해. 두 사람 사이에는 아이가 없고, 아내는 결혼한 지 2년 뒤에 죽었어. 계단에서 떨어져 죽은 거야. 아내가 남겨 놓은 재산 중에는 브뤼셀의 루이 가에 집이 하나 있었지.

폴 데룰라르는 이 집에서 급사(急死)했는데, 그때는 마침 그가 뒤를 이으리라 예상했던 장관이 사직했을 때였어. 신문은 일제히 그의 사망을 크게 보도했지. 그는 저녁식사 뒤 갑자기 쓰러졌어. 사인은 심장마비였고.

자네도 알고 있듯이 당시 나는 벨기에 경찰의 수사과에 있었지. 하지만 폴 데룰라르가 죽었어도 나는 그다지 관심을 갖지 않았어. 자네가 알고 있듯이, 나는 열렬한 카톨릭 신자였으므로 그의 죽음은 내 입장에서 보면 오히려 기분이 좋을 정도였거든.

그 사건이 있고 사흘 정도 뒤에 마침 내 휴가가 시작되었는데, 내 방에 손님이 한 사람 찾아왔어. 짙은 베일을 쓰고 있었는데, 매우 젊은 여자였어. 나는 첫눈에 상당히 교양이 있는 여자임을 알았지.

'에르퀼 포와로 씨죠?'

그녀는 낮고 아름다운 목소리로 묻더군. 나는 고개를 끄덕였지.

'수사과에 계시죠?'

다시 한 번 나는 고개를 끄덕였지.

'여기 좀 앉으시지요, 아가씨.'

그녀는 의자에 걸터앉자 베일을 벗어 옆에다 놓더군. 얼굴은 눈물로 얼룩져 있었지만 꽤 아름다웠고, 깊은 근심이 어려 있더군.

'포와로 씨. 지금 휴가중이시란 걸 알고 있습니다. 죄송하지만, 제 개인적인 일을 좀 조사해 주셨으면 해서요. 저는 경찰에게 부탁하고 싶지는 않거든요.'

나는 머리를 옆으로 흔들었네.

'당신이 부탁하는 일은 좀 어렵겠군요, 아가씨. 휴가중이라 해도 난 역시 경찰임에는 변함이 없습니다.'

그녀는 몸을 앞으로 내밀면서, '저, 제발 부탁합니다. 그저 조사만 해주시면 되는 거예요. 조사의 결과를 경찰에게 보고 하시든 않든 전혀 상관이 없습니다. 결과가 제 생각대로라면 어차피 경찰의 손이 필요하게 될 테니까요.'

그렇다면 사정이 약간 달라지므로 더 이상 왈가왈부하지 않고 난 그 부탁을 받아들이기로 했지. 그녀의 뺨이 약간 붉어지더구먼.

'감사합니다. 조사를 부탁드리는 것은 폴 데룰라르 씨의 사인(死因)입니다.'

'뭐라고요?'

나는 깜짝 놀라서 그렇게 외쳤네.

'포와로 씨, 조사할 단서는 아무것도 없습니다. 저의 여자로서의 직감뿐입니다. 그러나 저는 믿고 있어요. 확신하고 있습니다. 데룰라르 씨의 죽음이 자연사가 아님을 말이죠.'

'아니, 분명히 의사들이……'

'의사들이 실수한 것은 아닐까요? 그분은 무척 튼튼하고 건강했어요. 포와로 씨, 제발 부탁이니 도와 주세요.'

가련하게도 그녀는 거의 제정신이 아닌 듯했어. 무릎을 꿇고는 애걸하는 거야. 그저 나는 열심히 그녀를 달랠 수밖엔 없었지.

'도와 드리겠소, 아가씨. 당신의 근심은 모두 쓸데없는 기우라고 생각하지만, 그래도 일단 생각해 봅시다. 우선 그 댁 사람들에 대해 이야기해 주시지 않겠습니까?'

'물론이죠. 하인이 있습니다. 자넷과 펠리시, 그리고 요리사인 데니즈입니다. 이 요리사는 벌써 몇 년 전부터 있었어요. 그 밖엔 전혀 문제가 되지 않을 듯한 시골 처녀들입니다. 아, 그리고 프랑수아가 있습니다. 하지만 이 사람도 오래 전부터 있었던 하인입니다. 다음은 데룰라르 씨의 어머니인데, 이분은 데룰라르 씨와 저와 함께 살고 계셨습니다. 저는 비르지니 메나르라고 합니다. 폴 씨의 죽은 부인의 사촌 누이동생으로, 그 집에는 3년 이상 함께 있었습니다. 이것으로

가족은 전부입니다. 아, 그리고 손님이 두 명 머물러 있었습니다.'

'손님이라면, 누구죠?'

'데룰라르 씨가 프랑스에 계셨을 때 이웃에 살던 생 알라르 씨와 영국인 친구인 존 윌슨 씨입니다.'

'아직도 머무르고 있습니까?'

'윌슨 씨는 머물러 있지만, 생 알라르 씨는 어제 댁으로 돌아가셨습니다.'

'그럼, 아가씨는 내가 어떻게 해드렸으면 좋겠다고 하시는 겁니까?'

'지금부터 30분 뒤에 제게 와주신다면 당신이 궁금해하시는 내용을 말씀드리겠습니다. 제 생각엔 포와로 씨를 언론계에 종사하시는 분으로 해놓는 편이 좋지 않을까 생각하는데요. 파리에서 오셨는데, 생 알라르 씨의 소개장을 갖고 오셨다고 말해 놓겠습니다. 데룰라르 씨의 어머니는 몸이 약하기 때문에 사소한 일은 거의 알아차리지 못하시니까요.'

결국 메나르 양의 능숙한 거짓말로 나는 집 안으로 안내되었다네. 그리고 죽은 변호사의 어머니와 만났어. 이 할머니는 놀라울 정도로 당당한 체구의 귀족적인 분위기를 가진 분이더구먼. 하지만 자세히 보니 건강이 안 좋은 것 같았지. 그녀와 인사를 나눈 뒤 나는 집 안을 자유롭게 둘러보았어.

자네가 과연 내 일의 어려움을 알까 모르겠지만, 어떤 남자가 있었는데 사흘 전에 죽었고, 만일 그 죽음에 어떤 조작이 있다고 한다면 생각할 수 있는 방법은 하나밖에 없지. 독살이야. 게다가 나는 시체를 볼 기회가 없었고, 독물을 조제할 때 사용한 기구 등을 조사하거나 분석할 수 있을 만한 가능성도 없었지. 진짜건 가짜건 간에 적당한 실마리가 전혀 없었기 때문이야. 그 남자는 정말 독살되었을까? 자연사일까? 이 천하의 에르큘 포와로도 자료가 될 만한 것을 하나도 갖지 못한 채 결론을 내려야만 했단 말일세.

우선 나는 하인들을 만났지. 그리고 그들의 도움으로 사건 당일날 밤의 일을 정리해 보았어. 특히, 저녁식사 때 나온 음식과 그 음식을 내오는 방법에 유의했지. 수프는 데룰라르 씨가 직접 뚜껑이 달린, 속이 깊은 접시에서 덜어냈지! 그 다음엔 커틀렛, 다음엔 닭고기 요리이고, 마지막이 설탕을 뿌린 과일이었어. 더구나 모두 테이블 위에 놓여 있어서 데룰라르 씨가 직접 덜어서 먹었다는 거야. 커피는 커다란 커피포트에 넣어진 채 식탁에 놓여 있었고, 이상한 점은 하나도 없었어. 그러니 데룰라르 씨 한 사람에게 독을 먹이려고 했다면, 결국 다른 사람들도 모두 먹게 되었을 거야!

저녁식사 뒤 데룰라르 노부인은 자기 방으로 갔고, 비르지니 양이 노부인을 부축해 주었다는군. 남자 세 사람은 데룰라르 씨의 서재로 자리를 옮겨서 그저 일상적인 대화를 나누고 있었는데, 갑자기 아무런 예고도 없이 데룰라르 씨가 바닥에 푹 쓰러졌어. 생 알라르 씨는 방을 뛰쳐나가서 곧 의사를 불러오라고 프랑수아에게 지시했어. 그리고는 뇌졸증이 틀림없을 거라고 했는데, 의사가 왔을 때는 이미 손을 쓸 방법이 없었다는 거야.

존 윌슨 씨라는 사람은 비르지니 양의 소개로 만날 수 있었는데, 중년의 건장한 체격을 가진 남자에다 전형적인 영국인 타입이었어. 그는 영국 억양이 강한 프랑스 어로 내게 그때 상황을 설명해 주었는데, 대개 다른 사람들에게서 들은 것과 비슷한 내용이더군.

'데룰라르는 얼굴이 시뻘겋게 되어 쓰러졌습니다.' 하고 말야.

데룰라르가 쓰러졌을 때의 모습에 대해서는 그 이상은 알 수 없었어. 이번에는 사고가 있었던 현장인 서재로 가서, 모두에게 양해를 구하고 한 사람씩 만났지. 비르지니 양의 직감을 뒷받침할 만한 것은 하나도 없더구먼. 결국 그녀의 오버 센스 탓이라고 생각지 않을 수 없었지. 틀림없이 그녀는 고인에 대해서 로맨틱한 감정을 품고 있었기 때문에, 그의 죽음을 평범하게 받아들이지 못하는 것 같았어. 그렇게 생각하고서, 나는 서재를 신중하게 조사했지. 주사바늘 하나라도 의자에 잘만 장치하면, 그 사람에게 치명적인 상처를 입힐 수가 있거든. 작은 바늘 따위는 또 대개 그냥 지나쳐 버리기 쉽기도 하고. 그러나 그런 내 생각을 증명할 만한 건 하나도 찾아내지 못했어. 나는 완전히 실망해서 의자에 털썩 주저앉았지.

'역시 소용없어!' 하고 나는 소리를 내면서 말했지.

'아무 곳에도 실마리가 없어. 전혀 이상이 없다고!'

그렇게 말하는 바로 그 순간 옆 테이블 위에 놓여 있는 커다란 초콜릿 상자가 눈에 띄더군. 나는 심장이 쿵 내려 앉았지. 데룰라르 씨의 죽음의 실마리가 되지 않을는지도 모르지만, 적어도 그 상자에는 이상한 점이 있었거든. 나는 뚜껑을 열어보았지. 상자에는 초콜릿이 한 번도 손을 안 댄 채 들어 있더군. 한 개도 안 먹은 새 초콜릿 상자였단 말이야. 하지만 내 머리에 무언가 이상하다는 느낌이 떠오른 것은 초콜릿을 하나도 안 먹었다는 사실이 아니었어. 이봐, 헤이스팅스, 그 상자는 복숭아색이었는데, 뚜껑은 청색이었단 말이야. 사실 복숭아색 상자에 푸른 리본이 묶여 있거나, 그 반대인 경우는 자주 있지. 하지만 상자와 뚜껑의 색깔이 각각 다르다는 것은…… 그런 일은 없지. 절대로. 지금까지 한 번도 본 적이 없어!

그런 사실이 도움이 될지는 아직 모르겠지만, 어쨌든 그것이 보통과 다르다는 점에서 조사해 보기로 했네. 벨을 눌러서 프랑수아를 불러 죽은 주인이 과자를 좋아했는지의 여부를 물어보았지. 그러자 희미하고 슬픈 듯한 미소가 그의 입가에 떠오르더군.

'매우 좋아하셨습니다. 집에 초콜릿이 떨어진 적이 없었습니다. 그리고 주인님은 술은 전혀 마시지 않았지요.'

'아니, 이 상자에는 전혀 손을 대지 않았는데?'

나는 뚜껑을 열어보여 주었다네.

'예, 그 초콜릿 상자는 돌아가신 날 막 산 것이지요. 잡수시던 초콜릿이 다 떨어졌기 때문이에요.'

'흠, 먹던 초콜릿이 죽은 그 날 다 떨어졌다?'

나는 천천히 말했네.

'예, 아침에 일어나 보니 비어 있기에 제가 버렸습니다.'
'데룰라르 씨는 하루 종일 그걸 드셨소?'
'대개 저녁식사 뒤에 드셨지요.'
나는 눈앞이 밝아지는 듯한 기분이 들더군.
'프랑수와, 당신은 비밀을 지킬 수가 있겠소?'
'지켜야 한다면 그래야겠죠.'
'좋소! 좋아요. 나는 경찰이오. 그 전의 빈 상자를 보여 주지 않겠소?'
'알았습니다. 저쪽에 넣어 두었습니다.'
그렇게 말하고는 그는 나가더니 2~3분 뒤에 먼지투성이의 상자를 갖고 돌아왔지. 내가 갖고 있는 것과 똑같았지만, 다른 점이라곤 이번의 것은 상자가 푸르고, 뚜껑이 복숭아 색인 것뿐이었어. 나는 프랑수아에게 고맙다고 말한 뒤, 다시 한 번 비밀이 누설되지 않도록 다짐하고는, 이제 더 이상은 볼일도 없었으므로 루이 가의 그 집을 나왔지.

다음으로 나는 데룰라르 씨를 검시(檢屍)한 의사를 찾아갔어. 그를 만나서는 정말 애를 먹었지. 그는 전문용어만을 죽 늘어놓는 거야. 하지만 그런 그의 태도에서 나는 그가 눈에 보일 정도로 그 문제엔 자신이 없어 한다는 느낌을 받았다네.

'예, 정말로 이상한 경우가 많이 있었습니다.'
내가 약간 경계심을 풀어 주자, 그 사람도 그런 식으로 말을 하더군.
'갑자기 화를 내거나 감정이 고조되면—배불리 먹은 뒤엔 특히 그렇죠. —예를 들어 화를 내거나 하면, 피가 머리로 올라가죠. 그런데 그게 심장에서 끝이 난 거죠!'
'그렇지만 데룰라르 씨는 별로 심하게 흥분하거나 화를 낸 일도 없었다고 하던데요?'
'없다고요? 생 알라르 씨와 커다란 말다툼을 하는 것을 들은 적이

분명히 있는데요.'
'왜 말다툼을 했을까요?'
'글쎄요. 나야 확실히 알 수가 없죠.'
의사는 어깨를 움츠렸지.
'생 알라르 씨는 열렬한 카톨릭 신자였지요, 아마? 교회와 정부의 싸움 앞에는 두 사람의 우정도 별 소용이 없게 된 거죠. 말다툼을 하지 않고 무사히 지나간 날은 하루도 없었을 거예요. 생 알라르 씨 입장에서 보면 데룰라르가 사탄 같은 기분이 들었을 거고요.'
전혀 예상치도 않던 얘기여서 좀 생각해 볼 필요가 있었지.
'또 하나 물어 보고 싶은 것이 있습니다만, 선생님. 치명적인 독을 초콜릿에 넣을 수도 있을까요?'
'가능하다고 생각합니다.' 하고 의사는 대답하더군.
'기화되지 않은 순수한 청산가리라면 가능하겠죠. 더구나 아주 작게 정제되어 있다면 알아차리지 못하고 먹는 수도 있고요. 그러나 별로 가능성이 없는 가설입니다. 모르핀이나 스트리키닌을 넣은 초콜릿이라면…….'
그렇게 말하고 그는 얼굴을 찡그리더군.
'한 입이면 족해요.'
'대단히 감사합니다, 선생님.'
나는 그곳을 물러나왔어. 그리고 나서 약국이 어디 있는가를 살피면서 걸었지. 특히 루이 가 부근의 약국은 경찰이라는 신분 덕분에 필요한 정보를 쉽게 얻을 수가 있었지. 데룰라르 집안에 독약을 팔았다는 가게는 단 한 곳밖에 없더군. 데룰라르 노부인에게 아트로핀(동공 확대에 효과가 있음) 물약을 판 집이었지. 아트로핀은 맹독성이므로 그걸로 끝났다고 생각했지만, 아트로핀의 중독 증상은 식중독 증상과 비슷해서 내가 알고 있는 데룰라르 씨의 중독 증상과는 완전히 틀린 거야. 더구나 그 처방전은 오래 전에 쓰여진 것이었어. 데룰라르 부인은 몇 년 전부터 양쪽 눈 때문에 안약을 사용하고 있었던 거야. 내가 실망해서 가게를 나오려고 하는데 약국 주인이 날 부르더구먼.
'잠깐만, 포와로 씨. 방금 생각났습니다만, 이 약을 사러 오던 그 집 하녀가, 앞으로는 영국인이 운영하고 있는 약국으로 갈 거라고 했습니다. 그곳을 찾아보면 좋지 않을까요?'

그래서 나는 다시 탐문을 시작하고, 다시 한번 경관이라는 신분 덕분에 필요한 정보를 얻어낼 수가 있었지. 데룰라르 씨가 죽기 전날 그 가게 사람이 존 월슨에게 약을 팔았다는 거야. 그 사람은 매우 작은 알약을 꺼내 놓았는데, 그것을 본 순간 나는 심장이 마구 뛰는 것을 느꼈어. 아주 작은 알약인데, 초콜릿색이었던 거야.

'독약입니까?'

나는 물었지.

'아니오, 그렇지는 않습니다.'

'이 약의 효능을 가르쳐 주시겠습니까?'

'혈압을 내리게 합니다. 심장병에도 종류에 따라서는 사용합니다. 가령, 협심증 같은 경우엔 동맥의 긴장을 완화시키지요. 동맥경화증에는……'

나는 그의 말을 가로막았지.

'그래요? 그렇게 자세한 설명을 해봤자 난 문외한입니다. 그건 그렇고, 이 약을 먹으면 얼굴이 새빨갛게 되나요?'

'그렇습니다.'

'이 알약을 열 개, 아니 스무 개쯤 먹으면 어떻게 될까요?'

'그런 실험은 안 하시는 게 좋을 겁니다.' 하고 그는 쌀쌀맞게 대답하더라고.

'하지만 독약은 아니라고 했잖습니까?'

'먹고 죽을 수 있는 약일지라도 독약으로 분류되지 않은 것도 많이 있지요.'

여전히 쌀쌀맞은 어조로 약국 주인이 대답하더군.

나는 이제 사인은 밝혀졌다고 생각하면서 약국을 나왔지. 간신히 조사를 이어갈 수 있게 되었네.

 이제 존 윌슨에게 살인의 도구가 있었다는 것을 알았어. 그러나 동기는 무얼까? 그는 벨기에로 와선 약간 안면이 있는 데룰라르 씨에게 찾아가 머무르고 있었는데, 데룰라르 씨가 죽음으로써 어떤 이득을 보거나 하지는 않았지. 게다가 영국에 조회한 결과, 그가 몇 년 전부터 협심증으로 고생하고 있음을 알 수 있었어. 따라서 그 알약을 갖고 있는 것은 당연했지. 나는 누군가가 초콜릿 상자에 다가가서 처음엔 잘못 알고 아직 손을 대지 않은 새 상자를 열었다가, 다시 먹던 초콜릿 상자를 열어서 남아 있던 마지막 초콜릿을 꺼내어서는, 그 내용물을 빼내고 그 속에 트리니트린 알약을 집어넣은 게 틀림없다고 생각했지. 초콜릿이 아주 크기 때문에 20~30알쯤 집어넣는 것은 문제도 아니었으니까. 그러나 누가 넣었느냐가 여전히 해결되지 않는 거야.

 당시 손님은 두 명뿐이었어. 존 윌슨에게는 살인의 수단이 있었고, 생 알라르에게는 살인의 동기가 있었지.

 자네도 기억하겠지만, 그는 아주 열광적인 사람이야. 그것도 종교적인 광신자라면 상당히 무섭다고 할 수도 있지. 그러면 어떤 방법으로 그는 존 윌슨의 트리니트린을 손에 넣을 수가 있었을까?

 그러자 또 다른 생각이 떠오르더구먼. 아! 자네 또 쓸데없는 생각을 하는군. 어째서 윌슨은 트리니트린이 부족했을까? 영국을 떠나올 때 필요한 만큼은 가지고 왔을 것이 아닌가? 나는 다시 한 번 루이가의 그 집을 방문했지. 윌슨은 없었지만 그의 방을 청소하는 하녀인 펠리시를 만날 수 있었어. 나는 그녀에게 얼마 전, 윌슨 씨가 세면대에 얹어놓았던 약병을 잃어버린 적이 없었느냐고 물어보았지. 그녀는 확실하게 대답하더구먼. 그런 적이 있었으며, 그녀는 그 일로 야단까지 맞았다고 말이야. 그 영국인은 그녀가 병을 깨뜨리고서는 잠자코 입을 다물고 있다고 생각한 것 같은데, 그녀는 병에는 손을 댄 일이 전혀 없다고 맹세를 하더군. 틀림없이 자넷이 한 짓일 거라는 거야.

자넷은 언제나 볼일도 없는데 그 주변을 돌아다녔다고 하면서.
 나는 그녀의 이야기를 듣고는 그 집을 나왔지. 알고 싶은 것은 전부 안 셈이거든. 이젠 내 추리를 증명만 하면 되는 거니까 말이야. 하지만 이 증명이 그리 간단하지는 않을 것 같다는 생각이 들었어. 생 알라르가 존 윌슨 방의 세면대에서 트리니트린 약병을 가져간 것이 틀림없다는 확신이 있었지만, 다른 사람을 납득시키려면 증거를 보여 주지 않으면 안 되는데, 그 증거가 하나도 없는 거야!
 그러나 난 곧 방법을 찾아냈지. 자네는 우리가 스타일즈 저택 사건으로 고생했을 때를 기억하고 있나? 헤이스팅스, 사실 나는 그때 확실히 알게 되었다네. 범인을 꼼짝달싹 못하게 할 완벽한 증거의 사슬을 만드는 데엔 아주 큰 힘이 든다는 것을 말이야.
 나는 메나르 양에게 좀 만나자고 했지. 그녀는 곧 오더군. 난 그녀에게 생 알라르의 주소를 알고 싶다고 말했지. 그러자 그녀는 곤란한 듯한 표정을 짓더구먼.
 '어째서 그걸 알고 싶어하시죠, 포와로 씨?'
 '필요해서 그럽니다, 아가씨.'
 그녀는 미심쩍어 하고는 있었지만, 곤란해하는 표정은 숨길 수 없었네.
 '그분에게 물어 보셔도 소용없을 거예요. 그분은 이 세상의 일 따위는 전혀 염두에 두지 않는 사람이거든요. 자신의 주위에서 일어나는 일에는 거의 무관심하답니다.'
 '그럴지도 모르죠. 하지만 그는 데룰라르 씨의 오랜 친구였으므로, 무슨 얘긴가를 들었는지도 모르죠. 과거의 일이나 오래된 원한 관계나 옛날의 연애 사건 같은 것 말입니다.'
 그녀는 얼굴이 새빨개져서 입술을 깨물더군.
 '죄송합니다만…… 지금 저는 제 실수를 분명하게 알았습니다. 제 부탁을 들어주신 건 정말로 감사하게 생각하지만, 제가 그때는 정신이 이상했기 때문에 그런 부탁을 드렸던 것 같아요. 지금 상태에서는

해결할 일이 하나도 없다는 것을 알았습니다. 부탁입니다만, 이제는 그냥 놔두시지요, 포와로 씨.'

나는 그녀의 얼굴을 뚫어지게 바라보았지.

'아가씨, 개도 쉽게 냄새를 맡을 수 없는 일이 있지만, 일단 냄새를 맡게 되면 절대로 그만두지 않습니다. 좋은 개일수록 그렇죠. 이렇게 말하는 에르큘 포와로는 훌륭한 개랍니다, 아가씨.'

그녀는 한마디도 하지 않고 가버렸네. 그리고 2~3분 지나자 알라르의 주소를 쓴 종이쪽지를 가지고 되돌아왔어. 나는 그 집을 나왔지. 그러자 바깥에서 프랑수아가 내가 나오길 기다리고 있더구먼. 그는 걱정스런 표정으로 나를 보았지.

'뭔가 좀 찾으셨나요?'

'아니, 아직은!'

'아, 불쌍하신 주인님!' 하고 그는 한숨을 쉬며 말하더군.

'저도 주인님과 같은 생각입니다. 저도 수도승은 매우 싫어합니다. 그렇지만 집 안에서는 그런 말은 하지 않습니다. 여자들은 모두 신앙심이 깊으니까요. 그것은 그렇다고 치더라도, 마님은 너무나 신앙심이 깊은 데가 있으셔서…… 비르지니 양도 야단을 맞으면…….'

'비르지니 양도'라고? 그녀가 매우 신앙심이 깊다는 건가? 처음 만났을 때 눈물로 얼룩진 그녀의 얼굴을 떠올리고서 나는 다소 이상한 생각이 들었지.

생 알라르의 주소를 알게 되었기 때문에 나는 조금도 지체하지 않았네. 나는 아르덴(벨기에와 룩셈부르크, 프랑스 경계 근처의 지방)에 있는 그의 저택 부근에 갔지. 며칠인가 지나서야 간신히 집 안으로 들어갈 구실을 찾을 수 있었네. 정말로 가까스로였지. 나는 연관공(鉛管工)이 되어 파고 들어갔던 거야. 그의 침실에 아주 미세하게 가스가 새는 곳을 막는 간단한 일이었지. 나는 도구를 가지러 밖에 나와 언제쯤이라야 내가 목적한 바를 실행에 옮길 수 있을까 주의깊게 살펴보았지. 그런데 무엇을 찾으면 좋을지 제대로 나 자신도 짐작이 가지 않았다네. 단 한 가지 찾아야 할 것이 있었지만, 그것을 찾을 기회가 그리 쉽게 올 것 같진 않았어. 그가 그런 걸 방치해 두는 위험한 짓은 하지 않을 테니까······.

그렇지만 세면대 위에 있는 작은 선반에 자물쇠가 잠겨 있는 것을 보니, 어쩐지 안에 든 것이 보고 싶어서 참을 수가 없더군. 자물쇠는 간단히 열 수 있었어. 문을 열고 보니 안에는 오래된 병들이 가득 차 있더군. 나는 하나하나 떨리는 손으로 집어들어 조사를 했지. 그러다가 갑자기 나는 비명을 질렀어. 생각지도 않은 그 영국인의 약국 상표를 붙인 작은 약병이 손에 잡힌 거야. 상표에는 이렇게 적혀 있더군. '트리니트린 알약. 필요에 맞게 한 알씩 복용. 존 윌슨'이라고.

나는 두근거리는 가슴을 억누르면서 그 작은 선반을 닫고 병을 주머니에 집어넣고는 가스가 새는 곳을 수선했지. 해야 할 일은 잘해야 하니까. 수리가 끝나고 그곳을 나와서는 서둘러 열차를 타고 돌아왔지. 그 날 밤 늦게 브뤼셀에 도착했네. 이튿날 총경에게 보고서를 쓰고 있는데 편지가 왔어. 그건 데룰라르 노부인이 보낸 것이었는데, 즉시 루이 가의 자기 집에 와 달라는 거였네.

프랑수아가 현관문을 열어 주더군.

'마님이 기다리십니다.'

그는 나를 그녀의 방으로 안내했네. 그 노파는 커다란 흔들의자에 편안히 앉아 있었어. 비르지니 양의 모습은 보이지 않았고.

'포와로 씨.' 하고 노부인이 말했지.

'저는 당신이 정말 어떤 분인지 방금 알았어요. 당신은 경찰이시더군요.'

'예, 그렇습니다.'

'당신은 제 아들이 죽었을 때 사정을 조사하러 여기에 오셨던 거죠?'

다시 한 번 나는 대답했지.

'예, 그렇습니다.'

'어느만큼 조사했는지 말씀해 주셨으면 좋겠는데요.'
나는 주저했어.
'우선, 저는 당신이 어떻게 그것을 아시게 되었는지 듣고 싶습니다, 부인.'
'이제 이 세상 사람이 아닌 사람에게 들은 거예요.'
몹시 언짢은 듯한 그녀의 말을 듣고 나는 뭐라고 대꾸할 수 없었네.
'그러니까, 포와로 씨, 즉시 조사가 어느 정도 진척되었는지 있는 그대로 말씀해 주셨으면 해요.'
'부인, 이미 조사는 끝났습니다.'
'그러면 제 아들은?'
'살해되었습니다.'
'범인을 아십니까?'
'예, 알고 있습니다.'
'그러면 누구이지요?'
'생 알라르입니다.'
노부인은 머리를 가로젓더군.
'그건 아니에요. 생 알라르는 그런 범죄를 저지를 사람이 아니에요.'
'저는 증거를 잡았습니다.'
'수사 상태를 다시 한 번 말씀해 주시겠습니까?'
이번엔 나도 솔직하게 진상을 파악하기까지의 과정을 다시 한 번 들려주었다네. 그녀는 가만히 귀를 기울여 듣고 있었는데, 이야기가 끝나자 고개를 깊이 끄덕이더구먼.
'맞아요. 한 가지 틀린 것이 있지만, 나머지는 모두 말씀하신 대로예요. 제 아들을 살해한 것은 생 알라르 씨가 아닙니다. 살해한 사람은 어머니인 바로 접니다.'
나는 어처구니가 없어서 그녀를 바라보았는데, 그녀는 조용히 고개를 끄덕이더구먼.

'당신에게 편지를 보내길 잘했다는 생각이 듭니다. 비르지니가 수녀원에 가기 전에 자기가 한 일을 저에게 말해 준 것도 하나님의 뜻이었을 겁니다. 들어 보세요, 포와로 씨. 제 아들은 못된 녀석이었습니다. 그 애는 교회를 박해했지요. 지옥에 떨어질 만한 죄로 일생을 보냈습니다. 자기 혼자만이라면 그런 대로 참을 수 있겠지만, 남의 혼까지 타락시켰습니다. 게다가 그것뿐만이 아니었어요. 어느 날 아침, 제가 방에서 나오는데 며느리가 계단 위에 서 있는 것이 보이더군요. 편지를 읽고 있었지요. 그런데 아들이 슬그머니 그녀의 뒤로 다가가서 그녀를 힘껏 떠미는 것이었습니다. 며느리는 떨어져서 대리석 계단에 머리를 부딪혔지요. 모두가 달려와 안아 일으켰을 때는 이미 숨이 끊긴 뒤였지요. 아들은 사람을 죽였습니다. 그리고 그 사실을 아는 사람은 저뿐이지요.'

그녀는 잠시 동안 눈을 감았다가,

'당신은 저의 고통이나 절망을 모르실 겁니다. 저는 어떻게 하면 될까요? 경찰에 신고하면 좋았을 거라고 말씀하시겠습니까? 정말 그런 일은 도저히 할 수 없었습니다. 그렇게 하는 것이 제 의무였겠지만, 저는 너무 몸이 쇠약했지요. 게다가 제가 신고를 한다면 경찰이 제 말을 믿어 줄까요? 제 눈은 가끔씩 앞이 안 보일 때가 있어요. 틀림없이 제가 잘못 본 걸 거라고 말할 겁니다. 저는 아무에게도 말하지 않았어요. 그렇지만 양심에 걸려서 도저히 안정을 할 수 없었답니다. 가만히 있었다는 사실만으로도 저도 이미 공범이 되어 버린 거지요. 아들은 며느리의 재산을 손에 넣었습니다. 그리고 계속 출세했지요. 그리고는 이번엔 장관의 자리에 앉게 되어 있었던 겁니다. 그렇게 되면 그 애의 교회에 대한 압박은 몇 배나 심해질 겁니다. 거기에 또 비르지니의 일도 있었지요. 가엾게도, 그 애는 예쁘고 본래 신앙심이 깊었음에도 불구하고, 제 아들에게 마음을 빼앗긴 겁니다. 그 애는 여성에 대해서는 이상하게 사람을 끌어당기는 매력이 있었으니까요. 저는 그렇게 되리라는 것을 알고 있었지만, 막을 도리가 없었답니다. 그놈은 그 애와 함께 살 마음 같은 건 전혀 없었습니다. 결국엔 그녀가 몸도 마음도 다 그놈에게 빼앗기게 되겠지만요.

 그때 저는 확실히 제가 취해야 할 길을 알았습니다. 그 애는 제 아들입니다. 제가 낳은…… 저에게도 책임이 있지요. 그 애는 한 여자를 죽였습니다. 그리고 지금 또 한 사람의 혼까지 죽이려 하고 있어요. 저는 윌슨 씨 방에 가서 그의 약병을 훔쳤습니다. 언젠가 그가 그것으로 한 사람을 죽일 수 있을 거라고 웃으면서 말한 적이 있었으니까요. 그리고 나서 서재에 들어가 언제나 테이블에 놓여 있는 초콜릿 상자를 열었습니다. 처음엔 잘못해서 새 상자를 열었지요. 먹던 것도 테이블 위에 있더군요. 초콜릿은 한 개밖에 남아 있지 않았습니다. 초콜릿을 이용하면 일은 간단하지요. 아들과 비르지니밖에는 초콜릿을 먹는 사람이 없었으니까. 비르지니는 그 날 밤엔 저와 함께 있도록 해두었죠. 그리고 모든 일이 계획대로 되어서…….'

 그렇게 말을 한 뒤 입을 다물고 그녀는 그대로 잠시 눈을 감고 있다가 떴네.

 '포와로 씨의 처분에 따르겠습니다. 의사는 제가 살 날도 그리 길지 않다고 합니다. 저는 하나님 영전에서 제가 한 일을 깨끗하게 말씀드릴 작정이지만, 지금 이 세상에서도 그 죄값을 받아야만 될까요?'

 나는 망설였네.

 '그런데 부인, 그 빈 병 말인데요…….'

 나는 시간을 벌어 보려고 그렇게 말했지.

 '도대체 어떻게 그것이 생 알라르 씨의 손에 들어갈 수 있었을까요?'

 '그가 작별인사를 하러 왔을 때 제가 그의 주머니에 살짝 넣었지요. 저는 그 병을 어떻게 치워야 할지를 모르겠더라고요. 저는 몸이 아주 쇠약해져서 남의 손을 빌리지 않으면 움직이기도 힘이 들 정도예요. 그리고 그 빈 병이 제 방에서 발견되면 의심을 받을지도 모르니까요. 이렇게 된 거예요, 포와로 씨.'

그렇게 말하고 그녀는 곧바로 상체를 일으켰네.

'그렇지만, 생 알라르 씨에게 혐의가 가도록 할 계획은 전혀 없었습니다. 그런 짓을 하려고는 꿈에도 생각해 보지 않았으니까요. 그저 그의 집 하인이 빈 병을 발견하면 아무 생각 없이 버릴 거라고만 생각했습니다.'

나는 머리를 숙이며 말했네.

'알았습니다, 부인.'

'그럼, 어떻게 하시기로 결정했나요, 포와로 씨?'

그녀는 더듬거리지도 않았고, 머리도 평상시처럼 꼿꼿이 세우고 있었지.

나는 일어서면서 이렇게 말했네.

'부인, 실례했습니다. 저는 조사할 만큼은 조사했습니다만 결국 실패했습니다. 사건은 이것으로 정리된 셈입니다.'

내 실패담은 이렇게 끝났네, 헤이스팅스.」

긴 얘기가 끝나고 포와로는 잠시 가만히 있다가 조용히 말을 이었다.

「노부인은 바로 1주일 뒤에 죽었네. 비르지니 양은 견습기간을 마치고 정식으로 수녀가 되었고. 이것으로 내 이야기는 끝이야. 이 사건에서는 나도 완전히 체면을 구겼지.」

그러나 그건 실패라고는 말할 수 없잖습니까?」 하고 내가 말했다.

「그런 상황에서는 달리 생각할 도리가 없잖아요.」

「아니, 천만에.」

포와로는 갑자기 힘을 되찾으며 말했다.

「자네도 모르겠나? 나는 터무니없는 큰 바보짓을 한 거야. 내 회색 뇌세포는 그 당시엔 조금도 움직이지 않았어. 처음부터 끝까지 진짜 실마리를 꽉 잡고 있었는데도 말이야.」

「어떤 실마리?」

「초콜릿 상자야! 모르겠나? 한눈에 보이는 그런 실마리를 놔두고 그런 실수를 저지른다는 것이 말이나 되나? 나는 데룰라르 노부인이 백내장에 걸린 사실을 알고 있었지. 아트로핀으로 만든 안약으로 그것을 알 수 있잖나. 뚜껑을 열었다가 바꿔 닫을 만큼 시력이 나쁜 사람은 그 집에는 한 사람밖에 없었지. 그 초콜릿 상자에서 나는 첫 실마리를 잡아놓고도 마지막까지 그 진짜 의미를 도무지 잡지 못했던 거지.

게다가 심리분석도 잘못했어. 생 알라르 씨가 범인이라면 증거가 될 듯한 병을 놔둘 이유가 없지 않을까? 병이 있었던 것이 오히려 그가 결백하다는 증거인 거야. 이미 비르지니 양에게 들어서 생 알라르 씨가 지극히 무사태평한 남자인 것은 알고 있었어. 이런 잘못을 회상해내서 자네에게 얘기하는 그 순간이야말로 아주 식은 땀 나는 순간이었네. 내가 이 말을 한 것도 자네뿐이네. 도대체 창피하고 체면이 말이 아니라서 말씀이야! 노부인의 범행이 아주 간단하면서도 하도 교묘해서, 이렇게 말하는 에르퀼 포와로도 완전히 속아 넘어간 거야. 아니, 그러리라고는 꿈에도 생각지 못했으니까! 이런 이야기는 잊어버리게. 아니, 그건 아니야…… 기억해 주게. 그리고 언제라도 좋아. 내가 넋이 빠졌구나 하고 생각되면…… 글쎄 그런 일은 없겠지만, 혹시 있을지도 모르지.」

나는 웃음을 터뜨리고 싶은 것을 참았다.

「그때는 어떻게 한다? '초콜릿 상자'라고 해주게, 알았나?」

「좋아요, 책임지죠!」

「그런데 글쎄, 결국엔 그것도 좋은 경험이었네. 지금 유럽에서 가장 머리가 뛰어나다는 나일세. 그러니 좀 너그럽게 봐달라는 변명을 하고 싶군!」

「초콜릿 상자.」라고 나는 작은 소리로 말했다.

「뭐라고?」

나는 귀를 기울이며 쑥 내민 포와로의 천진난만한 얼굴을 보자 기분이 풀려 버렸다. 지금까지 여러 차례 그의 말에 속아 고생한 적이 있고, 포와로처럼 유럽 제1의 두뇌를 가지지도 못한 나이긴 하지만, 그 정도야 너그럽게 봐줄 수도 있지 않을까!
「아니, 아무것도 아닙니다.」
나는 슬그머니 얼버무리고 빙긋이 웃으면서, 다시 파이프에 불을 붙였다.

■작품 해설■

　<포와로 수사집>(Poirot Investigates, 1923)은 애거서 크리스티(Agatha Christie)의 5번째 작품이자 첫번째 단편집이다.
　이 책에 등장하는 명탐정 에르큘 포와로(Hercule Poirot)는 벨기에 출신의 사립탐정으로, 크리스티 여사의 첫번째 작품인 <스타일즈 저택의 죽음>(The Mysterious Affair at styles, 1920)에서 등장하여 세 번째 작품인 <골프장 살인사건>(Murder on the Links, 1923)을 거쳐 이 단편집에서 무려 14개의 사건을 처리하기에 이른다. 그리고 포와로의 파트너인 헤이스팅스 대위 역시 앞의 두 작품에서 함께 활약한다.
　헤이스팅스 대위의 경우 <골프장 살인사건>에서 아름다운 아가씨를 만나 결혼하게 되는데, 이 단편집 <포와로 수사집>에서는 그에 관한 언급이 없는 점이 헤이스팅스의 팬으로서는 좀 아쉽다.
　헤이스팅스 대위는 포와로가 제1차 대전 때 영국으로 망명하기 훨씬 전에 만나 돈독한 우정을 다져 놓지만, 이들의 본격적인 우정은 역시 포와로가 영국 망명 중 우연히 마주치게 되는 <스타일즈 저택의 죽음>사건에서부터이다. 이 둘의 나이 차이는 대략 30년 이상인 것으로 보인다. 그러함에도 불구하고 둘의 우정이 식지 않고 이어지는 것은 전적으로 헤이스팅스의 고집스러우리만큼 선량한 마음에 있는 것 같다. 즉, 헤이스팅스는 포와로에게 온갖 핀잔을 들어 가면서도 그의 곁을 떠나지 않고 일을 도우며, 또 무엇보다도 자신은 포와로의 활동을 기록해서 발표하는 작가로서 만족한다는 사실이다. 만일 포와로처럼 수사에 본격적으로 나서서 간섭하기 시작한다면, 유일무이(唯一無二)한 '회색의 뇌세포'를 자랑하는 포와로로선 온전히 받아들일 수 없었을 것이다.
　아무튼 이 둘의 관계는 코넌 도일의 셜록 홈스와 와트슨 박사 이래 최고로 손꼽히는 명콤비임에는 틀림없다.

추리 문학의 여왕
"애거서 크리스티"

한 번 읽기 시작하면 도저히 눈을 뗄 수 없는 추리소설!!

애거서 크리스티는 추리문학에 대한 공로로
영국 엘리자베스 여왕으로부터 <데임>
작위를 수여 받았습니다. 최고의 추리문학으로
평가되고 있는 그녀의 작품은 **전세계 인구 3분의 1**에
해당하는 사람들이 읽었으며, 지금도 변함 없이
온 세계인의 사랑을 받고 있습니다.

※추리문학에 20여년을 공들인 **해문출판사**에서는 크리스티의
전작품을 80권으로 완간, 인기리에 판매하고 있습니다.

1. 그리고 아무도 없었다
2. 오리엔트 특급살인
3. 0시를 향하여
4. 죽음과의 약속
5. 나일강의 죽음
6. ABC 살인사건
7. 스타일즈 저택의 죽음
8. 애크로이드 살인사건
9. 장례식을 마치고
10. 3막의 비극
11. 예고 살인
12. 주머니 속의 죽음
13. 커 튼
14. 백주의 악마
15. 움직이는 손가락
16. 엔드하우스의 비극
17. 푸른 열차의 죽음
18. 메소포타미아의 죽음
19. 애국 살인
20. 화요일 클럽의 살인
21. 누 명
22. 13인의 만찬
23. 회상 속의 살인
24. 위치우드 살인사건
25. 삼나무 관
26. 구름 속의 죽음
27. 부머랭 살인사건
28. 테이블 위의 카드
29. 비밀 결사
30. 끝없는 밤
31. 목사관 살인사건
32. 갈색 옷을 입은 사나이
33. 검찰측의 증언
34. 세 번째 여자
35. 명탐정 파커 파인
36. 침니스의 비밀
37. 죽음을 향한 발자국
38. 쥐 덫
39. 프랑크푸르트행 승객
40. N 또는 M
41. 골프장 살인사건
42. 세븐 다이얼스 미스터리

43. 깨어진 거울
44. 빅 포
45. 벙어리 목격자
46. 포와로 수사집
47. 서재의 시체
48. 크리스마스 살인
49. 마지막으로 죽음이 온다
50. 창백한 말
51. 할로 저택의 비극
52. 마술 살인
53. 잊을 수 없는 죽음
54. 부부 탐정
55. 수수께끼의 할리 퀸
56. 맥긴티 부인의 죽음
57. 버트램 호텔에서
58. 죽은 자의 어리석음
59. 비뚤어진 집
60. 죽은 자의 거울
61. 잠자는 살인
62. 코끼리는 기억한다
63. 패딩턴발 4시 50분
64. 헤이즐무어 살인사건
65. 파도를 타고
66. 바그다드의 비밀
67. 리스터데일 미스터리
68. 엄지손가락의 아픔
69. 헬로윈 파티
70. 히코리 디코리 살인
71. 4개의 시계
72. 복수의 여신
73. 크리스마스 푸딩의 모험
74. 패배한 개
75. 카리브해의 비밀
76. 리가타 미스터리
77. 죽음의 사냥개
78. 비둘기 속의 고양이
79. 헤라클레스의 모험
80. 운명의 문

정통 추리문학의 진수
세계추리걸작선

세계추리걸작선은 미국, 영국, 프랑스, 일본 등 추리문학의 본고장에서 최우수상을 받았거나 추리 매니아들이 추천한 가장 뛰어난 작품들로 구성되어 있다.

1. **환상의 여인** / 윌리엄 아이리시
2. **Y의 비극** / 엘러리 퀸
3. **사이코** / 로버트 블록
4. **지푸라기 여자** / 카트린 아를레이
5. **이집트 십자가의 비밀** / 엘러리 퀸
6. **추운나라에서 온 스파이** / 존 르 카레
7. **로즈메리의 아기** / 아이라 레빈
8. **노란방의 비밀** / 가스통 루르
9. **황제의 코담배케이스** / 존 딕슨 카
10. **잃어버린 지평선** / 제임스 힐튼
11. **그리스 관의 비밀** / 엘러리 퀸
12. **안녕, 내 사랑아** / 레이몬드 챈들러
13. **Z의 비극** / 엘러리 퀸
14. **경찰혐오자** / 에드 맥베인
15. **한푼도 더도말고 덜도말고** / 제프리 아처
16. **벌거벗은 얼굴** / 시드니 셸던
17. **피닉스** / 에이모스 어리처&일라이 랜도
18. **벤슨 살인사건** / S.S.밴 다인
19. **르윈터의 망명** / 로버트 리텔
20. **죽음의 키스** / 아이라 레빈

21. 교환살인 / 프레드릭 브라운
22. 움직이는 표적 / 로스 맥도널드
23. 죽은 자와의 결혼 / 윌리엄 아이리시
24. 탐정을 찾아라 / 패트리셔 매거
25. 독약 한 방울 / 샬롯 암스트롱
26. 죽음과 즐거운 여자 / 엘리스 피터스
27. 어느 샐러리맨의 유혹 / 헨리 슬레서
28. 죽음의 문서 / 마이클 바조하
29. 인간의 증명(上) / 모리무라 세이이치
30. 인간의 증명(下) / 모리무라 세이이치

31. 호그 연속살인 / 윌리엄 데안드리아
32. 교황의 인질금 / 존 클리어리
33. 내 눈에 비친 악마 / 루스 렌델
34. 두 아내를 가진 남자 / 패트릭 퀜틴
35. 심야 플러스 원 / 개빈 라이얼
36. 파리의 밤은 깊어 / 노엘 칼레프
37. 누군가가 보고 있다 / 메어리 클라크
38. 독사 / 렉스 스타우트
39. 스위트홈 살인사건 / 크레이그 라이스
40. 사라진 시간 / 빌 밸린저

※ 세계추리걸작선은 계속 출간됩니다.

최신 생활 영어를 간단하고 쉬운 문장으로 엮은 책!

나 혼자 떠나는
여행 영어회화

4×6판 / 216쪽 / 해문외국어연구회 편

즐거운 해외여행이 말이 통하지 않아 엉망이 되게 할 수는 없다!

해외여행이 잦은 요즘 말 한 마디도 제대로 구사할 줄 모르면서 비행기에 오르려니 왠지 불안하고 두려움이 앞섭니다.
그러나 꼭 필요한 회화를 마스터해 놓으면 세계 어딜 가도 마음 든든합니다.

이 책은 아주 기초적인 회화에서부터 모든 상황에 손쉽게 대처할 수 있는 생활회화와 여행 정보까지, 세심하고 다양하게 배려하여 만들었습니다.

해외여행의 훌륭한 길잡이, 이제 선택하십시오!

TRAVEL ENGLISH CONVERSATION

● 90분용 테이프 포함